Mein Leben mit Eulalia

Ingeborg Merz, 1943 in Augsburg geboren, hat viel erlebt und gelernt. Sie war beruflich erfolgreich als Geschäftsführungsassistentin in verschiedenen Unternehmen und später beim Aufbau und in der Verwaltungsleitung einer international tätigen Naturschutzstiftung. Nüchternes Denken, ständige Weiterbildung und strenge Selbstdisziplin waren ihr Rüstzeug, um den vielfältigen Herausforderungen in Beruf und Familie gerecht zu werden. Alt geworden und nun ledig aller Verpflichtungen, lässt sie ihren Gedanken lustvoll die Zügel schießen im Spiel zwischen Realität und Fantasie, Vergangenem und Aktuellem, Leidvollem und Amüsantem – immer mit einem kräftigen Schuss schrägem Humor. Ein erstes Ergebnis ist „Mein Leben mit Eulalia".

INGEBORG MERZ

Mein Leben mit Eulalia

Auf Du und Du mit einem Hausgeist

Bibliografische Information der Deutschen Nationalbibliothek:
Die Deutsche Nationalbibliothek verzeichnet diese Publikation
in der Deutschen Nationalbibliografie; detaillierte bibliografische
Daten sind im Internet über dnb.dnb.de abrufbar.

© 2021 Ingeborg Merz

Umschlaggestaltung, Satz, Herstellung und Verlag:
BoD – Books on Demand, Norderstedt

ISBN: 978-3-7543-6242-6

Brief an Gerhard und Manuela:

Hallo, Ihr Lieben!

Macht Ihr es Euch auch schön gemütlich an diesem Regensonntag? Uns beiden geht es gut. Nach einem opulenten späten Frühstück und dem gestrigen viergängigen Menü mit Grauburgunder am schön gedeckten Tisch kann es ja nicht anders sein. Eulalia summt zufrieden ein Morgenliedchen. Aber am Donnerstag brach sie in ein regelrechtes Freudengeheul aus. Sie quiekte, jaulte, winselte und gurrte besonders laut und ausdauernd in allen möglichen Variationen. Ich glaube, das war, als sie die alte schottische Burg endlich entdeckt hatte und sie zu inspizieren begann. Inzwischen ist sie dort wohl eingezogen. Sie zeigt sich sehr zufrieden und meint, das sei ja nun doch ein ihrer geistigen Würde angemesseneres Domizil als eine moderne Küchenzeile.

So sehen wir also einer glücklichen Zukunft entgegen – ich inmitten meiner Bücherstapel und reichhaltigen Teevorräte und Eulalia in ihrem verschachtelt gebauten alten Gemäuer, wo sie noch lange mit der Erkundung aller geheimen Winkel und Gänge zu tun haben wird. Im Moment beschäftigt sie vor allem die Frage, ob sie der einzige Bewohner ist. Bin gespannt, was sie im Laufe der Zeit alles herausfinden wird. Und ob sie mich wohl irgendwann einmal zu sich einlädt? Ich muss gestehen, ich bin sehr neugierig. Aber das wäre vielleicht doch eine zu große Ehre. Sie ist nämlich leider ein ziemlicher Snob. Aber ich kann warten. Sollte sie in der Burg keine angenehmere Gesellschaft finden, bekomme ich vielleicht doch eine Chance. ...

Vielleicht sollte ich aber erst einmal ein paar Dinge erklären.

Auf Eulalia bin ich schon kurz nach dem Einzug in meine neue Eigentumswohnung aufmerksam geworden. Erst dachte ich an das Winseln eines Hundes. Seit der ersten Eigentümerversammlung war mir die Anwesenheit von drei Hunden im Haus bekannt, aber ich wunderte mich, dass so leise Geräusche durch Wände oder Decken dringen sollten, wo doch aufgrund der guten Dämmung sonst so gut wie nichts von meinen Nachbarn zu hören war. Aber da: wieder dieses Winseln. Und dann hörte ich zwischendurch auch noch so was wie Quieksen, Fiepsen, Giksen, Winseln, Seufzen, Summen, Schnurren, Knurren, Murren. Alles sehr, sehr leise, aber eben doch deutlich vernehmbar, wenn in der Wohnung sonst alles still war. Das war seltsam!

Nach wenigen Minuten war der Spuk vorbei. Doch an den nächsten Abenden hörte ich es wieder. Sogar tagsüber manchmal. Ich spitzte die Ohren und versuchte, die Herkunft dieser eigenartigen Laute zu orten. Abwechselnd öffnete ich Fenster, Türen und Schränke, fand aber nichts Verdächtiges, außer schließlich, dass die Geräusche irgendwie von der Küchenzeile herkommen müssten.

Nicht einmal mein Physiker-Sohn, der bei mir unter anderem als wandelndes Lexikon fungiert, fand des Rätsels Lösung. Er wirkte erst auch etwas perplex, meinte dann jedoch, es könne vielleicht von der modernen Leuchtröhre kommen, die immer im Stand-by-Modus verharrt. Oder eben von sonst einem Teil der üppigen Elektrik, die in diesem Teil der Wohnung verbaut worden ist. Wohl oder übel gab ich mich damit zufrieden. Schließlich konnte ich von ihm ja nicht verlangen, dass er alles auseinandernehmen solle, um das fragliche Teil zu orten – zumal er mir versichert hatte, passieren könne da nichts. Ich hatte nämlich spontan an Brand durch Selbstentzündung gedacht. In meinem alten Haus, das ich vor einem Jahr verkauft hatte, wäre das sogar zweimal beinahe passiert. Dank meines guten Riechorgans hatte ich eine Katastrophe jeweils gerade noch verhindern können. Aber in einem Fall waren immerhin schon Flammen aus einem Sicherungskasten geschlagen und die Tapete hatte auf etwa einem Meter Fläche zu brennen begonnen.

Schon bald gewöhnte ich mich an die Geräusche aus der Küchenzeile, so wie ich früher die Kinderstimmen vom benachbarten Schulhof nicht mehr bewusst wahrgenommen hatte. Ich will noch erwähnen, dass es in meiner neuen Wohnung keine getrennte Küche gibt. Das heißt, ich muss wegen dieses Architektenfurzes, ohne den es zurzeit anscheinend keine Neubauwohnung zu kaufen gibt, im selben Raum auch wohnen. Eine solch armselige Wohnsituation hätte ich mir früher nicht träumen lassen. Aber damit muss ich mich nun abfinden. Schließlich hatte ich lange genug auf eine meinen Anforderungen entsprechende, altersgerechte Wohnung im Innenstadtbereich warten müssen, und sonst gibt es hier auch wirklich nichts auszusetzen. Man kann eben nicht alles haben.

Mit der Zeit merkte ich dann, dass ich in meiner Wohnung nicht allein war. Die diffusen, für mich nicht zuordenbaren Geräusche entwickelten sich nämlich zu einer Art gedanklicher Lautäußerungen, bis ich, noch halb über mich selbst lächelnd, einmal fragte: »Wer bist Du denn eigentlich?« Und zu meinem großen Erstaunen erhielt ich eine, wenn auch unwirsche Antwort. »Wer soll ich schon sein? Ein Hausgeist natürlich. Was denn sonst?« Da war ich aber platt. Das musste ich erst verdauen.

Nachdem ich den ersten Schock überwunden hatte, wandte ich zaghaft ein: »Aber Hausgeister gibt es doch nur in Schlössern und Burgen, allenfalls noch in einem weitläufigen alten Haus. Doch nicht in einer Neubauwohnung in einem Wohnblock!« – »Blödsinn«, kam es prompt zurück. »In jeder anständigen Wohnung gibt es einen Hausgeist – auch wenn die Mitbewohner oft zu blöd sind, um das zu merken.« Da konnte ich ja froh sein, dass ich nicht zu den zu Blöden gehörte. »Dann würde ich aber gerne wissen, wie ich Dich ansprechen soll,« sagte ich. »Wie heißt Du?« – »Das kann *ich* doch nicht wissen«, kam es patzig zurück. »*Dir* gehört doch die Wohnung.« – »Ja willst Du damit sagen, dass **ich** Dir einen Namen geben soll?« Auf diese Frage erhielt ich keine Antwort und auch sonst blieb es still. Ich überlegte eine Zeit lang, bis ich einen Vorschlag parat hatte: »Wie wäre es zum Beispiel mit Eulalia. Das klingt doch schön und auch recht speziell. Könnte vielleicht zu Dir passen.« Wieder gab es eine Pause. »Mhm«, summte es, und diesmal klang es eher zufrieden, beinahe vergnügt. »Daran könnte ich mich wahrscheinlich gewöhnen.«

So bin ich also zu meinem Hausgeist gekommen, und der zu seinem Namen. Wenn man ganz allein lebt, ist es manchmal recht nett, sich ein bisschen mit jemandem unterhalten zu können. Inzwischen haben wir uns aneinander gewöhnt, auch wenn Eulalia ziemlich launisch und nicht immer ansprechbar ist. Manchmal, das muss ich zugeben, kann sie richtig zickig sein. Und eingebildet ist sie auch. Anscheinend meint sie, etwas Besseres zu sein.

Jedenfalls etwas Besseres als ich. Menschen verachtet sie nämlich. Sie bezeichnet sie als die Dreidimensionalen. Tatsächlich ist dreidimensional eine Art Schimpfwort für sie, das sie benutzt, wenn sie etwas total beschränkt, dumm oder primitiv findet. Trotzdem kommen wir meistens ganz gut miteinander aus.

Und letzten Montag haben Leute von Möbel Stumpp endlich die Glaswandplatte hinter Spüle und Herd eingebaut. Dafür hatte ich ein Fotomotiv von Schottland mit einer alten Burg in einem See ausgesucht. Das ist tatsächlich sehr schön rausgekommen, finden Eulalia und ich. Obwohl sie zuvor, als ich die Idee mit ihr ausführlich diskutiert hatte, noch abfällig äußerte: »Eine Fotowand! Typisch dreidimensionaler Kitsch!« Natürlich ist so was Geschmackssache. Das ist mir schon klar. Aber ich bin begeistert und sie nun wohl auch. Zumindest ist sie seither deutlich gnädiger gestimmt.

Neulich zeigte sie sich sogar direkt mitfühlend. Das war, als ich letzte Woche völlig fertig vom Pflegeheim zurückkam. Es war der erste Besuch nach über zwei Monaten gewesen. Wegen der Ansteckungsgefahr mit dem Covid-19-Virus hatte man so lange keine Besucher mehr ins Heim gelassen, und nun war endlich zumindest mal ein sogenanntes Besucherfenster eingerichtet. Das heißt, dass ich eine halbe Stunde lang vor dem Haus an diesem Fenster stehen und Mundi, meinen Mann, sehen konnte. Eine Unterhaltung war nur bedingt möglich, denn in die Fensteröffnung war eine Folie eingefügt, die nicht allzu geräuschdurchlässig war.

Ich versuchte, laut schreiend Zuversicht und Fröhlichkeit zu verbreiten, während mir zwischendurch die Tränen herunterliefen. Mundi hatte mich gleich erkannt, als er in seinem Rollsessel in das Zimmer mit dem Besuchsfenster geschoben wurde. »Da ist meine Frau«, rief er. Aber danach sagte er keinen Ton mehr. Er streckte nur die Arme nach mir aus. Als ihn das nicht näher zu mir brachte, gab er es auf. Und sagte nichts mehr. Guckte nur, die ganze halbe Stunde lang. Und guckte! Mit todtraurigen Augen, die mich keinen Moment losließen. Ansonsten blieb er völlig unbeweglich. Das war kaum auszuhalten. Sein Blick verfolgte mich noch tagelang.

Als ich nach Hause kam, überfiel mich Eulalia sofort mit Fragen. Aber ich wehrte nur ab und legte mich zwei Tage lang ins Bett mit Schüttelfrost und Heulanfällen. Doch irgendwann musste ich ja weiterleben und meinen Körper mit Nahrung aus der Küche versorgen. »Ich habe Dich vermisst!«, schallte es mir entgegen. »Was ist los mit Dir? Wie geht es Dir?« Geduldig hörte sie sich mein Jammern und Schluchzen eine Zeit lang an und versuchte dann, mich zu trösten und mir zu raten. »Ruf doch Freunde an. Die können Dir das nachfühlen, und Dir tut es gut, alles auszusprechen, was Dich drückt. Da gibt es doch diese Elfi, mit der Du so gerne telefonierst. Oder den Werner. Der ist doch offenbar ein ganz Lieber. Vielleicht auch Deine Söhne oder Manuela, die Dir immer diese lustigen Sachen und Grüße über WhatsApp schickt.«

»Nein«, lehnte ich ab, »ich kann doch gar nicht richtig sprechen, weil ich dauernd unkontrolliert zu heulen anfange. Außerdem zerbrechen die sich dann die Köpfe, wie sie mir helfen könnten. Das belastet die bloß und ändert ja auch nichts.« – »Aber Du bist trotzdem nicht allein«, tröstete mich Eulalia. »Du hast ja mich. Ich bin da und höre Dir zu.« Dann summte sie eine Zeit lang beruhigend vor sich hin.

Ein paar Minuten später kam sie mit einem guten Vorschlag: »Zuallererst machst Du Dir jetzt einen starken Kaffee, der Deinen Kreislauf in Schwung bringt. Und dann legst Du eine der Bach-CDs auf, die Du so gerne hörst. Eins dieser vielschichtigen, wuchtigen Orgelwerke oder vielleicht seine Solosonaten für Violine. Du sagst doch immer, solche Musik sei Seelenmedizin und hebe Dich über den Alltag und Deine eigene kleine Existenz hinaus. Genau das brauchst Du jetzt. Es wird Dich auf eine gute Weise ablenken.« Ich folgte ihrem Vorschlag. Und wirklich, das half.

Zwei Tage später war ich allmählich wieder normal. Die nächsten beiden Besuche waren auch nicht mehr ganz so schlimm gewesen. Für meinen Mann hatte die erste Begegnung nach der langen Pause wohl ebenfalls einen Schock bedeutet. Inzwischen wirkte er weniger angespannt und antwortete sogar ab und zu mit ein paar Worten. Insgesamt hatte ich in dieser Zeit den Eindruck, er sei eigentlich ganz zufrieden und fühle sich in seiner gewohnten Umgebung geborgen. Es schien ihn eher zu stören, wenn man ihn für die Begegnungen mit mir ans Besucherfenster holte. Eulalia meinte auch, dass es vielleicht gar nicht mehr so sehr darauf ankomme, wer seine Hand halte und ihn ab und zu streichele. Damit versuchte ich, mich zu trösten.

Schon vor der Besuchersperre wusste Mundi ja oft nicht mehr, wer ich bin. Nun muss das Personal im Heim eben auch noch die Erfüllung seiner emotionalen Bedürfnisse übernehmen, dachte ich. Ich war sehr froh, dass dies offensichtlich – soweit überhaupt möglich – geschah. Alle gingen wirklich sehr lieb mit ihm um. So waren die Besuche für mich jedenfalls etwas besser auszuhalten. Doch wie schon immer in den letzten Monaten konnte ich nie wissen, in welchem Zustand ich Mundi beim nächsten Besuch antreffen würde. Auch als ich ihn noch täglich besuchen konnte, war er an einem Tag wach und fröhlich gewesen, am nächsten hatte er nur geschlafen und am übernächsten sprach er wirres Zeug, wirkte unruhig und unglücklich. Mal erkannte er mich, mal nicht.

Und nun hatte der Eigentümer des Heims auf dem Vorplatz ein Besucherhäuschen einrichten lassen, das angeblich »Begegnungen in einer familiären Atmosphäre« ermöglichen sollte. So stand es jedenfalls in dem Brief, mit dem er um einen Spendenbeitrag dazu bat. Es fühlte sich dann aber eher nach Gefängnisbesuchen an. Das Häuschen bestand aus einem Raum. Eine Glaswand trennte die Bereiche für Besucher und Heimbewohner, wobei auf jeder Seite Platz für zwei Leute sein sollte. Aber schon ich allein fühlte mich beengt auf meiner Seite. Noch enger war es auf der Seite meines Mannes mit seinem Rollsessel und einer Begleitperson, die allerdings meist gleich wieder wegging und uns allein ließ. Es gab eine Gegensprechanlage, die aber nicht richtig funktionierte.

Die Besuche in dem Besucherhäuschen waren eine einzige Belastung für Mundi und mich, fast wie in einem Alptraum. Ich fragte mich ernsthaft, ob es für ihn nicht besser wäre, wenn ich wegbliebe. Sicher konnte ich mir seiner Empfindungen aber doch nicht sein, und ich traute sogar meinen eigenen Gefühlen nicht so recht. Vielleicht machte ich mir selbst etwas vor, weil ich die Situation so schwer erträglich fand? Ich befand mich in einem Wechselbad der

Gefühle. Letztendlich trieb mich mein Pflichtbewusstsein doch immer wieder in dieses grässliche Häuschen.

Natürlich hatte ich Eulalia von Mundis zunehmender Demenz erzählt und darüber, dass man nie wissen könne, was in seinem Kopf vorgehe. »Oft habe ich das Gefühl, er lebe in seiner eigenen Welt, zu der ich keinen Zugang habe«, klagte ich ihr. »Aber das wechselt. Meist sagt er ja gar nichts mehr. Doch manchmal kommen wieder klare Momente, in denen er mich erkennt. Es kann sogar sein, dass er plötzlich sogar ein bisschen Kopfrechnen oder eine Überschrift in einer Zeitschrift lesen kann. Aber dann erzählt er wieder etwas, das überhaupt keinen Sinn macht.« – »Vielleicht«, meinte Eulalia, »sieht er ja mehr und mehr die Dinge hinter den Dingen, und das ständige Hin- und Herwechseln kann sein Verstand nicht verarbeiten.« – »Ach ja, das Ding an sich«; überlegte ich laut. Da schrie sie mich wütend an: »Das ist unverschämt!« – »Nein, Kant«, versuchte ich zu erklären. Doch schon war sie weg und ließ stundenlang nichts mehr von sich hören.

Als Eulalia sich wieder zu regen begann, war zunächst nur ein leises Gebrummel zu vernehmen, aus dem ich die Worte »Frechheit! Ich bin kein Ding! Ich bin eine Persönlichkeit!« heraushörte. Aha, nun war mir klar, was sie in den falschen Hals bekommen hatte. »Klar doch«, stimmte ich ihr zu. »Und was für eine!«

Kurz entschlossen nahm ich ein dickes Buch aus dem Regal, knallte es auf die Arbeitsfläche neben dem Kühlschrank und rief: »Da drin steht all das Zeugs über das Ding an sich. Und das hat mit Dir überhaupt nichts zu tun. Es geht darum, was berühmte Philosophen über die Erkenntnis der Existenz des eigenen Ich und der Welt, die uns umgibt, gedacht haben. Und dies führte zu der Gewissheit, dass die menschlichen Sinne nicht ausreichen, um alles, was existiert, auch mit dem Verstand zu erfassen. Im Zusammenhang mit diesen komplexen Fragen wurden Begriffe entwickelt wie eben das Selbst-Ich, das Außen-Ich, das Ding an sich oder so komische wie die Monaden von Leibniz. Und für das Übersinnliche gibt es noch viel mehr Begriffe, zum Beispiel Weltenseele, Schöpfergeist, das Numinose und vor allem auch Gott.«

Eulalia schien besänftigt. Deshalb wagte ich mich erneut auf schwieriges Terrain und bemerkte wie nebenbei: »Das mit dem Ding war ein Missverständnis, und Du sagst von Dir selbst, Du seiest eine Persönlichkeit. Aber was Du tatsächlich bist, weiß ich immer noch nicht.« – »Kann ich Dir auch nicht erklären, denn dazu bist Du zu dreidimensional. Und deshalb wirst Du nie etwas verstehen von den Dingen hinter den Dingen.« Das klang wieder mal sehr verächtlich. Aber dann seufzte sie und fuhr in ganz anderem Ton fort: »Jedenfalls bin ich ein höheres Wesen und habe auch Gefühle – sogar sehr starke. Oh, wie sehr ich mich nach Manannan Mac Lir sehne! Doch umsonst ... « Die Seufzer zogen sich mehr und mehr in die Länge und verwandelten sich dann in jammervolles Winseln. So hatte sie mir also ein Herzensgeheimnis anvertraut. Sie war unsterblich verliebt. Und sie schien zu ahnen, dass es sich da wohl um eine aussichtslose Liebe handelte.

E-Mail an Werner und Elisabeth:

Meine Lieben,

ich bin wieder normal, d. h. was immer bei mir normal ist. Jedenfalls heule ich nicht mehr nur herum wie bei unserem letzten Telefonat. Ich sitze in meinem Küchenwohnzimmer, esse mein Butterbrot, trinke feinen Grüntee mit Zitrone und unterhalte mich mit Eulalia, die zurzeit wieder mal besonders lebhaft ist. Soeben macht sie auf einem schmalen Burgmäuerchen eifrig Trockenschwimmübungen. Und dies trotz ihrer Verachtung für alles Dreidimensionale. Sie hofft eben immer ein bisschen auf eine Begegnung mit Manannan Mac Lir. Dieser keltische Meeresgott sei der Mann ihrer Träume, hatte sie mir neulich verschämt gestanden. Schließlich träfen sich um ihre Burg herum drei Seen und das Meer sei auch nicht weit entfernt. Bei so viel Wasser könne es doch sein, dass er auch einmal hier auftauche, meinte sie. Und da wolle sie eben vorbereitet sein. Was man nicht alles macht aus Liebe! Dabei ist sie doch eigentlich so wasserscheu. Was mich betrifft, so hoffe ich, dass er nicht auftaucht – in Eulalias und meinem eigenen Interesse. Weder ihre Schwimmkünste noch meine Hausratversicherung wären Manannan Mac Lir gewachsen. Oder wäre dies eher eine Sache der Elementarschutzversicherung? Aber egal – die ist auch nicht hoch genug ...

Je länger ich mit Eulalia zusammenlebe, desto mehr mache ich mir natürlich Gedanken darüber, was für ein Wesen sie überhaupt ist, welchen Umfang ihr Wissen hat, welche Gedanken und Wünsche sie umtreiben. Auch inwieweit sie handlungsfähig ist, hätte ich gerne gewusst – schon im Hinblick auf meine eigene Sicherheit. Direkten Fragen dieser Art ist sie jedoch bisher ausgewichen. Umso neugieriger werde ich.

Es ist nicht so, dass ich noch nie zuvor mit einem Hausgeist zu tun gehabt hätte. Oh nein. In der großen Villa, in der ich bis vor einem guten halben Jahr gelebt habe – sie wurde damals gerade hundert Jahre alt – gab es auch schon einen, den Huber-Geist nämlich. Ich weiß sogar, wo er herkam, während ich in dieser Hinsicht bei Eulalia völlig im Dunkeln tappe.

Also damals, als meine Eltern diese alte Jugendstilvilla mit dem großen Garten gekauft hatten, wohnte dort noch ein älterer Herr namens Huber zur Miete, ein pensionierter Finanzbeamter. Vielleicht war er von Berufs wegen so grantig. Er war empört über das Ansinnen, er solle ausziehen, obwohl er sowieso gerade dabei war, ein Haus am Bodensee als seinen Alterswohnsitz zu bauen und meine Eltern ihm von vornherein zugesagt hatten, keinerlei Zeitdruck ausüben zu wollen. Er könne sich so viel Zeit nehmen, wie er brauche, um sein Haus in aller Ruhe bezugsfertig zu machen, versicherten sie ihm. Sie wollten ja auch nur ein Stockwerk für sich, denn davon, dass ich mit meiner Familie einziehen werde, war damals noch nicht konkret die Rede. Trotzdem. Er fühlte sich tief beleidigt. Wahrscheinlich einfach aus Prinzip. Und als wir uns erdreisteten, ein zweites Mal in seine Wohnung kommen zu wollen, diesmal mit dem Architekten, der den Auftrag für die Renovierung des Hauses erhalten hatte (es ging u. a. um den Verlauf der Wasser- und Stromleitungen), beschimpfte er uns in beinah unflätiger Weise, und ja, verfluchte uns letztendlich sogar. So kam es, dass er nie ganz auszog. Sein dräuender Geist blieb uns erhalten.

Der Huber-Geist ließ sich zwar nie sehen oder hören, richtete aber im Verborgenen immer wieder kleineres oder größeres Unheil an. So etwa die oben genannten Fast-Brände. Immer wenn sich im Haus etwas sonst Unerklärliches ereignete oder kaputt ging, wussten wir: Das war der Huber-Geist.

Mit Eulalia läuft es ganz anders. Sie war von vornherein immer recht kommunikativ – zumindest, solange es sich nicht um Auskünfte über ihre Person handelte. Auch hat sie, soweit ich das beurteilen kann, bisher keinen Schaden angerichtet. Höchstens das mit dem Käse. Wir beide haben nämlich einen unterschiedlichen Geschmack, was Käse angeht. Mein Lieblingskäse ist der französische Weinbergkäse Saint André, aber nur in frischem Zustand, solange er noch ganz mild, weiß, fest und etwas bröselig ist. Eulalia dagegen bevorzugt Käse, die schon in die »Stinkerichtung«, wie ich das nenne, gehen. Also mag sie den Saint André lieber, wenn er leicht zu fließen beginnt, außen bräunlich geworden ist und einen strengeren Geschmack entwickelt hat.

Seit einiger Zeit schon war mir aufgefallen, dass ich meinen Lieblingskäse so frisch kaufen konnte, wie ich wollte – in kürzester Zeit, oft schon am nächsten Tag, war er so weit gereift, dass ich ihn nicht mehr essen mochte. Konnte das womöglich am neuen Kühlschrank liegen? Ich hatte ihn doch auf dieselbe Temperatur eingestellt wie bei dem in meiner früheren Wohnung. Oder ist schon die Lagerung in dem Supermarkt, in dem ich seit dem Umzug einkaufe, irgendwie anders? Ich war ratlos und beschloss, künftig keinen Saint André mehr zu kaufen. Es gab schließlich jede Menge Auswahl an der Käsetheke, und ich hatte lange noch nicht alles durchprobiert.

Da fragte mich Eulalia eines schönen Abends, wieso ich eigentlich keinen Saint André mehr im Kühlschrank hätte. Als ich ihr den Grund dafür erklärte, druckste sie erst ein bisschen herum und gab dann zu, dass sie nicht ganz unschuldig an der rapiden Käsereifung sei. »Was? Du hast da herumgefriemelt? Lass bloß Deine Finger von meinem Käse!«, rief ich empört. Eulalia war erschrocken. So kannte sie mich noch gar nicht. Aber bei meinem Tee und meinem Käse verstehe ich nun mal keinen Spaß. Schließlich murmelte sie entschuldigend: »Aber ich habe ihn doch bloß so ein ganz klein bisschen manipuliert.«

Eine Zeit lang redete ich nicht mehr mit ihr. Ich war sauer. Nicht nur, dass sie also wohl von meinen Lebensmitteln naschte. Sie laborierte auch noch damit herum. Das war doch die Höhe! Lange kann ich aber niemandem böse sein. Deshalb suchte ich nach einer Lösung für unser Problem – und fand sie auch. Von nun an schneide ich immer ein kleines Eckchen von meinem Saint André ab, bevor ich meine Einkäufe in den Kühlschrank packe.

Das erste Mal erklärte ich Eulalia: »So, das kleine Eckchen ist für Dich. Damit kannst Du machen, was Du willst.« Um dann mit erhobener Stimme fortzufahren: »Aber mit *meinem* Käse hast Du nichts zu schaffen. Ist das klar?« – Ein leises »Mhm«, gefolgt von einem demütigen Winseln, war zu hören. Jetzt tat sie mir doch fast wieder leid. Deshalb sagte ich noch versöhnlich. »Du sollst halt nicht ungefragt an meine Sachen gehen. Aber wenn Du auf etwas Appetit hast, kannst Du es mir sagen. Ich bringe sogar extra was für Dich mit, wenn Du einen besonderen Wunsch hast.« Wer nun Dankbarkeit erwartet hätte, täuscht sich. Schon zeigte Eulalia wieder Oberwasser und lehnte schnippisch ab: »Nein, auf Euer dreidimensionales Zeugs kann ich verzichten!« Sie fügte dann aber noch leise hinzu: »Nur von dem Saint André hätte ich schon gerne ab und zu was.«

Eine Kommunikation dieser Art ist allerdings selten zwischen uns. Die Vorzeichen stehen nämlich meistens umgekehrt: Sie ist die Beleidigte oder Empörte und ich muss zu Kreuze kriechen. Nun ja, man muss sich eben arrangieren.

Wenn ich abends nach der Tagesschau den Fernseher abgeschaltet und mich noch nicht ganz in meine Lektüre vergraben habe, ist Eulalia am ehesten zu einer kleinen Plauderei aufgelegt. So unterhielten wir uns einmal wieder über meinen ständigen Kummer bezüglich Mundis Situation im Pflegeheim. Da war es mir auch ein Bedürfnis, Eulalia für ihren Beistand zu danken, den sie mir geleistet hatte, als es mir so besonders schlecht ging. »Ist schon gut«, wehrte sie ab. »Wir müssen doch zusammenhalten. Ich kann mir sehr gut vorstellen, wie Du Dich fühlst. Aber Du hast immerhin ganz viele gute Jahre mit Deinem Mundi gehabt. Wenn Du jetzt so traurig bist, dann heißt es doch bloß, wie stark Du mit ihm verbunden warst. Ich dagegen hatte noch nie eine so enge Beziehung und weiß nicht, ob ich je etwas Derartiges erleben werde.«

Nach einer nachdenklichen Pause fuhr sie fort: »Aber Sehnsüchte habe ich schon. Sogar sehr starke. Du weißt ja, wie sehr ich mich nach Manannan Mac Lir sehne. Oh Manannan! Doch der bleibt wohl leider unerreichbar für mich.« – »Vielleicht ist das aber auch ganz gut so«, versuchte ich sie zu trösten. »Er ist doch ein gewaltiger Krieger. Stell Dir vor, er käme in seiner ganzen furchterregenden Größe,

Kraft und Herrlichkeit und seiner harten, undurchdring-lichen, eisenbewehrten Schuppenrüstung an und würde Dich in seine Arme reißen! Also, das würde vermutlich nicht nur schrecklich scheppern, sondern könnte ganz schön schmerzhaft oder gar gefährlich für Dich sein. Dein Körper – falls Du überhaupt so was wie einen Körper hast – ist schließlich eher von der ätherischen Sorte. Außerdem sagt man von ihm, dass er sehr schnell im Zorn ergrimmen kann.«

»Ach ja«, seufzte Eulalia, »schon. Aber er ist doch sooo SCHÖÖÖN!« Vor meinem geistigen Auge sah ich sie die Augen nach oben verdrehen. »Außerdem soll er ja auch eine Frau haben«, gab ich noch zu bedenken. »Fand heißt die, glaube ich. Obwohl man nichts Genaues weiß. Die Quellen sind da widersprüchlich. Sollte es diese Fand tat-sächlich geben, könnte auch sie Dir gefährlich werden. Göttliche Ehefrauen dulden die Seitensprünge ihrer Män-ner meist nicht ungestraft. Man kennt das ja zur Genüge vom griechischen Pantheon.« – »Ich weiß, ich weiß. Aber ich würde alles in Kauf nehmen für Manannan«, klang es leise aus der Küchenzeile, »wirklich alles ...« während sich ihre Stimme von der Brücke zur alten Burg hin verlor.

Brief an Elfi:

Liebe Elfi,

vielen Dank für Deine Anteilnahme und die guten Worte, die Du in meiner schweren Zeit für mich gefunden hast. Nun bin ich froh, dass alles vorbei ist.

Die Besuche im Pflegeheim waren zum Schluss schlimmer denn je. Dieses winzige Häuschen mit seiner Glastrennwand fand ich noch bedrückender als das Besucherfenster, wo man wenigstens noch etwas Bewegungsfreiheit hatte. Auf der Besucherseite wie auch auf der Seite für die Pflegeheimbewohner ging es arg eng zu. Theoretisch war es für jeweils zwei Personen gedacht, aber die durften dann nicht dick sein. Mundis Rollsessel musste man schon schräg stellen, sonst hätte er in der Tiefe gar nicht reingepasst. War noch eine Pflegekraft bei ihm, musste die sich sehr in die Ecke drücken. Aber wäre nur immer eine Begleitung dabeigeblieben! Meistens hatte wohl niemand die Zeit dafür und ich saß dann Mundi in dem engen Kabuff gegenüber, während er immer unruhiger wurde und die Türe zu öffnen versuchte, um hinauszugelangen. Ich wusste ja, dass er sich schnell beengt fühlte. Das kam, so hatte er mir einmal erklärt, daher, dass er im Krieg mal verschüttet war. Deshalb war er auch nie gern in einem Aufzug gefahren oder in einem Bus, wenn es wegen zu vieler Fahrgäste eng wurde. Und nachts konnte er es selbst in einem kalten Schlafzimmer nicht gut ertragen, fest zugedeckt zu sein.

Es war offensichtlich, wie unwohl er sich hier fühlte, als wir uns so hilflos und ein bisschen wie bei einem Gefängnisbesuch gegenübersaßen, während Mundi immer unruhiger wurde. Ein Gespräch war wegen seiner Schwerhörigkeit sowieso nicht möglich. In dem Versuch, sich aus seiner misslichen Lage zu befreien, streckte er sich mehr und mehr in Richtung Türklinke aus. Der Abstand war nicht groß und ich fürchtete sehr, es könnte ihm gelingen, die Tür zu öffnen und sich im Rollstuhl durch den Eingang hinauszudrücken. In den Armen hatte er ja noch einige Kraft. Dann wäre er draußen die Rampe runtergerollt und ich hätte vielleicht gar nicht schnell genug um das Häuschen herum durch die Absperrung rennen können, um seine Abwärtsfahrt *aufzuhalten. Es war für uns beide Stress und ich merkte, dass er nur wegwollte.*

Dass er nun in Ruhe und Geborgenheit sterben konnte, war eine Erlösung. Ich hatte Dir ja schon am Telefon erzählt, dass ich in seinen letzten Stunden bei ihm war und dass wir uns da noch einmal ganz nah gekommen sind. Ich bin so froh für meinen Mundi, dass er nicht mehr leiden muss und ihm nie mehr etwas Schlimmes oder auch nur Unangenehmes widerfahren kann. Das ist das Wichtigste. Mit der Leere, die er hinterlassen hat, muss ich eben zurechtkommen. Schließlich bin ich nicht die einzige Witwe in dieser Welt.

Bezüglich Eulalia gibt es nichts Neues. In den letzten Wochen herrschte Funkstille zwischen uns. Mir ging es einfach zu schlecht, um mich auf sie einzulassen, wenn sie erwartungsvolle Geräusche von sich gab. Aber gestern Abend redeten wir erstmals wieder kurz miteinander. Wenn Du im Herbst wirklich mal wieder zu Besuch kommst, kannst Du sie ja selbst erleben. Bis dahin bleib gesund und munter. Wir telefonieren bald wieder. ...

In den ersten Wochen nach Mundis Tod gab es viel zu erledigen und zu organisieren. Das war mir gar nicht unlieb, denn so musste ich einfach nur funktionieren und konnte mich nicht ständig in meinem Kummer suhlen. Und ich war zugegebenermaßen ein bisschen stolz darauf, auch diesen schweren Lebensabschnitt ohne Hilfe zu bewältigen. Also war ich wohl doch noch einigermaßen leistungsfähig, wenn ich mich nur ordentlich zusammenriss.

Trotzdem überfielen mich zwischendurch immer wieder regelrechte Heulattacken, die ich über mich ergehen ließ, weil ich ja wusste, dass das Unterdrücken starker Gefühle ungesund ist. Schließlich bin ich ein vernünftiger Mensch. Aber mittendrin in einem solchen tränenreichen Anfall hörte ich ganz deutlich Mundis Stimme in meinem Kopf: »Mach doch kein solches Theater. Du tust ja gerade so, als sei noch nie einer gestorben.« Da hatte er natürlich recht. Blitzartig hatte er mich wieder einmal auf den Boden der Tatsachen heruntergeholt. Das war typisch für ihn. Es war ihm oft genug gelungen, mich mit seinem knochentrockenen Realismus bei überbordenden gedanklichen oder gefühlsmäßigen Eskapaden zu erden. Sein Eingreifen war auch diesmal klärend und hilfreich. Man braucht sich ja nur vorzustellen, wie viele Menschen vor uns schon gestorben sind und nach uns noch sterben werden. Und wenn man erst daran denkt, unter welch furchtbaren Umständen das oft geschieht – in Kriegen, bei grausamen Verbrechen oder Krankheiten – dann relativiert sich so ein einzelner Todesfall, der dazu in hohem Alter und schmerzlos stattfindet, schon beinahe zur Bagatelle. Nichts hat mich so wirkungsvoll getröstet wie diese posthumen Worte meines Mannes.

Um nun aber keine Missverständnisse aufkommen zu lassen: Ich wusste sehr wohl, dass kein Geist zu mir gesprochen hatte. Doch im Laufe unserer fast vierzigjährigen Ehe waren mir Mundis Ansichten, seine Art, sich zu äußern und der Klang seiner Stimme in Fleisch und Blut übergegangen. Auf diese Weise konnte ich ihn trotz seiner Abwesenheit wirklich hören.

Ähnliches hatte ich auch nach dem Tode meines Vaters erlebt, nämlich als ich begann, mir ernsthaft Gedanken über eine Scheidung von meinem ersten Mann zu machen.

Schon vorher war mir diese Ehe unerträglich geworden. Weil mein erzkonservativer Vater Scheidungen stets rigoros verdammte und wir wussten, dass seine Lebenszeit wegen seiner Krebserkrankung sowieso bald zu Ende gehen würde, wollte ich ihn aber verschonen. Da er mich sehr liebte und wir im selben Haus wohnten, hätte ich all den Kummer, die Aufregungen und den ganzen Schmutz im Gefolge der Trennung nicht von ihm fernhalten können. Also riss ich mich zusammen und hielt durch, obwohl er dann doch noch ein Jahr länger als erwartet am Leben blieb.

Danach aber musste ich einen Entschluss bezüglich einer Scheidung fassen. Und als ich so am Überlegen war, ob ich diesen Schritt nun wirklich tun sollte oder ob es nicht doch vielleicht auch noch andere Lösungen gäbe, hörte ich die Stimme meines Vaters klar und deutlich: »Inge, lass' ihn laufen. Er macht Dich und die Familie kaputt.« Da wusste ich auf einmal, dass mein Vater diese Trennung doch akzeptiert hätte, vielleicht sogar schon geahnt hatte, obwohl ich meinen Eltern gegenüber nie ein Wort in diese Richtung hatte verlauten lassen. Ich war erleichtert und mir war auf einmal sehr klar, was zu tun war. Mein Vater hatte mir den richtigen Weg gezeigt. Ja, in dieser Weise leben die Toten in uns weiter.

Mit Eulalia verhielt es sich natürlich ganz anders. Sie war real genug und brachte eher Unruhe als Klarheit in mein Leben, aber eben auch Abwechslung und so manche Anregung.

Die erste Unterhaltung mit Eulalia nach der langen Pause war wirklich kurz gewesen. Sie war nämlich stinkesauer, dass ich sie dermaßen vernachlässigt hatte. Natürlich wollte ich ihr den Grund dafür erklären. Doch sie ließ mich gar nicht zu Wort kommen, sondern schrie und tobte nur herum, bis auch ich sie anschrie, sie solle endlich Ruhe geben, ich habe sie doch extra auf Eis gelegt, weil ... Da schlug ihre Stimmung plötzlich um. Sie ließ mich den Satz nicht zu Ende reden. »Oh, Eis!«, rief sie begeistert, »Was? Wo? Das habe ich ja noch gar nicht gemerkt!« Und dann wollte sie wissen, welche Sorte. Sie möge nämlich nur Bananeneis. Da hatte ich genug. Ich ließ sie einfach sitzen und ging ins Bett.

Am nächsten Morgen dann ließ sich Eulalia in Ruhe erklären, was alles vorgefallen war. Sie zeigte sich einsichtig und sogar wirklich mitfühlend. Es war also wieder Friede eingekehrt zwischen uns und wir genossen einen ruhigen Tag miteinander.

WhatsApp an Manuela:

Du glaubst gar nicht, in was sich Eulalia alles einmischt und wie anspruchsvoll sie ist. Dummerweise hat sie vorhin mein Telefongespräch mit dem Hotel Fortuna mitgehört, bei dem es um das Essen nach der Beerdigung ging. Sie will mitbestimmen, was serviert wird. Beim Hauptgang soll es eine Fischplatte statt Zwiebelrostbraten geben – wegen Manannan Mac Lir – und zum Dessert soll die Mousse aus weißer statt aus dunkler Schokolade sein, weil das vornehmer sei.

Antwort von Manuela:

Also so was! Jetzt wird die auch noch wählerisch. Soll froh sein, wenn sie überhaupt was kriegt. Die solltest Du Dir beizeiten erziehen.

Antwort an Manuela:

Leider geht es bei uns andersrum. Sie erzieht mich. Aber ich denke, jetzt werde ich ihr gelegentlich mal ganz brutal sagen müssen, dass sie ohne mich gar nichts wäre. Schließlich denke ich sie. In Abwandlung der Philosophenerkenntnis: Ich denke, also bin ich. Es gäbe sie ja gar nicht, wenn ich sie nicht dächte. Eine Spur Dankbarkeit wäre schon angebracht.

Unsere nächste Auseinandersetzung ließ nicht lange auf sich warten. Da machte ich mein Vorhaben wahr. Ich sagte Eulalia klipp und klar, dass sie nur ein Produkt meines Denkens sei und deshalb gar nichts zu melden habe. Ein bisschen tat sie mir dabei schon wieder leid, denn wirklich verletzen wollte ich sie ja nicht – nur etwas in ihre Schranken weisen. Ihre Reaktion war jedoch ganz anders als erwartet. Anstatt sich gedemütigt und bescheiden winselnd zu verziehen, trumpfte sie frech auf und sagte: »Ganz egal, wer oder was mich gedacht, gebaut, programmiert, geboren, erschaffen, ausgefurzt oder zusammengeschraubt hat: Jetzt bin ich da! Und ich mache, was ich will! Und deshalb bestimme nämlich ich, was Du denkst, dass ich denke, sage oder mache.«

Also, mir hat es die Sprache verschlagen. Es war mir direkt unheimlich zumute. Wenn ich ehrlich sein soll, fühle ich mich schon ein bisschen gesteuert. Dabei müsste ich meinen Kopf eigentlich frei haben, solange ich noch so viel zu organisieren und zu bedenken habe wegen Mundis Beerdigung und allem, was sonst noch zu erledigen ist. Und meine Trauer muss ich schließlich auch irgendwie bewältigen. Aber tatsächlich machen sich Gedanken oft selbstständig, wenn sie erst einmal gedacht worden sind – ob es sich nun um die Eifersucht eines Liebhabers, die Erfindung der Kernspaltung oder eine Gespenstergeschichte handelt, die kleine Kinder nicht mehr ruhig schlafen lässt. Oder eben um einen Hausgeist.

In den darauffolgenden Tagen kehrte endlich wieder Ruhe ein. Vielleicht ist Eulalia doch ein wenig in sich gegangen. Seitdem ist es eigentlich richtig schön mit ihr. Wir hatten eine grundlegende Aussprache und haben uns versöhnt. Dabei haben wir einiges voneinander gelernt und sind nun wieder Freundinnen.

Auslöser für diese Aussprache war ein Kaffeebesuch. Erstmals hatte ich einen anderen Bewohner des Hauses, in dem ich nun wohne, zu mir eingeladen. Als ich Eulalia mitteilte, dass demnächst ein geistlicher Herr zu uns komme, fragte sie aufgeregt: »Oh, das ist aber interessant! Was soll ich dann anziehen? Gibt es eine Kleiderordnung?« – »Nein, natürlich nicht«, beruhigte ich sie, »es ist kein großer Anlass. Außerdem sieht er Dich ja sowieso nicht.« Eulalia wirkte nicht ganz überzeugt. »Man kann aber nicht sicher wissen, was er mit seinem geistlichen Auge sieht, oder?«, murmelte sie. »Schließlich bin ich vermutlich etwas Ähnliches wie er.« Da musste ich aber lachen und erklärte ihr, dass unser Besucher ein ganz normaler Mensch, aber eben ein katholischer Priester sei. »Also, auch nur ein Dreidimensionaler«, murrte sie enttäuscht.

Eine Zeit lang war sie ruhig. Sie dachte nach. Dann sagte sie: »Ja, von denen habe ich schon gehört. Aber was will er in unserem Küchenwohnzimmer machen? Will der hier beten?« Wieder musste ich lachen. »Nein, nur Kaffee trinken. Zum Beten geht er in die Kirche. Das heißt, natürlich betet er auch sonst wo, aber dann eben meistens nur so für sich. In der Kirche leitet er die Gottesdienste, damit es dabei schön feierlich zugeht und eine gute Stimmung für die Gebete entsteht.«

Eulalia schwieg lange. Ich dachte schon, sie hätte sich wieder zurückgezogen. Dann ließ sie sich doch wieder hören – leise und besorgt: »Ich finde das aber gefährlich. Was ist, wenn er versucht, mich zu exorzieren? Und auch für Dich ist das riskant – denk' mal bloß an Dein Alter! Womöglich will er Dich als Hexe verbrennen lassen.« Dann fügte sie noch mit einem leisen Aufschrei hinzu: »Deshalb das Küchenwohnzimmer! Er könnte Dich klein hacken und im Backofen verbrutzeln lassen.«- »Aber nein. Ganz sicher nicht«, beruhigte ich sie. »Die Zeiten der Hexenverbrennungen sind schon seit Jahrhunderten vorbei. Da hat sich inzwischen viel geändert. Auch Dämonen werden – zumindest in Europa – nur noch ganz selten und von ganz rückständigen Leuten ausgetrieben. Der Herr Fleißbeil, der zu uns kommt, ist bestimmt keiner von denen.«

Anscheinend war es mir aber doch nicht ganz gelungen, Eulalia von der Harmlosigkeit unseres Gastes zu überzeugen, denn während seines Besuchs verhielt sie sich auffallend still. Sie ist ja sowieso meistens recht ruhig, wenn ich

Besuch habe. Aber diesmal gab sie keinen einzigen Mucks von sich. Da Herr Fleißbeil seinerseits seinen Hund nicht mitgebracht hatte, konnten wir uns in aller Ruhe unterhalten. Er gab selbst zu, dass dies mit Hund nicht so einfach gewesen wäre. Offenbar geht es ihm ein bisschen so wie mir mit Eulalia: Der Hund erzieht wohl eher ihn als umgekehrt.

Die Zeit verging mir wie im Fluge. Als sich mein Gast verabschiedete, hatten wir noch lange nicht alle Themen erschöpft, über die ich gerne mit ihm gesprochen hätte. Allerdings war ich daran teils selbst schuld, weil ich, wie so oft, wieder einmal viel zu viel von mir geschwätzt hatte, anstatt meinen Gesprächspartner richtig zu Wort kommen zu lassen. Eine alte Unart von mir, die ich einfach nicht ablegen kann.

Kaum hatte ich die Tür hinter Herrn Fleißbeil geschlossen, als sich Eulalia zu Wort meldete. »Dieser geistliche Herr war eigentlich richtig nett, jedenfalls für einen Dreidimensionalen«, verkündete sie. »Gefährlich wirkte er tatsächlich nicht. Und er sagte interessante Sachen. Zum Beispiel über sein Wohnmobil und wohin er damit noch fahren will und so was alles. Oder über die Parallelen, die man in verschiedenen Religionen und in den alten Mythen findet. Da kenne ich mich ja auch aus. Den kannst Du ruhig wieder mal einladen. Obwohl – ist der auch echt? Er hatte ja gar keine wallenden Gewänder an. Ich finde, er sah eher aus wie ein Wandersmann.« – »Daran siehst Du eben«, antwortete ich ihr, »wie modern die heutigen Priester sind. Die wallenden Gewänder trägt er nur bei feierlichen Gelegenheiten.« – »Aha, feierliche Gelegenheiten? Die Leute feiern da in den Kirchen?«, fragte sie interessiert. »Ich habe mich immer schon gewundert, wieso die Kirchen so riesengroß sind. Deshalb also! Wenn so viele Leute reinpassen, geht es wohl nicht nur ums Beten. Die haben da sicher auch viel Spaß miteinander. Bei so vielen Leuten ist bestimmt immer was los. Gibt es auch Bier und so?«

Manchmal wundere ich mich wirklich über Eulalias Vorstellungen. Auf der einen Seite kann sie durchaus kenntnisreich mit mir über die Geheimnisse der Einbalsamierung von Mumien, die Bewaffnung der Armee Alexanders des Großen oder über die Wurzeln der Dreieinigkeit in vorchristlichen Religionen diskutieren, andererseits ist sie oft unglaublich ahnungslos in alltäglichen Dingen. »Ach nein«, versuchte ich sie also aufzuklären, »in den Kirchen geht es nur um Gottesverehrung und um gemeinsames Beten und Singen, sowie um Gemeinschaftsbildung.« – »Ja eben. Sag ich doch. Singen und Gemeinschaftsbildung«, triumphierte Eulalia. »Darum geht es in den Festzelten ja auch.« Und laut schallte ihre Stimme durch den Raum: »Es gibt kein Bier auf Hawaii ... « und dann noch »Trink, trink, Brüderlein trink... «, so laut, dass ich mir nicht Gehör verschaffen konnte. Ihre Stimme war zwar kräftig, aber nicht besonders melodisch. Außerdem sang sie ziemlich falsch. Ich hatte genug. Ich ging hinaus und knallte die Tür hinter mir zu.

Endlich hatte Eulalia beide Lieder mit mehreren Wiederholungen abgesungen. Als von drinnen nichts mehr zu hören war und ich die Tür vorsichtig öffnete, räusperte sich Eulalia und sagte: »Gell, das war jetzt schön. Sicher bist Du hinausgegangen, weil Du in der Diele mehr Platz hast zum Tanzen. Aber länger kann ich leider nicht singen. Ich bin schon ganz heiser.«

Ich seufzte ergeben. »Dass es auch in Festzelten um Gemeinschaftsbildung geht, stimmt schon«, versuchte ich zu erklären. »Aber in der Kirche singt man ganz andere Lieder und spielt die Orgel. Das ist dann feierlich und kein solches Gegröle, das im Übrigen überhaupt nicht zu Dir passt, so vornehm, wie Du sonst immer tust.« Ausnahmsweise war Eulalia mal nicht beleidigt, sondern erkundigte sich interessiert: »Es gibt also verschiedene Wege zur Gemeinschaftsbildung bei Euch Dreidimensionalen?«

»O ja. Sehr verschiedene sogar«, antwortete ich. »Manche Leute brauchen viel Alkohol, um ein Gemeinschaftsgefühl zu erleben. Manchen gelingt das eher in einer Disco mit sehr lauter Musik, Tanz und vielleicht Ecstasy-Pillen. Sehr gut für die Gemeinschaftsbildung sind übrigens Sportgruppen und die Feuerwehr. Und viele suchen das Zusammengehörigkeitsgefühl mit Mitmenschen in einer Religionsgemeinschaft. Das alles verbindet. Aber es gibt noch jede Menge anderer Wege, weil die Menschen eben auch sehr verschieden sind. Ich glaube, darüber muss ich selber noch mehr nachdenken.« – »Ich aber auch«, sagte Eulalia. »Das ist wirklich ein weites Feld.« Und nach einer Pause fügte sie hinzu. »Jetzt verstehe ich endlich, wieso Du so gerne in den Literaturkreis gehst, obwohl Du Deine vielen Bücher ganz ohne diese Leute lesen kannst.«

Da wir nun schon einmal so schön am gemeinsamen Sinnieren waren, nutzte ich die Gunst der Stunde, um herauszufinden, was Eulalia eigentlich sei. Ich ging die Sache vorsichtig an. »Du siehst, wie viele Missverständnisse es zwischen uns gibt, obwohl wir in einer Wohngemeinschaft leben«, begann ich. »Umso wichtiger ist es, dass wir Vertrauen zueinander haben. Solange ich aber nicht weiß, was

Du bist, ist das schwierig für mich. Wir sollten doch versuchen, uns besser kennenzulernen. Desto weniger Missverständnisse wird es geben, die uns die Stimmung verderben.« Eulalia schwieg. Wollte sie mir nun schon wieder ausweichen? Aber dann gab sie zu, dass sie das schon auch so sehe. Es sei aber eben leider gar nicht einfach, die Art ihrer Existenz einer Dreidimensionalen wie mir zu erklären. Und leise und beschämt fügte sie hinzu, dass sie das nicht einmal selbst hundertprozentig genau wisse.

»Ja, bist Du vielleicht eine dieser lernenden KIs?«, erkundigte ich mich. »Die Vermutung liegt nahe, weil Du irgendwie in Verbindung mit der Elektrik zu stehen scheinst. Ich könnte mir vorstellen, dass derartige intelligente Software in unsere Küchenzeile integriert wurde. Die elektrischen Geräte sollen ja mit der Zeit noch weitere Funktionen bekommen und sogar untereinander kommunizieren können. Möglicherweise wird versucht, eine zentrale Software das alles noch besser steuern zu lassen, und Du bist einer der Prototypen.« Eulalia lachte spöttisch. »Du liest zu viel Science Fiction.« Dann erkundigte sie sich misstrauisch: »Oder willst Du mich ärgern? Dann wäre ich ja nur so eine Art Roboter. Nein, nein. Mit solchen materiellen Dingen habe ich rein gar nichts zu tun.«

So ganz glaubte ich ihr nicht, zumal sie selbst zugegeben hatte, nicht genau zu wissen, was sie sei. Deshalb hakte ich nach: »Aber wieso bist Du dann ausgerechnet in der Küchenzeile mit den vielen elektrischen Geräten? Irgendeinen Zusammenhang mit der Elektrik muss es doch geben. Und überhaupt naschst Du Käse. Das ist auch was Materielles.« Nach kurzem Nachdenken fügte ich hinzu: »Wovon beziehst du überhaupt Deine Energie? Du kannst ja nicht essen. Du sagst zwar, dass Du meinen Käse magst, aber ich sehe nie, dass die Stückchen, die ich Dir in den Kühlschrank lege, kleiner werden. Bist du also ans Stromnetz angeschlossen?« – »Nein, nein«, versicherte Eulalia, »ich bin da nicht angeschlossen. Ich bin durchaus autark. Aber ab und zu muss ich ein winziges bisschen am Strom nippen. So wenig, dass sich die Zahlen am Stromzähler gar nicht bewegen. Und vom Käse nehme ich im Grunde nur ein wenig seiner Essenz zu mir, nicht viel mehr als den Geruch und den Geschmack, wenn Du so willst.«

Das fand ich interessant. »Also Strom brauchst Du doch, um zu überleben, wenn auch nur ganz wenig«, stellte ich fest. »Aber Du bist unabhängig vom Stromnetz, sagst Du. Wie kann das sein? Gibt es also noch andere Energiequellen, die Dich am Leben halten?« Mir wurde schon wieder leicht mulmig. Dieses seltsame Wesen zehrte doch hoffentlich nicht von meiner eigenen Lebensenergie. Ich merkte ja deutlich, wie sehr die in letzter Zeit abgenommen hatte. Richtig unheimlich war mir bei diesem Gedanken zumute. Doch Eulalias Antwort beruhigte mich wieder. Elektrizität gibt es auch in der Natur«, sagte sie. »Am besten kann ich mich aufladen bei Gewittern. Das ist dann jedes Mal so, als hättest Du Dein Auto wieder vollgetankt. Deshalb gibt es die meisten von meinesgleichen in Gegenden mit häufiger Gewitterbildung oder dort, wo starke Energielinien in der Erde verlaufen. Nur wenige leben hier in Deiner Gegend.« Wieso sie ausgerechnet in meiner Küchenzeile hier in meiner Stockacher Wohnung saß, wusste sie aber auch nicht.

Doch dann versetzte sie mir doch noch einen leichten Schock. »Die Synapsen in Deinem Gehirn werden auch von chemisch/elektrischen Signalen angesteuert«, erklärte sie mir. »Im allergrößten Notfall könnte ich etwas davon abzapfen. Aber ein solcher Notfall kann hier gar nicht eintreten bei dieser Überfülle, die mich in der Küchenzeile umgibt. Außerdem müsste ich hierfür zu Dir weiter heraus ins Zimmer kommen. Mein Energieverbrauch dafür wäre unangemessen hoch. Das würde sich also vielleicht nicht einmal lohnen.« Gott sei Dank, dachte ich. Mit einem gewissen Sicherheitsabstand war mir Eulalia dann doch sympathischer.

Wir schwiegen eine Zeit lang. Ich musste meinen Schrecken erst verwinden. Dann fiel mir Eulalias Bemerkung bezüglich der Energielinien wieder ein. Als ich ihr erklärte, dass dies Quatsch und wissenschaftlich längst widerlegt sei, grunzte sie verächtlich und sagte: »So so. Und was ist dann zum Beispiel mit den Ley-Linien, wie Ihr sie nennt?« – »Eine Art Pilgerwege sind das. Ganz einfach, um von einem der Kultorte zum nächsten zu gelangen«, war meine nüchterne Antwort. Nun lachte Eulalia laut. »Zu kurz gesprungen, meine Liebe. Was ist zuerst: die Henne oder das Ei? Erst muss es vorher schon einen Grund gegeben haben für die Errichtung all dieser sakralen Bauten in einer bestimmten Ausrichtung. Außerdem hätten die unzähligen Menschen, die sich dann im Lauf der Jahrhunderte von einem dieser Orte zum anderen bewegten, angesichts der großen Entfernungen wohl auch unterschiedliche Wege einschlagen können.«

Wie man sieht, bringt es nichts, mit einem Hausgeist über solche Dinge zu diskutieren, dachte ich. Unsere Perspektiven sind einfach zu verschieden. Lieber fragte ich weiter: »Wenn Du also keine KI bist, bist Du dann so etwas wie die Geister in den englischen Schlössern?« – »Natürlich nicht«, rief Eulalia empört. »Hältst Du mich wirklich für etwas so Grobschlächtiges? Das sind doch alles bloß sublimierte Dreidimensionale, die schwer traumatisiert waren oder sich aus sonstigen Gründen nicht loslösen. Aber niemals würde ich etwas so Dämliches tun wie mit Ketten rasseln, mit Blut herumspritzen oder mit Heulen und Stöhnen nachts die Leute erschrecken.«

»Ich wollte Dich wirklich nicht beleidigen«, versuchte ich, Eulalia zu besänftigen, »aber ich weiß nicht, welche Geistwesen es sonst noch geben könnte. Ein Hauskobold bist Du ja sicher nicht. Weder einer wie die Mainzer Heinzelmännchen, die nachts die Arbeit der Schuster erledigen, noch so einer wie der arme Toby bei Harry Potter. Denn bei der Hausarbeit hast Du mir noch nie geholfen. Aber bist Du vielleicht so was wie eine Fee?« – »Jetzt werde aber nicht kindisch«, wies Eulalia mich zurecht. »Feen gibt es doch nur in Märchen.«

Ich überlegte weiter und startete den nächsten Versuch: »Bist Du dann etwa eine der Letzten von den Thuatha de Danann, dem kleinen Volk, das Manannan Mac Lir beschützt?« – »Nein, das auch nicht«, sagte Eulalia, und nach kurzem Zögern fügte sie hinzu, »obwohl man die schon als so etwas wie entfernte Verwandtschaft bezeichnen könnte. Aber die leben in Gemeinschaft, und ich bin ein edles Einzelwesen.« – »Zu den keltischen oder anderen Göttern kannst Du auch nicht gehören«, sinnierte ich weiter, »denn dann würdest Du wohl kaum in meiner Küchenzeile hausen.« – »Nein, eine Göttin bin ich nicht. Obwohl diese Stätte hier trotzdem in keiner Weise meiner Würde angemessen ist. Gott sei Dank kann ich ja aber nun in der Burg wohnen. Dafür bin ich Dir wirklich sehr dankbar.«

Allmählich war ich mit meinem Latein am Ende. »Kannst Du mir wirklich gar keine nähere Erklärung geben?«, drängte ich. »Irgendeine Bezeichnung muss es doch für jemanden wie Dich geben.« – »Nun«, gab Eulalia in getragenem, würdevollem Tonfall von sich, »ich bin eine Geistgeborene, also ein höheres, überaus edles Wesen. Ich gehöre zu den Elementargeistern, und zwar denen, deren Element die Luft ist. Diese Gruppe ist weit verzweigt, das heißt, es gibt darin sehr unterschiedliche Geschöpfe und auch eine Art Hierarchie. Die Geistgeborenen stehen sehr hoch in dieser Hierarchie, denn über ihnen gibt es nur noch die Götter. Du musst, Dir das etwa so vorstellen, als wäre ich eine aus Eurem dreidimensionalen Hochadel.«

So ergriffen und beinahe ehrfürchtig ich Eulalias Erklärung zunächst gelauscht hatte, musste ich bei ihrem letzten Satz doch ein Lachen unterdrücken. Der Hochadel! Das sollten höhere, überaus edle Wesen sein? Die Geschichte und die Regenbogenpresse haben uns anderes gelehrt. Glücklicherweise gelang es mir gerade noch rechtzeitig, mich zu beherrschen. Dieses Thema wollte ich jetzt nicht vertiefen, wo Eulalia sich endlich einmal etwas mitteilsamer zeigte. Deshalb schob ich den edlen Hochadel schnell zur Seite und gab mir alle Mühe, Eulalias Offenbarung mit möglichst respektvollem Gesichtsausdruck und andächtigem kurzem Schweigen entgegenzunehmen, so wie sie dies sicherlich erwartete. Schließlich kannte ich ihre Eitelkeit zur Genüge.

»So bist Du also wirklich etwas ganz Besonderes«, schmeichelte ich ihr. »Du musst dann wohl sehr mächtig sein.« – »Nein«, erwiderte sie knapp. »Mächtig kommt von machen. Und machen kann ich nicht sehr viel. Die groben Arbeiten erledigen sowieso die Hilfsgeister der Götter.« – »Aber wenn Du unter den Göttern und über den Hilfsgeistern stehst, musst Du doch mindestens gewisse Handlungsmöglichkeiten haben«, wandte ich ein. »Schon klar«, gab Eulalia zu. »Da habe ich mich nicht präzise ausgedrückt«, und fuhr dann fort: »Die Götter sind mächtig, weil sie machen lassen können. Die Hilfsgeister werden nur ermächtigt. Ich selbst aber bin weder mächtig noch werde ich ermächtigt, kann also nur wenig und dies nur in meinem engsten Umkreis machen. Mit mir verhält es sich eben anders. Vielleicht erzähle ich Dir später mehr darüber. Aber jetzt habe ich gerade keine Zeit dafür.« Offensichtlich war ihr das Thema unangenehm. »Warte, nur noch kurz«, bat ich. »Jetzt hast Du mir erklärt, was Du bist. Aber vorhin hattest Du doch einmal gesagt, Du wüsstest es selber nicht so richtig. Das ist doch ein Widerspruch.«

Eulalia seufzte. »Das ist auch wirklich kompliziert. Mal bin ich da, mal wieder nicht. Ich existiere immer nur in bestimmten Zeiträumen, so wie es Cailleach, meine Göttin, will. Dazwischen bin meiner selbst oft nicht bewusst. Während der Phasen meiner Existenz bin ich jeweils an einen oder mehrere Menschen gebunden, so wie ich jetzt mit Dir zusammen bin. Wenn die sterben, gibt es manchmal einen direkten Übergang zu anderen Menschen aus deren Umgebung. Meistens aber holt mich Cailleach dann und bringt mich in eine Art Ruhezustand, in dem ich keinerlei Bewusstsein habe oder mich, ähnlich wie Du es in Träumen tust, in anderen Dimensionen bewege. Auf einmal – es kann nach Tagen oder Jahrhunderten sein, sät sie mich wieder aus. So nennt sie es nämlich, wenn sie mich in meine nächste Existenzphase versetzt.

Ich erinnere mich an alles, was ich in den unzähligen Phasen meiner bewussten Existenz erlebt und erfahren habe, und sammle so immer mehr Wissen an. Cailleach will, dass ich von meinen Menschen lernen soll und die umgekehrt auch von mir. Dies sind die wesentlichen Eigenheiten, die mich von anderen Geistwesen unterscheiden. Jedenfalls bin ich uralt und trage das Wissen von vielen Jahrtausenden in mir. Oft denke ich darüber nach, wieso das so ist, und dass doch irgendein Sinn dahinterstehen muss. Habe ich also eine Bestimmung, die ich nicht kenne? Werde ich, wenn ich entsprechend viel Wissen erworben habe, einmal in eine andere Wesensform übergehen? Und war ich vor langer Zeit einmal ein ganz anderes Wesen als jetzt? Oder bin ich tatsächlich ein anderes Wesen in den Zeiten, wenn ich nur zu träumen meine? Ich weiß es nicht. Wenn Cailleach mich holt, kann ich sie alles fragen, und sie antwortet mir auch. Aber ihre Antworten auf diese schwierigen Fragen verstehe ich oft nicht. Ich denke, das ist ähnlich verwirrend, wie wenn Ihr Menschen Euch fragt, was nach Eurem Tod mit Euch passiert.«

Ich war fasziniert. Das klang alles wirklich spannend. Darüber musste ich nachdenken. Die Sache mit dem machen und machen können erinnerte mich stark an die philosophischen Erörterungen von Cusanus, mit denen ich mich erst vor Kurzem etwas eingehender beschäftigt hatte. Mit immer neuen Beispielen und Gedankengängen hatte dieser Philosoph und Kirchenfürst aus dem 15. Jahrhundert eine Annäherung an die Erkenntnis der Schöpfung und das Wesen Gottes versucht.

Alles, was es gibt, kann nicht von nichts gekommen sein, hatte Cusanus gesagt. Alles muss geschaffen worden sein, um zu existieren. Zwar kann ein Mensch zum Beispiel Löffel schnitzen, Mauern bauen und viele andere Dinge herstellen. Dann ist er der Schöpfer dieser Dinge. Aber sich selber und seine Fähigkeit, Dinge herzustellen, kann der Mensch nicht selbst erschaffen. Ebenso kann er nicht die Dinge in der Natur erschaffen, der er das Material entnimmt, um etwas daraus zu machen. Also müssen die Menschen und alles, was es außer ihnen an Lebewesen und auch an unbelebten Dingen auf der Erde und im Weltall gibt, die sie nicht selbst gemacht haben, von einer Macht außerhalb dieser Welt erschaffen worden sein, einer Macht, die all dies schaffen kann und die Fähigkeit zum Schaffen auch Menschen verliehen hat, wenn auch nur in einem begrenzten Umfang. Danach wären wir Menschen so etwas wie die Hilfsgeister, von denen Eulalia gesprochen hatte.

Und wenn es laut Eulalia die Götter gab, nämlich diejenigen, die schaffen können, überlegte ich weiter, dann musste über ihnen etwas anderes existieren, das noch mächtiger ist als sie. Ein Etwas oder der Gott, von dem in den monotheistischen Religionen die Rede ist. Denn keiner der Götter hat das Schaffenkönnen in allen Bereichen inne. Jeder von ihnen ist in irgendeiner Weise spezialisiert. Deshalb muss dieser Gott der Monotheisten das Schaffenkönnen aller Götter in sich vereinigen und deshalb allmächtig sein. Das sagt man ja sonst auch von keinem der Götter. Denn wenn die Götter nicht allmächtig sind, dann wurde auch an sie jeweils nur ein Teil des Schaffenkönnens delegiert, wovon sie wiederum etwas davon an die niedrigeren Geister delegieren. Und deshalb muss es notwendigerweise auch über den Göttern eine noch umfassendere Macht geben, die alles Schaffenkönnen in sich vereinigt und nach eigenem Gutdünken delegiert.

Oje, inzwischen brummte mir aber der Kopf. Trotzdem sinnierte ich weiter. Vielleicht, so überlegte ich, waren deshalb die Götter und die von den Göttern zum Machen ermächtigten Geister oft so unberechenbar und zerstörerisch, weil es bei der Zuständigkeit der Götter Überschneidungen und unklare Herrschaftsbereiche gab. So etwas geht natürlich zulasten einer effizienten Kontrolle. Und deshalb kommen sich auch die Götter gegenseitig leicht ins Gehege. Das kann dann chaotische Zustände zur Folge haben. Man denke nur an den Krieg um Troja. Schrecklich! Also war ein einziger allmächtiger Gott eigentlich schon wünschenswerter. Bloß dass man aus Erfahrung weiß, dass die Gefahr der Tyrannei größer wird, je mehr Macht einer hat.

Aber dieser eine Gott, sagen die monotheistischen Religionen, hat den Menschen den freien Willen gegeben. Wenn wir also innerhalb der uns gesetzten Grenzen zum Schaffen befähigt worden sind und einen freien Willen haben, gibt es auch unter uns Menschen Überschneidungen der Zuständigkeiten und unklare Herrschaftsbereiche. Und damit ist fürchterlicher Streit und Chaos vorprogrammiert, wie wir es ja auch tagtäglich in den Nachrichten erfahren.

So saß ich also da im Sessel meines Küchenwohnzimmers und grübelte und grübelte. Das kostete Zeit. Und ich war noch lange nicht fertig mit dem Grübeln. Schließlich musste ich auch noch über die Existenzphasen Eulalias nachdenken, und was das wohl bedeuten könnte. Aber als allein lebende Rentnerin hat man ja reichlich Zeit für derlei Beschäftigungen. Insofern konnte ich ruhig weitergrübeln.

Am nächsten Tag machte sich Eulalia wieder bemerkbar. Sie war also ansprechbar. Noch ganz erfüllt von ihrer gestrigen Offenbarung, wollte ich jetzt unbedingt auch noch wissen, ob sie eine Gestalt habe bzw. eine annehmen könne. Als ich sie danach fragte, antwortete sie stolz: «Die habe ich durchaus. Sogar eine sehr schöne. Nur kostet es leider ziemlich viel Energie, wenn ich damit in Deiner Welt in Erscheinung trete. Deshalb mache ich das nur in absoluten Ausnahmefällen. Aber wenn im silbernen Mondlicht Nebelschleier vom See bei der Burg aufsteigen, liebe ich es, in meinen wallenden Gewändern darin zu schweben und zu tanzen.

Besonders gern habe ich Stimmungen, wie sie beim Aufgang oder Untergang der Sonne entstehen. Diese entsprechen meiner Natur und meinen Farben. Aber auch an nebelverhangenen oder stürmischen Tagen, wenn Gewitterwolken tief über die Lande ziehen und den Horizont verdunkeln, mag ich es sehr, mich in die Lüfte zu erheben und mich mit den wilden Böen herumwirbeln zu lassen. Dann verwischen sich auch manchmal die Übergänge zwischen den Welten. Hast Du mich denn noch nie gesehen? Oder gehört? Manchmal singe ich nämlich dabei vor Lust und Freude.»

Hingerissen hörte ich Eulalia zu. O ja, solche Stimmungen kannte und liebte auch ich. Die hatte ich zum Beispiel im Urlaub bei einsamen Strandwanderungen erlebt, wenn ich mich ganz früh am Morgen aus dem Hotelzimmer hinausschlich ans Meer, um den Sonnenaufgang zu genießen, oder auch im späten Abendlicht. Insbesondere konnte ich aber Eulalias Begeisterung für die von ihr beschriebenen stürmischen Naturstimmungen nachvollziehen.

Wie gut erinnere ich mich an einen meiner Streifzüge über die Höhen der Schwäbischen Alb, meiner Heimat. Ich hatte mein Auto auf einem Feldweg abgestellt und ging gedankenverloren über die durch Schafbeweidung offen gehaltene Wacholderheide. Mit allen Sinnen genoss ich den Reichtum an Wildblumen, den Duft des Wacholders und der Kräuter, die gaukelnden Schmetterlinge, das Summen der Wildbienen und anderen Insekten. Wie weit war dort der Blick! Ich verlor mich in Raum und Zeit. Auf einmal schlug die beschauliche Stimmung um. Rasend schnell zog ein heftiges Sommergewitter auf. Bald brauste und stürmte es. Der laue Wind hatte sich in ein wütendes Toben verwandelt, sodass ich mich kaum auf den Beinen halten konnte. Peitschender Regen zog wie ein dunkler Vorhang über mich hinweg. Wäre nur die Furcht vor den Blitzen nicht gewesen – ich hätte das in vollen Zügen genossen. Egal wie durchnässt und erschöpft ich nach diesem Erlebnis zu Hause ankam – ich hätte es doch nicht missen wollen. Nie habe ich mich so lebendig und den Elementen der Natur so verbunden gefühlt wie mitten in diesem Sturm. Vielleicht hatte ich deshalb jahrzehntelang von einem Wanderurlaub im rauen schottischen Hochland mit seinem veränderlichen, oft unwirtlichen Wetter geträumt.

Aber auch eine völlig andere Stimmung kam mir in den Sinn: ein Spätnachmittag am Skutari-See an der montenegrinisch-albanischen Grenze. Wie sehr hat mich die menschenleere, stille Märchenlandschaft damals angerührt. Auch dieses Erlebnis blieb unvergessen. Der Drin hat hier mit seinen unverbauten Wasserläufen ein breit gefächertes Delta und diesen erstaunlichen See geschaffen, dessen Größe sich mit den Jahreszeiten stark verändert. Im

Sommer erreicht er eine Fläche so groß wie der Bodensee, jedoch ist er nirgendwo tiefer als 5 bis 6 Meter.

Voller Frust nach einer Auseinandersetzung mit meinem kilometerfressenden ersten Ehemann, der nirgendwo anhalten wollte außer an einem FKK-Strand und allenfalls noch an einer Imbissbude, hatte ich die Gunst einer Reifenpanne genutzt, um mich ins Grüne abzusetzen. Ich kannte die ungefähre Richtung zum See und schlug mich durchs Gebüsch bis zum Ufer durch. Dort saß ich dann über zwei Stunden lang auf einem glatten warmen Stein, genoss die milde Sommerbrise und ließ die Gedanken treiben.

Kein Laut war zu hören, außer dem Summen von Insekten und melodischen Vogelstimmen. Die Wasserfläche schimmerte in veränderlichen Farbtönen zwischen Hellblau und Türkis, je nachdem, wie sie bewegt wurde von den Wirbeln der aus dem Seeboden austretenden Karstquellen oder wie Sonnenschein und Wolken über sie hinzogen. Zu den Uferbereichen hin verlor sie sich in geheimnisvollem Dunkelgrün zwischen Bäumen und Büschen. Die Magie der Landschaft zog mich in ihren Bann. Nirgendwo fand das Auge Halt an geraden Linien oder Abgrenzungen. Wo war noch Wasser, wo schon Land? Es gab tief eingeschnittene Buchten, die Ufer mit Schilf und Strauchwerk bewachsen. Die Wasserfläche wurde von zahlreichen Inseln unterbrochen – einige nur kleine Hügel, andere schon eher bergartige Erhebungen, die sich mit ihren Kuppelformen harmonisch in die weichen Linien der Landschaft einfügten. Bei genauerem Betrachten der Inseln sah ich vereinzelt alte Gemäuer hinter Bäumen und Gestrüpp hervorlugen.

Besonders unwirklich erschienen mir die Torfinseln. Umgeben von Teppichen aus Seerosen, Wasserlilien und Wassernuss trieben sie wie Flöße auf dem Wasser. Manche waren mit Gebüsch, teils sogar mit ausgewachsenen Bäumen bewachsen. Und auf einer davon entdeckte ich eine Kolonie brütender Pelikane. Wie ein Schutzwall erhob sich weit hinten am Horizont ein rosa überhauchtes Bergmassiv. Über all dieser Pracht spannte sich ein fliederfarbener Himmel, an dem sich die Inseln in Form von hellgrün, golden und rosa geränderten Wolken fortzusetzen schienen – das Ganze eingetaucht in das unwirklich rote Licht einer tief stehenden Sonne, während die entfernteren Ufer bereits hinter dunklen Schatten versanken. Ab und zu streifte mich ein leiser Windhauch, der wie zarte Elfenflügel auch die feinen, irisierenden Dunstschleier über dem Wasser bewegte. Es kam mir vor, als lösten sich auch die Konturen meines eigenen Körpers auf, als verlöre ich mich in der Grenzenlosigkeit meiner Umgebung. Was war das hier? War dies ein Märchen? War dies das Paradies? Ich fühlte mich wie in einer anderen Welt. Wie ungern kehrte ich daraus zurück in die banale Realität!

Falls Eulalia wirklich so schön ist, wie sie sagt, käme es mir bei diesen Erinnerungen gar nicht mal so unwahrscheinlich vor, dass ich sie dort hätte fliegen sehen. Wer weiß, vielleicht war sie mir damals schon irgendwie zugeordnet gewesen. Und was, wenn ich ihr in meinen jungen Jahren in noch irdischerer Form begegnet wäre? Ganz unmöglich schien es mir nicht.

Es war bei Maria im Stein, einer uralten Wallfahrtsstätte im Naturschutzgebiet Aachtobel in der Nähe von Hohenbodman, von der mir Freunde erzählt hatten. Sie holten von der Quelle dort regelmäßig kanisterweise Wasser, das sie für besonders gut hielten. Man könne auch schön in dem schattigen Tal wandern, sagten sie. Das wollte ich mir einmal anschauen. Also setzte ich mich in einem heißen Hochsommer schon am sehr frühen Morgen ins Auto und fuhr in Richtung Salem auf dem mir beschriebenen Weg zu Maria im Stein.

Man sagt, ein Ritter von Bodman namens Albero sei während eines Kreuzzugs ins Heilige Land in türkische Gefangenschaft geraten. In seiner Todesangst habe er ein Gelübde abgelegt, dass er Maria an dieser Stelle ein Kirchlein bauen wolle, wenn sie ihn befreie und ihn heil nach Hause gelangen lasse. Ein solcher Kuhhandel (für mein Empfinden) ist ja nichts Seltenes. Jedenfalls habe Albero nach seiner Rückkehr sein Versprechen erfüllt und damit einen Wallfahrtsort begründet, der erstmals 1550 urkundlich erwähnt wurde.

Ein heiliger Ort war Maria im Stein aber wohl schon viel länger. Nicht nur soll es eine oder mehrere Einsiedlerinnen gegeben haben, die in der kleinen Karsthöhle hinter der Kapelle lebten, sondern sogar von einem Kultort der Großen Mutter während der Keltenzeit ist die Rede. Konkrete Belege für Letzteres fand man nicht – hat sicher auch nicht ernsthaft danach geforscht. Es wäre aber nicht weiter verwunderlich, wenn Menschen damals schon die seltsam mystische Stimmung, die einen dort ergreift, genauso wie ich empfunden hätten.

Ich setzte mich auf einen Stein vor der kleinen Höhle und ließ die große, nur von sanften Naturgeräuschen unterbrochene Stille auf mich wirken. Dann stieg ich den schmalen

Pfad zu einer Waldlichtung hinunter. Genau so hatte ich mir als Kind immer eine Märchenwiese vorgestellt. Bunte Sommerblumen sprenkelten das frische Grün, über dem Schmetterlinge, Hummeln und Wildbienen gaukelten. Ein feiner Nebel lag über der Wiese, noch nicht aufgelöst von den ersten Strahlen der Sonne, die ein schräges, gedämpftes Licht über das Mini-Paradieschen sandten. Ein wunderbar frischer Duft umfächelte mich in der kühlen Morgenluft. Es hätten nur noch ein paar Pilze sammelnde Zwerge gefehlt, um das Bild zu vervollständigen.

Langsam ging ich weiter auf dem schmalen Wanderweg, der nun unter hohen, dunklen Bäumen entlang dem plätschernden Bächlein in die dämmerige Schlucht hineinführte. Das felsige Bachbett war hier schon etwas breiter und tiefer. Darüber begegneten sich die Äste der riesigen Bäume, als wollten sie sich die Hände reichen. Nur vereinzelte Sonnenstrahlen fanden ihren Weg durch das dichte Laubdach in den dunkelgrünen Tunnel und tauchten den vom Wasser aufsteigenden Nebel in ein fliederfarbenes Licht.

Wie ich so den Bachlauf entlang in dieses geheimnisvolle dämmerige Gewölbe hineinschaute, sah ich in einiger Entfernung ein wunderschönes weißes Pferd im Wasser stehen. Und als ich etwas näher kam, daneben noch etwas Weißes: eine nackte, schlanke Frau mit sehr langen, sehr hellen Haaren, die dort, offenbar ganz in sich versunken, mit anmutigen Bewegungen das Pferd striegelte. Ein absolut unirdisch anmutender Anblick. Ich blieb wie gebannt stehen, denn ich fühlte mich wie ein Eindringling, der hier nichts zu suchen hat. Ich hätte auch gar keinen weiteren Schritt in diese Richtung mehr tun können. Es war so, als weigerten sich meine Füße, mich über eine unsichtbare Schwelle in die Anderswelt treten zu lassen. Still ließ ich die zauberhafte Szene auf mich wirken und zog mich dann leise zurück.

Oh Mann, was für ein bodenloser Kitsch! Aber genauso habe ich es erlebt. Und bis heute kann ich nicht sagen, ob ich dort einfach eine junge Frau gesehen habe, die sich unbeobachtet fühlte, oder ob ich einen Blick in eine andere Welt (an die ich doch überhaupt nicht glaubte) getan hatte – in eine von Eulalias Welten vielleicht?

Ein verwunschener Ort, wirklich, dieses Maria im Stein.

Brief an Elfi:

Liebe Elfi,

warst Du inzwischen mal in dem Balinger Reisebüro wegen Unterlagen über Wellness-Hotels, die mit der Bahn gut erreichbar sind? Wir wollten uns doch an einem solchen Ort ein paar Tage lang so richtig verwöhnen lassen, sobald die Corona-Gefahr vorbei ist. Ich würde es wirklich sehr genießen, nach vielen Jahren endlich wieder einmal einen kleinen Urlaub zu machen. Ansonsten muss ich eben weiterhin nur in Gedanken reisen.

Du weißt ja, dass ich inzwischen herausgefunden habe, dass die Burg an meiner Küchenwand Eilean Donan Castle heißt und in einem See in Schottland, dem Loch Duich, liegt. Aber es ist mir noch immer nicht gelungen, eine brauchbare Karte im Internet zu finden, auf der die geografische Lage dieses Sees zu sehen ist. Das hat mir keine Ruhe gelassen, und gestern Abend habe ich noch einmal danach gesucht – wieder vergebens. Aber dafür habe ich etwas Besseres gefunden: Luftbilder mit Ortsangaben. Der Loch Duich und die direkt mit ihm verbundenen Seen Loch Long und Loch Alsh sind da gut zu sehen sowie einige andere, die diese wiederum mit dem Meer verbinden. Und Du glaubst es nicht! Ganz nahe liegen die Kilcairn Mountains. Ausgerechnet die Gegend, wo ich immer den Wanderurlaub planen wollte, der leider nie zustande gekommen ist. Da war ich aber platt.

Jedenfalls ist der Loch Duich kein normaler See, sondern Teil einer weit ausgedehnten und tief ins Festland hineinreichenden Lagunenlandschaft, ähnlich den norwegischen Fjorden. Das erklärt nun auch die unterschiedlich hohen Wasserstände, von denen Eulalia erzählt hat. Offensichtlich machen sich die Gezeiten noch so weit ins Land hinein bemerkbar, und ich nehme an, das Wasser wird etwas salzig sein. Wäre also wohl nicht schlecht zum Schwimmenlernen, denn Salzwasser trägt ja besser als Süßwasser. Doch Eulalia bleibt vorläufig noch lieber bei ihren Trockenübungen.

Tja, bei alledem kommt schon Reisesehnsucht auf. Wandern in den traumhaft schönen Landschaften der Highlands mit ihrer prallen Geschichte – das wäre wunderbar! Bloß darf ich mir natürlich keine Illusionen machen. Nach Schottland komme ich wohl nie mehr im Leben. In meinem Alter muss man froh sein, wenn man vielleicht noch einmal einen kleinen Wellness-Urlaub mit einer lieben Freundin verbringen kann. Auch das ist ja fraglich. Wer weiß, wie lange Corona noch Probleme macht ...

Letzte Nacht habe ich tief geschlafen und geträumt. Ich flog mit Eulalia über dem See und der Burg. Es war dämmrig und wir schraubten uns immer höher in die Lüfte wie Raubvögel, die die Aufwinde nutzen. Wir hielten uns an den Händen und trieben in den Winden wie in Meereswogen, ließen uns von den Sturmböen jagen und umherwirbeln. Winzige Eiskristalle prickelten auf meiner Haut. Von hier oben hatten wir einen weiten Blick über die wunderschöne, nur sehr dünn besiedelte Landschaft aus Wasser, Hügeln und Bergen.

»Schau«, rief mir Eulalia zu, »hier siehst Du, dass mein See mit dem Meer verbunden ist. Deshalb denke ich ja, dass Manannan Mac Lir leicht einmal zu mir kommen könnte.« Von unserer Höhe aus war tatsächlich gut zu erkennen, dass Eulalias See kein Binnengewässer war, sondern eher Teil einer Seenplatte, die mit dem Meer in Verbindung stand. Das hatte ich ja bereits auf den Luftaufnahmen im Internet gesehen. Aber so in natura war es natürlich noch interessanter und vor allem viel schöner, weil durch die nicht ganz so große Höhe die verschiedenen Details in der Landschaft genauer und farbiger hervortraten. Auch die Bergkette zum Landesinnern hin, die Kilcairn Mountains, wie ich inzwischen wusste, war trotz des verhangenen Horizonts deutlich auszumachen.

Eulalia riss mich aus meinen Gedanken, als sie mir zurief: »Siehst Du dort unten den höheren der Burgtürme an der landabgewandten Seite der Burg? Der mit der kleinen Terrasse davor? In dem halte ich mich meistens auf. Dort habe ich auch Lady Mary getroffen. Von den Fenstern aus und von der Terrasse hat man einen besonders schönen Ausblick. Es gibt sogar noch ein paar Möbel im obersten Stockwerk. Ich mag diesen Raum. Das Himmelbett ist recht bequem, wenn auch ziemlich zerschlissen und stockfleckig. Man sollte es mal neu beziehen und neue Vorhänge daran anbringen. Schon Lady Mary zuliebe.«

An viel mehr erinnere ich mich nicht mehr. Leider sind solche schönen Träume meist schnell zu Ende.

Beim Frühstück am nächsten Morgen unterhielt ich mich mit Eulalia über unseren Traumflug. »Das sollten wir öfter machen«, schlug sie mir vor. »Zu zweit macht es viel mehr Spaß. Jetzt, wo Du Dein Auto an Leo abgegeben hast und kein neues mehr kaufen möchtest, kommst Du nicht mehr viel weg. Da kannst Du doch wenigstens mit mir fliegen.« Das fand ich auch. Wenn man Träume nur besser kommandieren könnte.

Entgegen aller Traumfliegerei holte mich die Wirklichkeit schon am nächsten Tag wieder auf den Boden. Da war nämlich Mundis Geburtstag. 97 wäre er geworden. Das Frühstück war eine trübselige Angelegenheit. Waren seine Geburtstage bislang immer feuchtfröhlich gewesen, war dieser jetzt nur noch feucht. Wie ich gerade so trostlos in meine Tasse heulte und der Tee schon etwas salzig zu schmecken begann, erkundigte sich Eulalia teilnahmsvoll nach dem Grund meines Kummers.

Ich erzählte ihr von den vielen Gratulanten, die sich früher an seinen Geburtstagen die Klinke in die Hand zu geben pflegten. An runden Geburtstagen hatten wir stets etwa 50 Gäste in ein Hotel eingeladen. Trotzdem kamen auch danach immer noch weitere Freunde und Verwandte. So spielte es sich ein, dass seine Geburtstage meist zwei Tage lang dauerten. Während dieser Zeit hielt ich ständig ein kaltes Buffet, Butterbrezeln, Kuchen, Kaffee, Wein und andere Getränke bereit, sodass zu jeder Tageszeit nach Herzenslust gegessen, getrunken und gefeiert werden konnte. Viele der Gäste kannte ich nicht einmal. Es ist mir nie möglich gewesen, mir die Gesichter all dieser Leute einzuprägen, geschweige denn ihre Namen und die Beziehung, in der sie zu Mundi standen. Halb Stockach war ja mit ihm befreundet.

Seinen letzten Geburtstag hatten wir noch schön im Pflegeheim feiern können. Das obere Stockwerk war damals noch nicht ganz ausgebaut und deshalb auch nicht voll belegt. Man hatte uns einen gesonderten Raum zur Verfügung gestellt und eine große Kaffeetafel wunderschön gedeckt und dekoriert. Sogar Kaffee, Zucker und Kaffeesahne waren da. Für alles war gesorgt. Ich musste nur Torte, Obstkuchen, Schlagsahne und die kalten Getränke mitbringen. Wir waren über 20 Personen.

Als ich Mundi im Rollstuhl hereinbrachte und er die Festtafel und all die Leute sah, strahlte er übers ganze Gesicht. Zwar erkannte er nicht mehr jeden, aber er freute sich sichtlich, dass so viele Gäste zu ihm gekommen waren. Er stieß mit ihnen mit einem Glas Sekt an, ließ sich hochleben und für sein gutes und gepflegtes Aussehen loben, machte auch seinerseits Komplimente. Der alte Charmeur. Wie immer präsidierte er stolz am Kopfende der langen Tafel. Ich fütterte ihn mit Schwarzwälder Kirschtorte und half ein bisschen übersetzen. Damals verstand man ja meist noch, was er meinte. Mundi war sichtlich glücklich.

Nachher wurde noch Wein getrunken und gesungen. Das liebte er ja immer sehr. Und als jemand das Lied »O mein Papa« anstimmte, fiel er ein und sang bald solo weiter ... »... war eine wunderscheene Maan. O, mein Papa, war eine große Gienstlär. Ei, wie er lacht! Sein Mund sich sein so rund und rot. Und seine Aug, wie Diamanten strahlen... «, da war seine Stimme zwar nicht mehr so kräftig wie früher und er konnte die Töne auch nicht mehr so lange halten, aber er schmetterte dieses gedehnte »strahlen« doch noch mit routiniertem Tremolo und ansteckender Begeisterung volltönend heraus, erhob die Arme, als ob er auf einer Bühne stünde, und seine Augen strahlten wirklich wie Diamanten mit den Kerzen um die Wette. Ja, hier war er wieder einmal in seiner Welt.

»Und nun«, schloss ich meine Erzählung, »hat er überhaupt keine Feier. Und als Geschenk bekommt er nichts als einen Grabstein. Wenn das nicht traurig ist!« Am Tag vorher hatte ich Eulalia von dem schönen Grabstein erzählt, den ich für das Grab ausgesucht hatte: ein fast naturbelassener kleiner Felsbrocken aus einem hellen, grau-grünlichen Quarzit, wie es ihn offenbar nur im Kanton Wallis gibt. Der war vor wenigen Tagen aufgestellt worden. Bei Urnengräbern muss man ja nicht so lange warten, bis sich die Erde gesetzt hat.

Als ich meine Erzählung beendet hatte und die nächsten Tränen flossen, versuchte Eulalia, mich zu trösten. »Gerade weil er so einen Rahmen brauchte, um in seiner Welt zu sein, ist es doch gut, dass er seinen Geburtstag, wie er jetzt in Corona-Zeiten wäre, nicht mehr miterleben muss. Ihr hättet ja nur zu zweit in seinem Zimmer hocken können. Du hast mir selber mal gesagt, dass ihm das nie recht war, weil er immer lieber bei den anderen Leuten im Aufenthaltsraum sein wollte.« Sicher, da hatte sie recht.

Nach einer Weile forderte mich Eulalia energisch auf: »Hör endlich auf mit dem ständigen Geflenne und Geschniefe. Das reicht jetzt. Sei endlich mal eine Weile still. Lies was. Aber raschele bitte nicht so laut mit den Seiten, wenn Du umblätterst. Ich fühle mich gerade in einer künstlerischen

Schaffensphase und muss mich sehr konzentrieren. Ich wünsche absolute Ruhe!« Dann rief sie mir noch zu: »Es geht um ein Gedicht für Mundis Grabstein.« Ich wollte ihr sagen, dass darauf für so etwas gar kein Platz sei. Aber da war sie schon weg. Das kann ja was werden, dachte ich bei mir. Wenn die jetzt auch noch zu dichten anfängt!

Ein paar Stunden später konfrontierte mich Eulalia mit ihrem Gedicht. Offensichtlich stolz auf ihr Machwerk trug sie es mir vor – nicht ohne vorher gefragt zu haben, ob die Akustik im Raum für so etwas überhaupt geeignet sei. Normalerweise würde man derart anspruchsvolle literarische Werke natürlich auf Theaterbühnen vortragen, erklärte sie. Oder ob ich meine, man solle vorher lieber doch noch einen Tontechniker kommen lassen. Nachdem ich sie in dieser Richtung beruhigt und versichert hatte, die Akustik im Küchenwohnzimmer mit dem Fliesenboden sei ausgezeichnet, legte sie los:

In dieses Baumes kühlem Schatten,
Da ruht der beste aller Gatten.
Er hatte ein sehr langes Leben,
Bis er sich halt dem Tod ergeben.

Kein Unheil kann ihn nun noch plagen,
Kein Würmleins Zahn ihn je benagen.
Geschützt in Urnens dickem Bauche,
Da ruht sein Leib, verwandelt schon im Rauche.

Und aus der Asche luftiger Substanz
Bereitet sich sein Geist zu frohem Tanz.
In des Gemeinschaftsgräberfeldes Tiefen
Die Kameraden ihn zum Feiern riefen.

So manche Freundschaft ihn verbindet
Mit denen, die er in der Nähe findet.
Es sind da solche, die einst mit ihm spielten
– Golf, Tennis, Fußball – und sich lustig unterhielten.

Er hat die Kumpels, hat viel Zeit.
Ein Prosit der Gemütlichkeit!
Es fehlt dazu nicht Bier noch Wein,
Das brauchen Geister nicht zum Fröhlichsein.

Wer an ihn denkt, der wird ihn loben.
Man feiert unten ihn und oben.
Der Trübsinn war nie seine Sache,
Wollt' er doch immer, dass man lache.

Und krümmt die Witwe ihren Rücken
Aus Trauer und aus Schmerz beim Bücken,
Ruft er ihr zu: »Komm her, mein Schatz!
Ich rück zur Seit'. Hier ist noch Platz.«

Von unten tönt der Würmer Chor:
»Ja, komm nur her! Mach' uns nichts vor.
Du tust nur so, als wärst Du wichtig.
Das war einmal. Jetzt bist Du nichtig.«

Ja, klar doch. Aber s'ist noch Zeit.
So ganz bin ich noch nicht bereit.
Ich will noch ein paar Bücher lesen
Und ab und zu beim Inder essen.

Dann geb' ich Ruh und schlag den Deckel zu.

»Nun, wie findest Du das?«, erkundigte sich Eulalia.

Ich schwankte zwischen Lachen und Entsetzen, versuchte aber beides vor ihr zu verbergen. Dann antwortete ich mit möglichst neutralem Gesichtsausdruck: »Also, das ist sicher gut gemeint und reimt sich auch ganz schön. Aber ehrlich gesagt, finde ich dieses Gedicht nicht so recht passend. Es erweckt den Eindruck, als sei mein Mundi nur so ein Wirtshaushocker gewesen. Sicher, er liebte die Geselligkeit und trank dann auch gerne mal einen über den Durst. Aber es ging ihm ja nicht nur darum bei seinen Vereinsmitgliedschaften. Da stand schon der Sport im Vordergrund. Oder die Stockacher Fastnachtstraditionen. Das hinterher Zusammenhocken, bei dem es oft hoch herging, ergab sich dann eben so.«

»Mmh«, machte Eulalia enttäuscht, aber nicht so verärgert, wie ich befürchtet hatte. »Dann muss ich noch einmal in mich gehen.« Das tat sie wohl, denn als ich mich abends zum Schlafengehen bereit machte, überraschte sie mich mit ihrem nächsten Machwerk:

Ein langes Männerleben ist vergangen,
Meist war es heiter, manchmal schwer,
Vor allem in den letzten Jahren sehr.
Jetzt muss man nicht mehr um ihn bangen.

Doch wird's nicht allzu still ihm in der Urne?
Er liebt den Umtrieb, nicht die wohlverdiente Ruh.
Ein Würmlein hat's bemerkt und nickt ihm freundlich zu.
Es freut sich schon und wartet, dass er turne.

Wer immer diesen stets so frohen Mann
In seinen vielen guten Jahren kannte,
Der weiß, wie schnell er nach den Bällen rannte,
Und wie er manchen Preis gewann.

Es kann nicht sein, dass stumm und still
In seiner Urne er nun einsam bleibe.
Er hält's nicht aus, dass er nicht Sport und Unsinn treibe,
Weil er doch sich und andre unterhalten will.

Oh, könnte er aus seiner Asche noch
Ein fröhlich Liedlein für uns pfeifen oder singen!
Allein, dies will ihm leider nicht gelingen
Da unten in dem tiefen Loch.

So komm heraus, du munt'rer Geist,
Erheb' dich aus der Asche!
Ich nehm' dich einfach mit in meiner Tasche,
Damit du immer bei uns seist.

Eulalia schwieg erwartungsvoll. Was sollte ich nur dazu sagen? Die Wahrheit wäre zu verletzend gewesen. Also lobte ich sie, so gut ich konnte. »Das hast Du sehr gut gemacht. Ich hätte nicht gedacht, dass Du so schön dichten kannst.« – »Nicht wahr«, antwortete sie stolz. »Und jetzt will ich meinen Musenkuss. Wo bekommt man den?« – »Was?«, fragte ich erstaunt, »wie meinst Du denn das?« – »Nachdem ich eine derart hochstehende künstlerische Leistung vollbracht habe, müsste mir ein Musenkuss doch nun zustehen, oder etwa nicht?«

Ich lachte und erklärte ihr, dass die Muse einen im Voraus küsse, sozusagen damit man überhaupt künstlerisch kreativ werde. Das schien sie zu enttäuschen. »Ach so. Dann wird man also nur geküsst und bekommt nicht so eine süße Leckerei wie einen Mohrenkopf oder Schokokuss, wie man das neuerdings nennt«, murrte sie. »Wenn diese Muse dann wenigstens ein schöner Mann wie Manannan Mac Lir wäre! Und überhaupt – wie dreidimensional ist denn das! Eine Auszeichnung für künstlerisch Minderbemittelte!« Ihre nörgelnde Stimme verlor sich in den Tiefen der Küchenzeile. Ich hörte nur noch: »Komische Sitten. Da wird man also noch dafür belohnt, dass man nichts kann. Und die großen Talente wie ich gehen leer aus.«

E-Mail an Diane:

Liebe Diane,

als ich beim letzten Literaturkreistreffen Eulalias Gedichte vorgelesen hatte, konntest Du Dir ja selbst einen Eindruck davon machen, wie peinlich die sind. Ich fürchte schon ihr Wutgeschrei, wenn ich ihr sagen muss, dass ich keins davon auf den Grabstein setzen lassen werde. Ob es etwas nützt, ihr zu erklären, dass so viel Text schlichtweg keinen Platz darauf finden würde, bezweifle ich. Ihr ist der Kamm vor Stolz gerade dermaßen geschwollen, dass sie für Vernunftgründe kaum zugänglich sein dürfte. Außerdem mault sie ja auch noch rum wegen des Musenkusses.

Ich wäre Dir wirklich sehr dankbar für einen Rat in dieser Sache.

Antwort von Diane:

Du musst sie irgendwie von dem Grabstein ablenken, eine andere Art der Würdigung ihrer Gedichte finden. Vielleicht kannst Du ihren Stolz nutzen und ihr sagen, dass ihre Werke zu schade sind, um nur ab und zu von einem zufälligen Friedhofsbesucher gesehen zu werden. Man solle sie einer breiteren Öffentlichkeit zugänglich machen. Spiel ihr die Lieder der Carmina Burana vor – die hast Du ja auf CD – und erkläre ihr, dass ihre Grabgedichte hervorragend in diese Sammlung passen würden, die seit Jahrhunderten hohes Ansehen genießt.

Aber als Erstes solltest Du ihr zur Besänftigung einen Schokokuss als Ersatz für den Musenkuss geben. Und wie wäre es mit einem Lorbeerkranz? Vielleicht kannst Du so was in einem Laden für Geschenkartikel oder in einem Blumenladen auftreiben. Oder in einem Bestattungsinstitut. Es muss ja nicht unbedingt echter Lorbeer sein. Wenn Du nichts Passendes findest, kann ich mal beim Leiter der Theatergruppe unserer Schule nachfragen, ob er etwas Derartiges in seinem Fundus hat.

Am nächsten Tag marschierte ich mit meinem Einkaufswägelchen zum Supermarkt, um meinen Wocheneinkauf zu tätigen. Dort besorgte ich auch eine Schachtel Schokoküsse. Und als ich auf dem Rückweg an einem Blumenladen vorbeikam, sah ich im Schaufenster ein paar dieser Kränzchen, die sich manche Leute gerne an ihre Eingangstür heften. Eins davon war aus den grünen Zweigen des Kirschlorbeers gefertigt. Das schien mir passend.

Zu Hause rupfte ich, noch bevor ich das Küchenwohnzimmer betrat, die roten Beeren, getrockneten Blüten und bunten Schleifen aus dem Kränzchen und präsentierte Eulalia das derart geläuterte Produkt. »Hier bringe ich Dir einen Lorbeerkranz. Damit wurden bei den Wettkämpfen in Olympia und Delphi die Sieger unter den Künstlern und Athleten ausgezeichnet.« Dann kramte ich noch die Schachtel mit den Schokoküssen hervor. Oje, der Transport war ihnen leider nicht allzu gut bekommen. Schnell suchte ich den am wenigsten beschädigten aus und legte diesen zu dem Kränzchen auf die Anrichte. »Und hier bekommst Du Deinen Schokokuss. Der kommt zwar nur von mir und nicht von einer Muse. Aber verdient hast Du ihn Dir auf alle Fälle.«

Offensichtlich war Eulalia entzückt von diesen Ehrungen. »Das mit der Siegerehrung kenne ich gut aus meiner Lebensphase im alten Rom«, rief sie begeistert, »obwohl man da meistens nicht mit Lorbeer, sondern mit Eichenblättern bekränzt wurde.« Dann quaggelte sie noch eine ganze Zeit lang aufgeregt herum.

Später legte ich zur Verstärkung des gewünschten gedanklichen Richtungswechsels eine CD mit den Liedern der Carmina Burana auf. Ich erklärte Eulalia deren Herkunft und Inhalt und wies sie darauf hin, wie ähnlich diese Texte denen ihrer Gedichte seien. »Darauf kannst Du wirklich stolz sein«, sagte ich ihr, »und vielleicht werden Deine Werke auch einmal von jemandem vertont und in die Sammlung der Carmina Burana eingehen. Damit wäre Dir jahrhundertelanger unvergänglicher Ruhm sicher.« Diese Vorstellung gefiel Eulalia. Getragenen Tones erklärte sie: »Nun, ich erkenne, dass ich meine Genialität nicht für Friedhofszwecke verschleudern darf. Ich bin es der Welt schuldig, meine Werke für ein viel größeres Publikum zu reservieren.« Dann fügte sie noch hinzu: »Aber bitte erzähle Deinem Mundi ja nichts von meinen Gedichten. Es wäre mir gar nicht recht, wenn er jetzt enttäuscht wäre.«

Ich war erleichtert. Dieses Problem war also erledigt. Es würde ein friedlicher Abend werden. Doch kaum hatte ich mich mit Bratkartoffeln und Spiegelei an den Esstisch gesetzt, um gemütlich mein Mahl zu verspeisen, schreckten mich ein paar hohe, schrille Schreie auf. Es klang, als hätte sich jemand an der heißen Herdplatte gebrannt. Aber schon hörte ich Eulalia kreischen: »Entsetzlich! Diese Schweinerei! Du hast mir die Aussicht von der Terrasse meines Empfangssalons verdorben! Das sieht total vergammelt aus. Steh sofort auf und putz die Fettspritzer vor meiner Burg weg!« – »Na hör mal«, schimpfte ich zurück. »Dies ist eine Küche und kein Reinraumlabor.« – »Ja, leider«, jammerte Eulalia. »Aber **ich** kann doch nichts dafür, dass wir hier hausen müssen. **Du** hast diese Wohnung gekauft. Und jetzt werde ich mich bis auf die Knochen blamieren. Ich habe doch zwei Damen zum Tee geladen.«

Das war ja interessant. »Also, erst mal kannst Du Dich gar nicht bis auf die Knochen blamieren, weil Du ja gar keine Knochen hast«, hielt ich ihr vor. »Und außerdem sind die paar Spritzer schnell weggewischt. Das ist solches Theater nicht wert. Aber vielleicht erklärst Du mir mal, wen Du eingeladen hast. Ich gebe Dir schließlich auch immer vorher Bescheid, wenn ich Gäste habe.« – »Das erzähle ich Dir später«, versprach sie. »Aber jetzt ist dazu keine Zeit. Die Damen werden in Kürze eintreffen und ich muss vorher noch den Tisch decken. Und auf Deiner Seite ist es mit ein bisschen Wischiwuschi auch nicht getan. Los! Hol sofort das Putzzeug und mach ja gründlich sauber!«

»Putz doch selber«, rief ich Eulalia zu. »**Du** wohnst doch in der Burg.« – »Nein, das ist Deine Aufgabe«, rief sie zurück. »Arbeiten an den Außenseiten der Fenster gehören laut Mietrecht zu den Aufgaben der Vermieter.« – »Da verwechselst Du aber einiges«, belehrte ich sie. »Erstens ist Mietrecht hier nicht anwendbar. Ich lasse Dich schließlich umsonst dort wohnen. Und wenn Du keine Miete bezahlen musst, bist Du auch nicht meine Mieterin. Zweitens sind Vermieter nur zuständig für das Streichen der Fensterrahmen von außen. Putzen müssen die Mieter alles selber.« – »Ach so«, sagte Eulalia. Und dann nach einer kleinen Pause: »Aber wenn ich es mir richtig überlege, handelt es sich in unserem Fall hier eigentlich nicht um Fenster, sondern um eine Art Membran zwischen zwei Welten. Putzen musst also doch Du. Die Schweinerei befindet sich eindeutig auf Deiner Seite der Membran.« Dann rief sie noch: »Jetzt aber hopp hopp!« und verschwand.

E-Mail an Diane:

Vielen Dank für Deine guten Ratschläge. Ich habe sie befolgt. Das Ablenkungsmanöver ist gelungen und Eulalia verzichtet auf die Anbringung der makabren Ausflüsse ihrer Kreativität auf dem Grabstein.

Aber jetzt ist schon wieder was Neues los. Eulalia hat zum Tee in der Burg geladen. Ich muss deshalb schnell noch die Glaswandplatte mit dem Foto der Burg in meiner Küche putzen. Den Befehlston, mit dem sie mir diese Arbeit auftrug, habe ich mir gefallen lassen, weil ich sie bei guter Laune halten muss. Ich will ja unbedingt erfahren, wer zu ihr zu Besuch kommt. Du kannst Dir vorstellen, wie neugierig ich bin.

Ich war wirklich sehr neugierig. Das nächste Mal, als Eulalia sich wieder meldete, fragte ich deshalb gleich nach, ob der Besuch nun gekommen sei und wen sie denn da eingeladen habe.

»Ja, also«, begann Eulalia, »ich hatte schon länger vor, Dir zu erzählen, wen ich in der Burg kennengelernt habe. Aber irgendwie kam immer etwas dazwischen. Da ist vor allem Lady Mary. Das Turmzimmer, in dem ich mich so gerne aufhalte, ist eigentlich ihres. Aber es stört sie nicht, wenn ich es mitbenutze. Sie ist sogar froh über meine Gesellschaft, sagt sie, denn sie ist sehr ängstlich und fürchtet sich vor jedem Mäusedreck. Deshalb versucht sie auch immer, ihre Anwesenheit möglichst zu verbergen, und es hat eine ganze Zeit gedauert, bis ich sie gefunden hatte.«

»Wieso gefunden?«, unterbrach ich sie. »Demnach hast Du nach ihr gesucht. Wie kamst Du denn darauf?« – »Nun ja, als ich in die Burg eingezogen war, wollte ich eben etwas mehr über mein Domizil wissen«, erklärte Eulalia. »Und da habe ich gesehen, dass es in dem Besucherkiosk unten beim Eingang Informationsbroschüren gibt. Die habe ich nach Ladenschluss nach und nach durchgeschaut und so erfahren, dass Lady Mary in einem der Schlafzimmer spuke.

Zunächst hatte ich das nicht ganz ernst genommen. Ihr Dreidimensionalen seid ja schrecklich abergläubisch und liebt es gruselig. Deshalb erfindet ihr so einiges, um Touristen anzuziehen. Aber neugierig war ich dann doch. So bin ich durch alle Zimmer der Burg gegangen – jedenfalls diejenigen, die ich bis dahin kannte – und habe laut nach ihr gerufen. Das brachte nichts.

Aber als ich zum dritten Mal vergeblich alle Stockwerke durchsucht hatte und die Treppen bis zu meinem Lieblingszimmer oben im Turm hochgestiegen war, wo ich schon einmal gemeint hatte, einen Schatten hinter das Bett huschen zu sehen, rief ich ungeduldig: ›Lady Mary, wenn Du jetzt nicht sofort herauskommst, dreh ich Dir den Hals um!‹ Und kaum zu glauben, das Dummchen kam tatsächlich. Wie dämlich ist denn das! Wie kann jemand, der so gut im Verstecken ist, auf eine bloße Drohung hin seine sichere Deckung aufgeben? Jedenfalls kam sie aus der Wandverkleidung heraus, zitternd und die Hände ringend. Dann sank sie vor mir nieder und flehte mich an, ich möge sie doch verschonen, sie werde auch alles tun, was ich verlange. Außerdem redete sie mich mit ›hohe Herrin‹ an und wollte gar meine Füße küssen.

Ich hob sie also gnädig auf und versprach ihr, sie nicht nur zu verschonen, sondern auch zu beschützen. Und dann bot ich ihr das Du an, und seitdem sind wir Freundinnen. Zwar ist sie tatsächlich sogar für eine sublimierte Dreidimensionale reichlich einfältig, dafür aber aus vornehmer Familie. Und sie hat gute Umgangsformen und ist wesentlich verträglicher als Du.« Mit angehaltenem Atem hatte ich Eulalias Bericht gelauscht und hätte natürlich noch viel mehr hören wollen. Aber sie gähnte und erklärte, sie wolle sich nun etwas zurückziehen, denn der Besuch sei doch ziemlich anstrengend gewesen.

Erst Stunden später konnte ich sie weiter ausfragen. »Und? Wer war die andere Dame?«, wollte ich wissen. »Du hattest doch gesagt, Du habest zwei Damen eingeladen.« – »Ach, das war Lady Christina von den Inseln, wie man sie landläufig nennt«, antwortete Eulalia, »die Herrin von

Garmoran. Die ist wirklich sehr vornehm. Eigentlich war sie ein Lord. Aber es gibt ja keine weibliche Form für den Titel eines Lords. So bezeichnete man sie eben als Herrin oder Lady, obwohl sich jede vornehme Dame als Lady anreden lassen kann. Immerhin ist sie eine Nachfahrin von Somerled, dem ersten der legendären Lords of the Isles, die über das große Inselreich der Hebriden und anderer nahe gelegener Inseln herrschten. Und einer seiner Enkel, also auch jemand aus ihrer nahen Verwandtschaft, war der erste MacDonald.«

»Wie denn?«, unterbrach ich Eulalia etwas irritiert. »Sollte es vor ihm wirklich noch niemanden mit dem Namen Mac-Donald gegeben haben?« – »Na klar doch«, erklärte Eulalia herablassend. »Den Namen MacDonald gab es natürlich schon früher. Aber einen Clan MacDonald eben nicht. Und wenn man **der** MacDonald, **der** MacKenzie oder **der** Mac-Leod sagt, ist immer der jeweilige Chef dieses Clans gemeint.« – »Ach, so ist das«, sagte ich, »jetzt wird mir einiges klar. Ich habe mich schon manchmal über den Ausdruck ›der MacSoundso‹ gewundert. Das liest man ja ab und zu. Bisher dachte ich, es gehe eben um einen Mann aus diesem Clan oder einen mit diesem Familiennamen. Aber jetzt weiß ich, dass es sich dann um einen Clan-Chef handelt.«

»Jedenfalls war Christinas Vater ein Urenkel von Somerled«, fuhr Eulalia ungeduldig fort, »und er begründete den Clan der MacRuaidhri, der jahrhundertelang zusammen mit den MacDonalds und anderen Clans, die auf Nachfahren Somerleds zurückgehen, eine große Rolle in der schottischen Geschichte spielte. Überhaupt entwickelten sich aus dieser ungeheuer fruchtbaren Sippe der MacDonalds, die sich wie die Kaninchen vermehrte, weitere Clans. Und die alle verbündeten und verschwägerten sich mit wieder anderen Clans vom schottischen Festland. Mit der Zeit entstand so ein mächtiges Netzwerk einflussreicher großer und kleiner Heerführer und Landadeliger, die meist kooperierten, manchmal aber auch nicht. Denn wie es in so großen und verzweigten Familienverbänden nicht ausbleiben kann, gab es da oft Meinungsverschiedenheiten sowie Streit um Land und Titel bis hin zu ausgewachsenen Kriegen. Und weil diese Leute sowieso besonders kriegerisch waren – schließlich floss ein Gutteil Wikingerblut in ihren Adern – kämpften sie oft genug nicht nur untereinander, sondern auch gegen andere schottische Clans und immer wieder gegen die Engländer. Christina hat in einer fürchterlich unruhigen Zeit gelebt.« – »Oh je«, seufzte ich, »da würde man wirklich nicht gern mit ihr tauschen.«

»Ja«, stimmte mir Eulalia zu. »Und deshalb war es sehr gut für sie, dass sie sich wenigstens in einer starken Festung verschanzen konnte. Ihr Wohnsitz war nämlich die Insel Tioram im Loch Moidart, gar nicht weit von hier entfernt. Eine sehr hohe Mauer mit Wehrtürmen und einem breiten Wehrgang oben schützte die Insel, die nur bei Ebbe zu Fuß erreichbar ist. Dort konnte sie sich also wirklich sehr sicher fühlen, zumal auf dem weichen Seeboden auch bei Ebbe mit schwerem Belagerungsgerät nichts auszurichten war. Selbst Männer, die an den flachen Stellen zu Fuß eindringen wollten, hatten keine Chance. Mit Rüstung und ihrer Wollkleidung, die sich schnell mit Wasser vollsog, waren sie zu schwer und blieben im Schlamm stecken. Die Burg selbst hat aber erst eine Nichte von Lady Christina gebaut. Zu Christinas Zeit gab es dort hinter den uneinnehmbaren Wehrmauern nur ihr komfortables großes Herrenhaus mit einer großen Empfangshalle. Außerdem verschiedene kleinere Häuser und Hütten als Unterkunft für ihre Bediensteten und Wehrmänner sowie mehrere Handwerker- und Bauernfamilien. Vielleicht willst Du mal nach Tioram Castle googeln. Auf diesem Wege erfährst Du doch immer so viel aus der Vergangenheit.« Diesem Hinweis wollte ich nachgehen.

»Aber sag' mal«, fuhr Eulalia fort, »wohin gehst Du eigentlich zum Googeln? Das wundert mich schon lange. Ich weiß ja, dass Du ganz erstaunliche Dinge herausfinden kannst, wenn Du zum Googeln hinausgehst. Ich weiß auch, dass Du in den anderen Zimmern noch mehr Bücher hast. Oder gibt es von da aus womöglich sogar einen Zugang zu einer großen öffentlichen Bibliothek? Und wieso sagst Du dazu ausgerechnet googeln? Man glotzt doch nicht in die Bücher rein, sondern man schlägt darin nach, schaut sie durch oder liest in ihnen. Wieso also musst Du so glotzen? Wegen Deiner schlechten Augen? Oder musst Du gar ganz intensiv auf eine magische Stelle glotzen, so eine Art geheimes Loch, um in andere Bereiche blicken zu können?«

Da sieht man wieder einmal, dass Eulalia aus früheren Zeiten kommt. Von den modernen Medien hat sie noch nicht viel mitbekommen. Gleich zu Anfang unserer Bekanntschaft hatte ich ihr die Geräte erklärt, die sich in unserem Küchenwohnzimmer befinden: das Radio, den Fernseher und den CD-Spieler. Und sie kennt auch das Telefon und weiß, dass WhatsApp etwas Ähnliches ist, nur dass man damit eben nicht nur hören und sprechen, sondern auch Nachrichten versenden und anschauen kann. Das alles, aber besonders WhatsApp findet sie faszinierend. Wenn ich mein Tablet öffne und lache, fragt sie immer gleich, ob Manuela mir wieder etwas Lustiges geschickt habe. Dann muss ich ihr das Tablet zur Küchenzeile bringen. Zwar versteht sie bei vielem nicht, was daran lustig sein soll. Bei einigem aber schon. Und manches kann ich ihr leicht erklären. Besonders lacht sie über lustige Tiervideos oder wenn Männer durch den Kakao gezogen werden. Auch die Fotos von Manuelas und Gerhards Katzen schaut sie immer wieder gerne an. Und nun musste ich sie also über das Googeln im Internet informieren. Da staunte sie aber. Das erste Mal spürte ich bei ihr so etwas wie Bewunderung. Es dämmerte ihr wohl, dass die Dreidimensionalen doch nicht ganz so doof sind, wie sie gedacht hatte.

Natürlich erkläre ich Eulalia immer gerne etwas aus unserer Zeit, wenn sie danach fragt. Aber diesmal hielt ich mich so kurz wie möglich. Dass sie ihre Erzählung von der Teegesellschaft unterbrochen hatte, passte mir gar nicht. Das war doch einfach zu spannend gewesen. Schottische Geschichte hatte mich schon immer interessiert.

»Dann hattet Ihr wohl reichlich Gesprächsstoff bei Deiner Einladung?«, fragte ich deshalb, sobald ich auf das Thema zurückkommen konnte. »Das hatten wir«, sagte Eulalia. »Aber es verlief nicht ganz spannungsfrei, denn Lady Mary stammt mütterlicherseits von den MacKenzies und väterlicherseits von den MacRaes ab. Und diese beiden Clans waren mit den MacDonalds und den ClanRanalds, einem anderen Verwandtschaftszweig Christinas, zeitweise schlimm verfeindet. Ich musste mein ganzes Konversationsgeschick als Gastgeberin aufwenden, um von den kritischen Punkten abzulenken. Vielleicht erzähle ich Dir später mehr darüber. Aber jetzt habe ich gerade wirklich keine Lust dazu.«

Es dauerte diesmal ein paar Tage, bis Eulalia wieder gesprächsbereit war. Zwar hörte ich sie ab und zu im Hintergrund rumoren und vor sich hinfiepsen, aber ansprechbar war sie nicht. Wenn ich sie rief, antwortete sie gar nicht oder nur ganz kurz und abweisend. Nun gut, ich konnte mich auch anderweitig beschäftigen. Mit meinen Büchern war mir nie langweilig.

Neulich hatte ich ein interessantes Buch mit dem Titel »Die Ehre des Scharfrichters« gelesen. Ein Henker hatte über 45 Jahre seines Berufslebens penibel Buch geführt und der Nachwelt damit eine höchst ungewöhnliche Quelle hinterlassen, die ein Historiker vor wenigen Jahren ausgewertet und in diesem Buch verarbeitet hatte. Wie anders war doch das Gerichtswesen im 16. Jahrhundert in Deutschland gewesen! Manches hatte ich mir anders vorgestellt. An einem bestimmten Wort aber blieb ich wie elektrisiert hängen. Da stand nämlich, dass man damals zum Köpfen auch Dillen gesagt hatte – ein Wort, das ursprünglich aus der Gaunersprache stammte, im Volksmund zu der Zeit aber auch verwendet wurde. Ich sah mich genötigt, einige Recherchen anzustellen.

Schon mancher hatte mich im Laufe der Zeit gefragt, wo wohl der Name der Dillstraße herkomme, in der die schöne alte Villa steht, wo ich mit meiner Familie über 50 Jahre lebte. Immer hatte ich geantwortet: »Wahrscheinlich von dem Gewürz Dill.« Aber daran begann ich nun zu zweifeln. Schnell fand ich heraus, dass Dill keine in Mitteleuropa heimische, wild wachsende Pflanze ist. Demnach konnte es früher kein Dillfeld oder einen Dillanbau in größerem Umfang in der Gegend gegeben haben. Die Gewürzpflanze schied folglich als Namensgeber aus. Nun also die weniger harmlose Bedeutung. Und ja, es stellte sich heraus, dass das Fallbeil, der Vorgänger der Guillotine, auch als Dille bezeichnet worden war. Mir wurde heiß. Dann musste der ganz nah bei unserem Haus gelegene Dillplatz, auf dem immer die Zirkuszelte aufgestellt werden und allerlei volkstümliche Veranstaltungen stattfinden, wohl einmal ein Hinrichtungsplatz gewesen sein. Dieser Gedanke gefiel mir überhaupt nicht.

E-Mail an Gerhard:

Lieber Sohnemann,

gut, dass Du inzwischen in Konstanz wohnst, obwohl Du ja einmal ein begeisterter Stockacher warst. Ich habe nämlich herausgefunden, dass der Dillplatz aller Wahrscheinlichkeit nach einmal ein Hinrichtungsplatz war. Das ist doch irgendwie beunruhigend, nicht wahr? Dillen ist nämlich, wie neulich las, ein altes Wort für köpfen.

Ich habe mich beim Stadtarchivar erkundigt, ob er mir dazu etwas sagen könne. Nach ein paar Tagen meldete er sich. Er hatte keinen entsprechenden Hinweis gefunden. Allerdings, so sagte er mir, datieren die Flurkarten, in denen das Gewann Dill, teilweise auch Thill geschrieben, verzeichnet ist, nicht bis vor das 18. Jahrhundert zurück. Du weißt ja, dass Stockach 1704 im Zuge des Spanischen Erbfolgekrieges auf Befehl des bayrischen Kurfürsten niedergebrannt worden ist. Dabei sind viele alten Akten – und so wohl auch die älteren Flurkarten – verloren gegangen. Der Vollständigkeit halber googlete ich nun noch nach Thill und fand, dass dieses Wort vom althochdeutschen thiot kommt, also Volk. Demnach könnte der Dillplatz einfach nur ein Platz des Volkes gewesen sein, ein Festplatz eben, so wie er ja heutzutage noch genutzt wird. Aber genau weiß man es eben nicht. Zumal Hinrichtungen im Mittelalter teilweise volksfestähnlichen Charakter annahmen. Entsprechend bietet selbst die harmlosere Namensvariante keine vollständige Sicherheit. Mit einiger Wahrscheinlichkeit haben wir also jahrzehntelang völlig ahnungslos in direkter Nachbarschaft eines so schaurigen Ortes gewohnt.

Aber es kommt noch dicker. Der Archivar meldete sich nämlich noch einmal und ließ mich wissen, dass er außer dem Hinrichtungsplatz in der Oberstadt, auf den die Straßennamen »Galgenäcker« und »Am Hochgericht« hinweisen, einen weiteren namens »Henkerswiesen« gefunden habe, und der sei in der Nähe des Bahnhofs gewesen. Mich durchfuhr es eiskalt. So ist es also durchaus möglich, dass ich von der Dillstraße, wo geköpft wurde, nach meinem Umzug in die Gaswerkstraße jetzt auf der ehemaligen Henkerswiese wohne. Oh Schreck! Ich habe lieber nicht weiter nachgefragt, wo genau diese Henkerswiese lag. Das ist mir dann doch zu makaber. In jedem Fall müsst Ihr in Eurer St.-Gebhard-Straße wohl nicht mit derart gruseligen Zuständen rechnen.

Meine makabre Entdeckung hatte mich in letzter Zeit nicht gut schlafen lassen. Deshalb machte ich bei sonnigem Herbstwetter einen extra langen Spaziergang. Bei meiner Rückkehr schallte mir schon Eulalias Stimme entgegen. In ungnädigem Tonfall erkundigte sie sich, wo ich denn so lange bleibe. Nie sei ich da, wenn sie mit mir reden wolle. Ich ließ ihre Mäkelei geduldig über mich ergehen und erzählte ihr dann ausführlich und immer noch erschüttert, was ich bezüglich der Dillstraße und der Henkerswiese herausgefunden hatte.

Dann schloss ich meinen Bericht in dramatischer Weise: »Unter den Füßen der heutzutage auf dem Dillplatz Feiernden liegen womöglich, im Boden vergraben, massenweise die Überreste von Hingerichteten, deren Schädel wahrscheinlich an der Stadtmauer auf der anderen Straßenseite zur Abschreckung aufgespießt worden waren. Und möglicherweise befinden sich unter dem Haus in der Gaswerkstraße, in dem wir hier wohnen, schaurige Ansammlungen von Leichenteilen.«

Eulalia zeigte sich völlig unbeeindruckt. »Nun ja, das wäre denkbar. Die Lage am Bach scheint sinnvoll für blutige Sauereien«, konstatierte sie trocken. »Wie kannst Du nur so gefühllos daherreden!«, rief ich entsetzt. Eulalia versicherte schnell, sie sei ja auch gegen solche Strafen. Aber als ich gerade etwas aufatmen wollte, fügte sie noch hinzu: »Eklige Metzeleien wie Köpfen und Vierteilen sind völlig unnötig, wo es doch so viele interessante Möglichkeiten für das Töten Dreidimensionaler auf dezentere Art und Weise gibt.«

Völlig aufgewühlt ließ ich mich in meinen Sessel sinken. Eulalia versuchte, mich zu beruhigen. »Ach, das ist doch alles nichts Besonderes«, tat sie das Thema lässig ab. »Was glaubst Du, wie viele Leute schon immer und überall geköpft wurden. In der heutigen Zeit zwar nicht mehr so viel. Aber in fast all meinen Lebensphasen war das gängige Praxis bei der Bestrafung von Verbrechern. Und Verbrecher gibt es seit jeher reichlich. Außerdem wurde auch sehr viel geköpft, besonders als man noch mit Schwertern kämpfte, obwohl das nur starke Männer schafften, die man dafür entsprechend bewunderte. Wenn menschliches Fleisch und Gebein nicht so schnell verwesen würde, lägen heute nicht nur an den noch bekannten Hinrichtungsplätzen, sondern fast überall auf und unter der Erde massenweise Köpfe und sonstige Körperteile herum. Und überhaupt, was ist das schon für ein Unterschied zu den an Krankheit und Alter Verstorbenen auf den Friedhöfen? Tot sind die alle, so und so.« Ich schwieg erschüttert. Diese Kaltschnäuzigkeit machte mich stumm.

Nach einer Weile ließ Eulalia sich wieder vernehmen: »Ihr hattet noch Glück, dass in der Dillstraße wenigstens nie jemand nach seinem Kopf suchte. Du glaubst nicht, wie lästig das ist. In der Burg rennt nämlich dauernd so ein dämlicher Typ rum. Er schreit: ›Mi cabeza, mi cabeza! Madre de Dios, mi cabeza!‹ Dabei stößt er überall an und wirft Sachen um, weil er ja ohne Kopf nicht recht sehen kann. Wenn er so durch die Gänge schreit und lärmt, kommt man nicht zur Ruhe. Ständig dieses Gekreische, Krachen und Scheppern. Das macht einen gewaltigen Lärm, den man bis oben im Turmzimmer hört. Wenigstens bleibt er meistens in den unteren Stockwerken.

Dabei gibt es schon genug Störungen durch die Touristenführungen. Darüber beklage ich mich aber nicht. Die sind eben leider notwendig, weil man sonst die ständigen Reparaturen nicht bezahlen kann. Das habe ich erst neulich gehört, als der Verwalter mit der Frau aus dem Besucherkiosk sprach. Er sagte, die Zuschüsse der Ministerien und Behörden, die sich um die Burg kümmern, reichten nicht einmal für das Notwendigste aus.

Man überlege derzeit sogar, ob man eine Folklore-Gruppe aus der Gegend dafür gewinnen könne, in den großen Sälen im unteren Stockwerk mittelalterliche Gastmähler, Kostümfeste oder Tanzvorführungen zu veranstalten. Solche Sachen könnten die Finanzlücken vielleicht füllen helfen. Also mich würde das freuen. Möglicherweise könnte ich sogar mitmachen. Ein weiterer Gedanke des Verwalters wäre, den Rahmen für Hochzeiten zu bieten. Dafür müsste man allerdings zuvor die recht kahle Hauskapelle besser ausgestalten. Eigentlich sind das alles gute Ideen. Bloß wird es dann noch mehr Trubel geben. Diesen kopflosen Ruhestörer können wir hier wirklich nicht auch noch brauchen.«

Noch einmal versuchte ich, Eulalia auf das mich so verstörende Thema zurückzubringen, doch zeigte sie nach wie vor keinerlei Verständnis für meine Aufregung. Hinrichtungsplätze seien wirklich nichts Besonderes, wiederholte sie. Die habe es schließlich in allen größeren und auch mancher kleinen Stadt gegeben. Es werde eben nur störend, wenn die Geköpften später als Geister herumirrten. Da so etwas in unserer Wohnung nicht vorkomme, sei doch alles in Ordnung. Irgendwie hat sie ja schon recht. Letztendlich kann das Zusammenleben mit einer so nüchternen Person manchmal eine beruhigende Wirkung haben.

Am Abend rief mich Gerhard, mein Beamtensohn, an. Er hatte meine E-Mail gelesen und fand meine Recherche-Ergebnisse schon auch interessant, lachte aber eher darüber. Ihn beschäftigte gerade etwas anderes. Seine Dienststelle, das Ordnungsamt, müsse in ein anderes Gebäude umziehen, erzählte er mir. Zwar bekomme er ein deutlich geräumigeres Büro, aber die Kantine werde er bitter vermissen. Ich erinnere mich noch gut daran, wie wichtig ihm das Vorhandensein einer guten Kantine gewesen war, als er sich nach Abschluss der Verwaltungsschule nach Stellen umsah, und wie sehr er das Essen im Landratsamt im Lauf der Jahre immer wieder lobte. Schade, dass es damit nun bald vorbei ist. Außerdem hatte er bisher nur fünf Minuten Fußweg zu seiner Dienststelle. Jetzt wird es eine Viertelstunde mit dem Fahrrad werden. Meine Idee, er könne sich doch mit Kollegen zusammentun und im Auto zur Kantine fahren, hatte er auch schon gehabt. Bloß finde man dort kaum einen Parkplatz. Nun ist er auf der Suche nach Alternativen. Anscheinend gibt es in der Nähe seines neuen Standortes mehrere Möglichkeiten. Zwar sorgt Manuela als begabte Hausfrau schon auch dafür, dass er nicht vom Fleisch fällt. Aber wie er mir früher einmal erklärt hatte, ist es gar nicht so einfach, einen so großen Körper zu ernähren. Immerhin misst der seinige fast 1,90 m. Bis zum Abend auf ein gutes warmes Essen warten zu sollen, scheint ihm eher unbefriedigend.

Zum Schluss unseres Telefonats kündigte Gerhard noch seinen Besuch am kommenden Sonntag an. Manuela werde einen gekochten Schinken mitbringen und ich solle den Kartoffelsalat liefern. »Und dann wird stundenlang Rummy Cup gespielt«, versprach er. Das haben die beiden mir beigebracht. Erst hatte ich das gar nicht gewollt, weil mich Spiele in der Regel eher langweilen. Aber Rummy Cup liebe ich. Leider gibt es in meiner Nähe niemanden, mit dem ich es spielen kann. Eulalia kommt dafür nicht infrage, weil sie zu mir herauskommen müsste, um die Spielsteine zu bewegen.

Wir redeten noch dies und das und alberten ein bisschen herum. Lachend legte ich den Hörer auf. Natürlich wollte Eulalia wissen, worüber ich lache. Ich erzählte ihr, dass es nun einen neuen Gott gebe, einen Waffengott nämlich. Und das sei mein Sohn Gerhard. Er kenne sämtliche Regelungen des Waffenrechts in- und auswendig, und durch seine langjährige Praxis mit der Vergabe und dem Entzug von Waffenscheinen wisse er auch immer, wie bei kniffligen Sachverhalten vorzugehen sei. Das habe sich herumgesprochen, weswegen er oft auch von Kollegen aus anderen Städten um Rat gefragt werde. Im Amt nenne man ihn deshalb inzwischen den Waffengott.

Im ersten Moment wirkte Eulalia verwirrt. »Wie kann das sein? Einen Waffengott gibt es doch schon. Hephaistos. Allerdings wirkt der in einem ganz anderen Kulturkreis«, murmelte sie vor sich hin. Dann wandte sie sich wieder an mich: »Nomen est omen. Ger ist Speer. Und Speer ist Waffe. Du hast Deinem Sohn einen richtungweisenden Namen gegeben, der ihn außerdem vom griechischen Kulturkreis abgrenzt. Wer weiß – vielleicht kein Zufall?«

»Ach was, ich wollte doch bloß, dass er sich im Leben gut behaupten kann«, wehrte ich ab. »Deshalb Gerhard, also starker Kämpfer. Aber ein Streithammel ist er nicht. Tatsächlich kenne ich kaum einen verträglicheren Menschen als ihn.« Mein Einwurf überzeugte Eulalia nicht. »Das hat nichts zu sagen. Ein Waffengott ist kein Kriegsgott. Auch Hephaistos mischt sich kaum in Kämpfe ein. Er schmiedet nur die Waffen.« Inzwischen klang ihre Stimme besorgt. »Auch wenn Du das für einen Scherz zu halten scheinst – es ist nicht gut, über so etwas zu lachen. Du solltest Deinem Sohn besser angemessen huldigen, wenn er am Sonntag kommt. Man kann nie wissen. So mancher Gott hat klein angefangen. Und gerade die nehmen es einem dann am meisten übel, wenn man ihnen nicht genug Ehre erweist.«

Ich überlegte, was ich noch sagen könnte, um Eulalia auf den Boden der baden-württembergischen Normalität im 21. Jahrhundert zurückzubringen. »Mein Physiker-Sohn hat aber auch den Ger im Namen. Rüdiger bedeutet ruhmreicher Speerwerfer, im übertragenen Sinn auch als Führer einer Gruppe von Speerkämpfern interpretiert. Er sollte zu Ansehen in der Welt kommen.« – »Und?«, erkundigte sich Eulalia. »Ist er das?« – »Eigentlich schon«, musste ich zugeben. »Zumindest im Bereich der Laser-Physik. Und er ist wirklich kämpferisch, obwohl er dabei auf geistige Waffen setzt.«– »Siehst Du!«, rief Eulalia triumphierend. »Nomen est omen«.

Ich gab es auf. Eulalia blieb unbelehrbar. Sie stammt eben auch aus einem anderen Kulturkreis.

Als Gerhard und Manuela am Sonntag bei mir klingelten, wie immer beladen mit allen möglichen guten Sachen, fiel ich in der offenen Tür sofort vor Gerhard auf die Knie, streckte die Arme zu ihm auf und rief: »Ehre sei Dir, o mächtiger Gott der Waffen!«, und mit einer kleinen Wendung zu Manuela hin: »Und gepriesen seist Du, o huldvolle Göttergattin!« Die beiden kringelten sich vor Lachen, und dann noch mehr, als ich solche Mühe mit dem Aufstehen hatte. Normalerweise geht man in meinem Alter ja schon deshalb nicht mehr so leicht vor jemandem in die Knie. Wir verbrachten dann ein paar fröhliche Stunden miteinander, und als Eulalia hinterher die Ansicht vertrat, Gerhard sei wohl deshalb so gut aufgelegt gewesen, weil ich ihn angemessen demütig empfangen habe, gab ich ihr um ihrer und meiner Ruhe willen einfach recht.

Brief an Elfi:

Liebe Elfi,

ich habe sensationelle Neuigkeiten. Ich bin in die Burg einge-laden! Zum Tee mit Lady Mary und Lady Christina. Eulalia meint, als Mutter des Waffengottes sei ich nicht mehr peinlich. Unter diesen Umständen sei sie bereit, mich bei den Damen ein-zuführen. Sie hoffe doch, dass ich mich in vornehmer Gesellschaft zu bewegen wisse. In jedem Fall solle ich recht wenig über meine bürgerliche Herkunft reden und meine dürftige Wohnsituation besser verschweigen. Letzteres sei wohl auch möglich, weil sub-limierte Dreidimensionale in der Regel nicht durch die Membran sehen könnten.

Dann erklärte Eulalia mir noch, wie ich dort hindurch gelangen könne. Zur vereinbarten Zeit wird sie sich an eins der Rundbo-genfenster des Erkeranbaus mit der Terrasse stellen und mir mit einem weißen Tuch zuwinken. Auf dieses Tuch muss ich mich ganz intensiv konzentrieren, und sie wird von ihrer Seite etwas mithelfen, die Membran zu öffnen. Eine Garantie gebe es nicht, dass das dann klappt, weil sich nicht alle Dreidimensionalen gut genug konzentrieren können. Mir traue sie dies aber schon zu. Ich solle mir eben Mühe geben und vorher noch ein paar Kon-zentrationsübungen machen.

Du kannst Dir vorstellen, wie gespannt ich jetzt bin. Was soll ich anziehen? Es soll doch vornehm aussehen. Hätte ich bloß noch eins der langen Kleider, die ich früher getragen hatte, wenn ich in die Oper, ins Theater oder auf einen Ball ging. Aber so was trägt man heute ja selbst bei solchen Gelegenheiten kaum mehr und ich würde auch längst nicht mehr hineinpassen. Damals war meine Gestalt noch nicht so kartoffelig. Und da mein Stil seit

*Jahrzehnten eher leger und sportlich ist, enthält mein Kleider-
schrank inzwischen kaum noch elegante Sachen. Röcke trage ich
sowieso nicht mehr, seit mir die Füße in hochhackigen Schuhen
so weh tun. Was soll ich bloß machen? Schade, dass Du mich
erst im Oktober besuchen kommst. Sonst könnten wir vielleicht
vorher noch schauen, ob wir in Singen oder Überlingen etwas
Elegantes für mich finden.*

*Wie Du weißt, ist es mir normalerweise nicht so wichtig, wie ich
auf andere Leute wirke. Aber diesmal schon. Ich will unbedingt
einen guten Eindruck machen, damit es nicht nur bei der einen
Einladung bleibt. Ich bin doch so neugierig auf diese Gesellschaft
und nicht zuletzt auf die Burg, zumal mir klar ist, dass ich auf
normalem Wege niemals mehr in dieses interessante Gebäude
mit seiner traumhaften Umgebung kommen kann. Für solche
Reisen ist es, wie Du sicher nachvollziehen kannst, in meinem
Stadium des Zerfalls endgültig zu spät. Es ist ja schon nicht
selbstverständlich, dass Du Dir noch einmal die einstündige
Fahrt nach Stockach vorgenommen hattest. Allerdings bist Du
nun doch wohl recht froh, dass Du nicht selber fahren musst und
Dein Sohn Bernd Dich herbringt und wieder abholt.*

*Ich freue mich schon sehr auf die Tage mit Dir, und auch auf
das Wiedersehen mit Bernd, der mir in seiner Kinderzeit so ans
Herz gewachsen ist. Er und Rüdiger waren ja unzertrennliche
Freunde. Wie lange das nun schon zurückliegt! Aber bloß keine
Traurigkeit aufkommen lassen. Es ist, wie es ist. Man muss das
genießen, was man noch haben kann. ...*

Endlich kam der mit so viel Spannung erwartete Abend,
an dem ich in die Burg kommen sollte. Entsprechend Elfis
Rat hatte ich zu einer schwarzen Hose meine goldfarbene

Seidenbluse angezogen, ein jahrzehntealtes, aber noch nicht oft getragenes, weil nicht waschmaschinentaugliches Kleidungsstück von zeitloser Eleganz. Die Arbeitsplatte meiner Küchenzeile hatte ich mit einem bestickten Tuch belegt und mein bestes Teegedeck (Rosenthal, Modell Maria Weiß) ansprechend darauf arrangiert. Trotz Eulalias Versicherung, dass die Geister Verstorbener höchstwahrscheinlich nicht zu mir herübersehen könnten, wollte ich kein Risiko eingehen. Möglicherweise wurde sogar erwartet, dass ich diese Dinge mitbringen solle.

Viel Information hatte ich im Vorfeld von Eulalia nicht bekommen. Nur dass ich sie ja nicht blamieren solle. Schnell schenkte ich mir noch eine Tasse meines geliebten persischen Tees aus dem Münchener Orientladen ein – aromatischer Schwarztee mit diversen getrockneten Blüten, natürlich alles bio – und nahm einen vorsichtigen Schluck von dem heißen, köstlichen Getränk, das wie immer beruhigend auf mich wirkte. Dann erschien auch schon das weiße Tuch auf der Burgterrasse, und ich konzentrierte mich darauf – mit stechendem Blick. Der stechende Blick könnte hier ganz hilfreich sein, dachte ich noch, um damit eine Membran zu durchstoßen. Aber dann rief ich mich selbst zur Raison, ließ meine Gedanken nicht mehr abschweifen und fokussierte meine Aufmerksamkeit auf diesen weißen Fleck.

Ich verlor mich in der Zeit. Das Körpergefühl schwand, ebenso alle Gedanken. Ich sah, hörte und fühlte nichts mehr. Kein Bewusstsein. Völlige Leere. Vor Jahren hatte ich mich viel mit Meditationsübungen beschäftigt – damals um den Stress aus meinem Berufsleben abzubauen. Das kam mir nun zugute.

Und da! Es gelang! Wenn auch stürmischer als erwartet. Mit einem Schmerzensschrei landete ich unsanft auf einem Steinboden, wobei ich mit der Stirn gegen ein Tischbein direkt vor meiner Nase knallte, was das Geschirr auf der Tischplatte zum Tanzen und Scheppern brachte. Ein mehrstimmiges erschrockenes »Oh!«, tönte von oben, das sich mit meinem zweiten langgezogenen »Auaaaa!« von unten mischte. Der harte Aufprall war nicht das einzige schmerzhafte Missgeschick geblieben, denn der heiße Tee aus meiner Tasse, die ich noch in der Hand hielt, war mir ins Gesicht gespritzt und hatte sich über meine schöne seidene Bluse ergossen. Die war nun wohl ruiniert. Mühsam versuchte ich, mich aufzurappeln. Und glauben Sie mir, bei einer 77-Jährigen, die mit dem Hintern auf dem Boden sitzt, dazu mit einem angeknacksten Steißbein, sieht so etwas wirklich alles andere als elegant aus.

Als ich zumindest mal in eine kniende Stellung gelangt war, blickten mich über die Tischkante hinweg zwei Augenpaare an – ein dunkles belustigtes und ein veilchenblaues erschrockenes. Doch schon kam der nächste Schreck. Links von mir vernahm ich ein leises, bedrohliches Knurren. Ich fuhr herum. Zwei weitere, diesmal tierische Augenpaare, starrten grimmig auf mich herunter. Sie gehörten zu riesigen Hunden mit zotteligem Fell. Hoffentlich sind die nicht hungrig und darauf angewiesen, zu fressen, was bei den Mahlzeiten ihrer Besitzer auf den Boden fällt, dachte ich besorgt. In diesem Moment stieß mich von der anderen Seite her ein Fuß heftig in die Rippen und Eulalias Stimme zischte mir zu: »Reiß Dich zusammen! Steh endlich auf und glotz nicht so blöd!«

Ich schaute zu ihr auf, und da stand Eulalia, schön wie eine Fee aus dem Märchenbuch. Nun konnte ich sie also zum ersten Mal richtig sehen. Damals, bei meinem Traumflug mit ihr über dem Loch Duich, hatten wir uns, nebeneinander fliegend, bei den Händen gehalten, und ich war so verwirrt und beeindruckt von der gesamten Situation gewesen, dass ich nicht mehr als ab und zu einen kurzen Blick aus dem Augenwinkel auf sie erhascht hatte.

Umso mehr setzte mich ihr Anblick jetzt in Erstaunen. Vor allem ihre ungewöhnliche Hautfarbe, ein helles Blau, das durch mehrere schleierartige Schichten ihres weißen Gewands hindurchschimmerte. Das hauchdünne Gewebe, durchsetzt mit feinen Stickereien in Gold und Silber, umfloss ihre hohe, schlanke Gestalt in reichen, sich ständig verändernden Falten und Wellen – ganz so, als ob ein leichter Wind durch das Zimmer wehe. In ebensolcher Bewegung war auch die lockige Flut ihrer bis unter die Hüften reichenden offenen Haare, die sie wie gesponnenes Mondlicht in silbern glänzender Fülle umwogten. Nachtblau wölbten sich ihre Augenbrauen in hohen, eleganten Bögen wie Adlerschwingen über den großen, dunkellilafarbenen Augen in dem fein geschnittenen Oval ihres Gesichts. Und oh, diese seltsamen Augen! Sie zogen mich magisch in ihren Bann und in den dunkeln, tiefen Schacht ihrer Pupillen. Davon wurde mir richtig schwindelig.

Doch schon wandte Eulalia wieder den Blick von mir ab und flötete mit zuckersüßer Stimme: »Bitte, meine Damen, entschuldigen Sie den tölpelhaften Auftritt unseres Gastes, Frau Ingeborg, der Mutter eines Waffengottes aus Germanien. Sie verdient Ihre Nachsicht, denn sie kommt aus einer anderen Welt, und es ist das erste Mal, dass sie in diese hier gelangt ist. Normalerweise benimmt sie sich nicht derart ungesittet.« Gleichzeitig packte mich Eulalias fester Griff am rechten Oberarm und zog mich mit erstaunlicher Kraft hoch. Nach diesem Teekränzchen würde ich voller blauer Flecken sein.

»Oh, wie interessant«, rief die dunkeläugige Lady, »Ihrem Aussehen nach stammen Sie wohl aus der Welt, in der auch ich und Lady Mary in unserem früheren Leben weilten. Und uns beiden ist der Übergang erst gelungen, als wir starben. Aber das haben wir damals natürlich gar nicht mitbekommen, weil wir ja dann schon tot waren. Später körperlos durch die Membran zu gehen, ist viel einfacher. Jedenfalls sagt dies Lady Mary. Ich selbst hatte noch nie das Verlangen, es auszuprobieren.« Nun meldete sich die als Lady Mary titulierte Dame mit den veilchenblauen Augen zu Wort: »Aber setzen Sie sich doch erst einmal, meine Liebe. Das muss ja alles furchtbar aufregend für Sie sein. Natürlich sind wir neugierig, mehr von Ihnen zu hören. Doch zuerst müssen Sie sich etwas beruhigen und wieder zu Kräften kommen. Darf ich Ihnen ein Tässchen Tee anbieten?«

Während ich mich vorsichtig auf den zum Glück für mein schmerzendes Steißbein weich gepolsterten Stuhl setzte, griff Lady Mary nach einer silbernen Teekanne und hielt sie in geneigtem Winkel über die ebenfalls silberne Teetasse, die vor mir auf dem Tisch stand – meine eigene porzellanene lag zerbrochen auf dem Steinboden –, und ein dünner, duftender Strahl Schwarztee ergoss sich in die Tasse. Danach schenkte sie auch den anderen Damen und sich ein. Zu meiner Verwunderung kam dabei aber kein Tee mehr aus der Kanne und die Tassen blieben leer. Trotzdem hob Lady Mary nun die ihre mit abgespreiztem kleinem Finger an die Lippen mit der Bemerkung: »Es geht doch nichts über eine gute Tasse Tee. Nicht wahr, meine Liebe?«

Mit gespitztem Mündchen tat sie so, als ob sie trinke. Es war leicht zu erkennen, dass dies nur gespielt war. Eulalia wandte sich erklärend zu mir: »Du siehst, dass wir nicht wirklich trinken. Dazu sind die beiden Damen so wenig in der Lage wie ich. Aber wir haben doch die Fähigkeit, einigen Genuss aus derartigen Ritualen zu ziehen – sei es aufgrund lebhafter Erinnerungen, sei es aus Einfühlung in die Genüsse anderer, wie bei mir. Ich genieße nämlich immer etwas mit, wenn Du Deinen Tee zu Dir nimmst.« – »Auch wenn ich Schokolade esse?«, fragte ich interessiert. Und als sie zustimmend nickte, wollte ich auch noch wissen, wieso sie dann so schlank und ich so rund sei. Aber darauf erntete ich lediglich einen verächtlichen Blick.

Der aromatische Tee und die freundliche Begrüßung der beiden Geisterdamen hatten ihre Wirkung getan. Allmählich begann ich mich wohler zu fühlen in der ungewöhnlichen Runde, zumal auch die Hunde sich inzwischen brav zu Füßen von Lady Christina niedergelassen hatten. Ich schaute mich neugierig um. Eulalias Aussehen entsprach ja nun wirklich nicht dem eines menschlichen Wesens, und ich bemühte mich tunlichst, den Blick in ihre beunruhigenden Augen zu meiden. Lieber musterte ich die beiden anderen Damen.

Diese sahen schon eher menschlich aus, wenn auch in einer Art, wie man sich gemeinhin Geister von Verstorbenen vorstellt. Etwas verblichen, etwas durchsichtig, die Konturen ihres Körpers leicht verschwimmend, aber sonst durchaus wie normale Menschen. Lady Mary saß sehr aufrecht an der rechten Seite des Tisches – ein schmales, altjüngferliches Persönchen, sichtlich um Haltung bemüht. Sie trug eine weiße, mit Rüschen besetzte Bluse und ein Spitzenhäubchen auf den kunstvoll hochgesteckten hellgrauen Haaren. Ihre veilchenblauen Augen schauten mich wohlwollend und neugierig, aber auch ein wenig unsicher an.

Lady Christina dagegen war offensichtlich ein ganz anderes Kaliber. Sie musste einst ein richtiges Vollblutweib gewesen sein – ein Eindruck, den ich kürzlich auch schon aus der Lektüre zweier Bücher gewonnen hatte. Mein Interesse an Eilean Donan Castle, seiner Umgebung und Geschichte war in den letzten Monaten ständig gewachsen, und so hatte ich mir inzwischen an die 15 Bücher – historische Sachbücher und Romane sowie Reiseführer – besorgt, die entsprechende Themen behandelten. Die vier besten stammten aus einem schottischen Antiquariat und hatten bei ihrer Ankunft derart muffig gerochen, dass ich sie erst ein paar Tage lang auf dem Balkontisch auslüften lassen musste, indem ich immer wieder andere Seiten aufschlug und mit einem Aschenbecher beschwerte. Danach erwiesen sich gerade diese als ausgesprochene Schatztruhen. Nicht nur, weil ich darin von Lady Christina erfuhr.

Während die Damen untereinander einige höfliche Bemerkungen austauschten, betrachtete ich Lady Christina genauer. Wie man schon im Sitzen sehen konnte, war sie offensichtlich sehr groß und schlank, wenn auch ausgesprochen wohlgerundet. Dabei wirkte sie kraftvoll und athletisch – eine richtige Amazone. Ihr eng anliegendes Kleid aus purpurrotem Samt mit beachtlich freizügigem Ausschnitt zierte ein goldener Gürtel. Ein breiter goldener

Reif hielt ihr offenes rabenschwarzes Haar zurück, das ähnlich wild und lockig, wenn auch nicht ganz so füllig und lang wie die silbern glänzende Mähne Eulalias war. Ihr fein geschnittenes Gesicht erhielt durch die lange, gerade Nase und das ausgeprägte Kinn eine energische Note. Zweifellos war sie eine starke, selbstbewusste Frau. Und eine auffallend attraktive. Dies entsprach auch allem, was ich über sie gelesen hatte. Ebenso konnte ich mir gut vorstellen, dass sie die gewandte Reiterin und Bogenschützin gewesen war, als die sie beschrieben wurde.

»Ich habe gelesen, welch schweren Stand Sie als Frau in den sonst nur mit Männern besetzten Ratssitzungen hatten«, wandte ich mich an sie, »wie Sie sich den Zugang dazu immer wieder erkämpfen mussten – mit wechselndem Erfolg. Obwohl Ihre Meinung außerhalb der Sitzungen stets gerne gehört und ihr Rat oft angenommen wurde. Als Robert the Bruce nach zwölfjähriger englischer Gewaltherrschaft erstmals wieder ein freies schottisches Parlament einberufen konnte, sollen Sie auch daran teilgenommen haben. Waren Sie wirklich dabei?«

»Das war ich«, nickte Lady Christina zustimmend. »Als rechtmäßige Erbin und Herrin von Garmoran stand mir die Teilnahme an diesem bedeutsamen nationalen Parlament zu. Dieses Recht ließ ich mir nicht nehmen, obwohl man mich mit manchen formalen Winkelzügen und Vorteilsangeboten bei Nichtteilnahme daran zu hindern suchte. Ich hätte es mir einfacher machen und einen männlichen Vertreter entsenden können, so wie es damals Frauen in meiner Situation in der Regel zu tun pflegten. Aber das war nicht meine Art. Ich bin eine Kämpferin. Und so ritt ich dann quer durch Schottland zur altehrwürdigen Klosterstadt St. Andrews mit ihrer berühmten Kathedrale zu dieser wichtigen Ratssitzung, bei der ich, wie meist, das einzige weibliche Wesen war.

Bei der prunkvollen Eröffnungsparade präsentierten sich der Adel und die Honoratioren mit ihren Damen sowie die zahlreich beteiligten hohen Geistlichen von der glanzvollsten Seite. Prächtig gekleidet in Samt und Seide und mit kostbarem Schmuck behangen, hielten sie Einzug. Die meisten Clan-Führer hatten keine Rüstungen an. Ich aber schon, denn ich wollte zeigen, dass ich kein schwaches Dämchen war, sondern eine Landesherrin mit allen Rechten und Fähigkeiten, die mit meiner hohen Stellung einhergingen. Also ritt ich inmitten der Edelsten des Landes in stolzer Haltung, angetan mit Kettenhemd und Helm, auf dem ein Helmbusch in den Farben von Garmoran prangte. Meine weiblichen Reize stellte ich später zur Schau, als am Abend mit Tanz, Spiel und Schmaus gefeiert wurde.«

»Wenn ich Sie so vor mir sehe, kann ich mir das alles gut vorstellen«, äußerte ich zustimmend.« Lady Christina lächelte.»Ich habe mir nichts angemaßt, wenn ich so auftrat. Hatte ich nicht Robert the Bruce bei seinem viele Jahre dauernden Kampf um die Krone Schottlands beigestanden? Als er, verfolgt von feindlichen Clans und den Truppen des englischen Königs, in großer Gefahr bei mir auf Tioram Castle Schutz suchte, habe ich ihn gastlich aufgenommen. Und als er sich, gejagt von seinen Feinden, in ein Versteck in den Bergen zurückgezogen hatte, fand ich ihn dort krank, verwundet und zutiefst niedergeschlagen. Ich pflegte ihn gesund und gab ihm wieder Lebensmut und Zuversicht. Mehrmals habe ich ihm bewaffnete Kämpfer zugeführt, als er dringend Verstärkung brauchte.

Einmal gar, als ich bei einer solchen Gelegenheit zu ihm gestoßen war und sich ihm die unerwartete Chance bot, eine zahlenmäßig weit überlegene englische Truppe unter Führung des gefürchteten Feldherrn Richmond zu überrumpeln, ritt ich kurz entschlossen die Attacke mit ihm, anstatt mein Heil in der Flucht zu suchen. Mitten in einer Keilformation angreifender Krieger mit Robert an der Spitze, preschte ich, seinen Kampfruf ›A Bruce! A Bruce!‹ schreiend, wie eine Furie durch das gegnerische Lager. Meine langen Haare wehten wie eine Fahne hinter mir her, denn ich hatte nicht einmal mehr die Zeit gehabt, meinen Helm aufzusetzen. In der Mitte des Keils war ich zwar keinen gegnerischen Hieben ausgesetzt. Ich musste nicht kämpfen, brauchte aber meine volle Kraft und Geschicklichkeit, um das halsbrecherische Tempo, von dem der Erfolg der Attacke abhing, durchzuhalten, ohne dabei mit den dicht vor und neben mir dahinrasenden Reitern zu kollidieren oder über die im Lager herumliegenden Dinge zu stürzen.

Die Attacke wirkte sich so verheerend im gegnerischen Lager aus, dass hinterher nur noch ein kurzes, wenn auch für die überrumpelten und auseinandergetriebenen Feinde katastrophales Gefecht stattfand. Wer konnte, floh Hals über Kopf vor uns. Wie jubelten wir über diesen Sieg! Und wie sehr hat sich der gelungene Überfall dann ausgezahlt! Schnell sprach sich die fast unglaubliche Nachricht herum, dass Richmond vor dem Bruce geflohen war. Das machte Mut. Man begann, wieder an einen möglichen Sieg über die Engländer zu glauben. Von da an erhielt Robert mehr und mehr Unterstützung von Clans, die sich bisher nicht mit ihm zu verbünden gewagt hatten. Aber es war damals trotzdem noch ein weiter Weg, bis er endlich als Robert I. den schottischen Thron besteigen konnte.«

»Ich sehe, Sie waren wirklich nie die Frau, die vor Schwierigkeiten zurückschreckte«, sagte ich beeindruckt. »Aber ich muss Ihnen auch ein Kompliment für Ihr strahlendes Aussehen machen. Selten gehen Kraft und Mut mit solcher Schönheit einher.« Lady Christina neigte lächelnd den Kopf. »Komplimente habe ich zu meinen Lebzeiten häufig erhalten«, sagte sie höflich, »und es freut mich, dass ich auch jetzt nicht wie ein vertrocknetes Huhn herumlaufen muss. In diesem Dasein steht mir ja alles zur Verfügung, was ich früher einmal hatte. Auch Kindheit, Jugend, Erwachsenenzeit und Alter. Wir befinden uns hier in der Welt der Möglichkeiten. Alles kann geschehen. Auch das, was uns Gutes im eigentlichen Leben hätte passieren können, wenn es nicht durch falsche Entscheidungen oder böse Menschen verhindert worden wäre. Und alles können wir zurückbekommen, wenn wir uns genügend darauf konzentrieren. Das gefällt mir. Deshalb bin ich hier.«

»Bei mir ist es anders«, sagte Lady Mary zögernd. »Ich mag nichts ausprobieren. Man kann ja nie genau wissen, wie sich die Dinge dann weiterentwickeln. Ich bin nur hier, weil mir meine Burg so sehr am Herzen liegt. Deshalb muss ich auch einfach von Zeit zu Zeit zur Kontrolle durch die Membran gehen, um zu sehen, ob noch alles seine Ordnung hat.« – »Aber das ist doch Unsinn, meine Liebe«, konterte Lady Christina. »Sie könnten doch sowieso nichts gegen das unternehmen, was draußen vor sich geht. Es ist besser, man kriegt davon nichts mit. Eulalia hat mir erzählt, dass Tioram Castle nur noch eine verfallene Ruine ist. Soll ich mir das etwa anschauen? Oder soll ich darüber heulen, wie Sie es machen, wenn jemand wieder mal einen blöden Satz auf die Mauer gesprüht hat? Das bringt doch nichts. Das tue ich mir nicht an.«

Interessante Dinge hörte ich hier. Natürlich wollte ich noch mehr wissen und wandte mich deshalb erneut an Lady Christina: »Tatsächlich habe ich schon einiges über Ihr bewegtes Leben gelesen.« Sie blickte mich verwundert an. »Wirklich? Zu meinen Zeiten spielte ich eine nicht ganz unwichtige politische Rolle. Ich hätte aber nicht gedacht, dass Menschen in Ihrer Zeit sich daran noch erinnern würden. Wie mir Eulalia sagte, sind inzwischen immerhin schon mehr als sieben Jahrhunderte vergangen.«

»Doch, doch«, versicherte ich eifrig. »Wer sich für schottische Geschichte interessiert, kann leicht auf Ihren Namen stoßen. Und für historische Romane ist Ihre Romanze mit Robert the Bruce natürlich ein attraktives Thema. Hatten Sie denn wirklich eine mit ihm?« Stellvertretend für Lady Christina errötete Lady Mary, offensichtlich schockiert darüber, dass ich ein so heikles Thema anzuschneiden wagte. Dennoch schaute sie verstohlen neugierig zu ihrer berühmten Tischnachbarin hinüber.

Diese aber wirkte gar nicht verlegen, sondern lächelte gelassen. »Solche Fragen haben mir schon viele Leute gestellt. Ich will aber auch heute nicht näher darauf eingehen. Jedenfalls war dieser Mann schon einer, bei dem eine Frau schwach werden konnte, und ich war, als ich ihn kennenlernte, 25 Jahre alt und seit sieben Jahren Witwe.« Eine vielsagende Antwort.

Doch schon fuhr sie fort: »The Bruce war mir damals und auch später nicht gleichgültig. Doch sein Herz war nicht frei. Ich konnte ihn höchstens ein bisschen aufmuntern. Das hatte er bisweilen auch bitter nötig. Ihn verzehrte die Sehnsucht nach seiner Frau, von der er, als wir uns zum ersten Mal begegneten, seit über zwei Jahren getrennt war. Durch Verrat des verdammten MacDoualls war sie in englische Gefangenschaft geraten. Er wusste nicht, ob er sie jemals wiedersehen würde, und litt sehr darunter. Und als sie später – nach weiteren Jahren – endlich wieder vereint waren, sah er sowieso nur noch sie.« Nun schaltete sich Eulalia mit maliziösem Lächeln ein: »Andererseits war er, als Ihr Euch kennenlerntet, ein noch junger Mann und Du, liebe Lady Christina, keine Nonne.« – »Wohl wahr«, gab Lady Christina zu, »doch das sind alte Kamellen, während Frau Ingeborgs Besuch doch endlich einmal etwas Neues für uns ist. Wir wissen noch gar nichts von ihr und in welcher Beziehung ihr zueinander steht.«

Während ich überlegte, wie ich darauf antworten sollte, ergriff Eulalia bereits das Wort: »Wir haben uns kennengelernt, als Frau Ingeborg ihr Haus verkauft hatte und in eine neue Wohnung einzog. Dort leben wir seither in einer Art Wohngemeinschaft. Meine Göttin hat mich ihr zugeordnet. Ich bin so etwas wie ihr Alter Ego.« – »Was? Wo?«, schreckte Lady Mary hoch. »Wo ist ein alter Egon? Ich habe keinen alten Mann gesehen.« Dabei verblasste sie bereits etwas, offensichtlich in der Absicht, zu verschwinden.

Rasch griff Eulalia nach ihrem Arm und zog sie wieder auf ihren Stuhl zurück, während sie beschwichtigend auf sie einredete: »Nur die Ruhe, meine Liebe. Du hast mal wieder nicht richtig zugehört. Offenbar hat Dich Deine Lust auf Liebesgeschichten abgelenkt. Hier ist niemand außer uns. Ich sagte nichts von einem alten Mann, sondern vom Alter Ego. Was das ist, solltest Du eigentlich von Deinem Lateinunterricht her wissen. Oder fandest Du Deinen jungen Lehrer damals attraktiver als diese tote Sprache?« Und zu mir gewandt erklärte Eulalia: »Unsere Lady Mary hat eine panische Angst vor Begegnungen mit anderen Menschen, seien es lebende oder tote. Sobald sie auch nur einen Hauch davon zu verspüren meint, verschwindet sie sofort. Tatsächlich hatte ich auch große Mühe, sie von der Ungefährlichkeit Deines Besuchs zu überzeugen.«

»Entschuldigen Sie bitte, meine Damen«, ließ sich Lady Mary nun mit schüchternem Stimmchen hören. »Ich bin einfach so sehr schreckhaft. Deshalb bin ich ja auch so froh, dass mich Eulalia unter ihren Schutz genommen hat. Doch ich war tatsächlich etwas abgelenkt, weil Lady Christina noch nie etwas über ihre Beziehung zu König Robert erzählt hatte. Ich hatte immer vermutet, dass er ihre große Liebe gewesen sei.«

»Nein, das war er nicht«, antwortete diese. »Obwohl ich nicht nur seine politischen und kämpferischen Fähigkeiten zu schätzen wusste und mich zu seinen vertrautesten Freunden rechnen durfte. Aber wenn Sie es schon mal wissen wollen, kann ich nach so langer Zeit gerne gestehen, wer meine große Liebe war: Das war Raghnar, ein einfacher Wikinger ohne Land und Titel, der auf den Orkney-Inseln aufgewachsen war und in jungen Jahren mit seinen Brüdern und einigen Freunden eine kleine Küstensiedlung am Ufer des Loch Tabard gegründet hat. Er betrachtete sich als keines Mannes Untertan, stand aber unter dem persönlichen Schutz von Angus Og, dem Seekönig, in dessen Auftrag er Drachenschiffe aller Größen baute. Die waren sehr begehrt, und er hatte außer Angus Og noch mehrere weitere Auftraggeber auf den Hebriden, den Orkneys und in den Highlands, die es sich leisten konnten, diese unschlagbar schnellen und seetüchtigen Schiffe bei ihm zu bestellen. Raghnar war ein wahrer Könner seines Fachs, beherrschte aber auch weitere handwerkliche Künste, so wie die meisten seiner Brüder. Sein älterer Bruder zum Beispiel war ein weithin bekannter Schmied. Seine Schwerter, Dolche und Streitäxte waren fast ebenso gefragt wie Raghnars Drachenschiffe.«

Lady Christina verstummte, doch wir anderen, die wir ihr gebannt gelauscht hatten, wollten mehr hören und drängten sie, in ihrer Erzählung fortzufahren. Sie ließ sich auch nicht lange bitten. »So hatte Raghnar wohl ein recht gutes Einkommen gehabt, auch wenn ihm Geld und Gut nicht wichtig waren und er schnell wieder mit vollen Händen verschenkte und verschwendete, was er erworben hatte. Wenn ihn die Lust ankam, konnte es sein, dass er von einem auf den anderen Tag eins der Schiffe bestieg und für Monate verschwand. Einfach, um Neues zu erleben und zu entdecken. Vielleicht waren es Handelsfahrten, vielleicht unternahm er auch den einen oder anderen Raubzug. Bei ihm konnte man das nie genau wissen.

Er war ein grimmiger Krieger und gnadenlos, wenn er in den Kampf zog. Das hatte ich selbst zweimal erlebt, als er mir in großer Bedrängnis mit seinen Männern zu Hilfe kam. Doch eigentlich grausam war Raghnar nicht. Es machte ihm kein Vergnügen, Menschen zu quälen, auch nicht, sie zu vergewaltigen, übrigens. Als ein begnadeter Liebhaber legte er keinen Wert auf erzwungene Unterwerfung, und nie fehlte es an schönen Frauen, die nach ihm schmachteten. Oft half er denen, die in Not waren. In seiner Siedlung wuselten immer ein paar elternlose Kinder herum, die er irgendwo aufgelesen hatte. Sie wuchsen zusammen mit den Sprösslingen seiner Sippe auf und konnten dort handwerkliche Fertigkeiten erlernen, die später ihren künftigen Unterhalt sicherten.

Übrigens bin ich auch dort auf die Idee gekommen, ein Mädcheninternat einzurichten. Auf der Insel Davaar gab es in dem Dorf Saddell ein Nonnenkloster, das ich sowieso schon zu unterstützen begonnen hatte. Dorthin brachte ich Mädchen von meinen Ländereien, die verwaist waren oder aus armen Familien stammten, damit sie bei den Nonnen Lesen und Schreiben lernen konnten. Das Hauptaugenmerk lag aber bei der Ausbildung in feinen Handarbeiten. So konnte ich sie später in wohlhabende Familien vermitteln, die derlei Fähigkeiten zu schätzen wussten. Auch Mädchen aus Raghnars Siedlung wurden in meiner Mädchenschule aufgenommen, sofern sie dies wünschten.

Einmal hatte Raghnar ein Sklavenschiff überfallen. Das hatte sich gelohnt, denn es befanden sich dort mehrere reiche Gefangene, die ihren Dank für die Befreiung nicht nur mit schönen Worten abstatteten. Aus Mitleid brachte er von diesem Überfall einen verwundeten halbwüchsigen Afrikaner in die Siedlung mit, obwohl er ihn wegen seiner Verletzungen und irren Angstattacken für wertlos hielt. Doch der schreckhafte, verstörte Junge erholte sich und entpuppte sich bald als ein wahrer Glücksfall, denn er verstand sich hervorragend auf kunstvolle Metallarbeiten. Er verzierte die Waffen des Schmieds und andere Metallgegenstände so meisterhaft, dass die Siedlung sehr von seiner Arbeit profitierte. Auch erwies er sich als ein geduldiger Lehrer, wenn jemand diese Kunst von ihm erlernen wollte.

Überhaupt konnten die Kinder wie auch mancher Erwachsene in der Siedlung viel von den dort tätigen Handwerkern lernen. Und Raghnar selbst brachte ihnen alles bei, was ein Krieger wissen musste, und nahm diejenigen, die das wollten, mit aufs Meer. Dabei machte er keinen Unterschied zwischen Jungen und Mädchen. Für ihn spielten nur Leistung und Leistungswille eine Rolle. Dies war auch etwas, was ich sehr an ihm liebte. Ja, das war schon eine recht bunt gemischte Gesellschaft dort – auch was die Frauen anging. Ich fühlte mich immer wohl, wenn ich mich im Dorf aufhielt.

Neben seiner kriegerischen Natur hatte Raghnar also durchaus auch andere Seiten. Es gefiel mir, wenn ich sah, wie er mit den Kindern umging. Und manchmal überraschte er mich mit Gedanken, die ich ihm gar nicht zugetraut hätte.

Einmal saßen wir auf einem Kieselstrand in einer wunderschönen Bucht. Wir hatten kaltes Fleisch, Äpfel, Honigkuchen und Bier mitgebracht und ließen es uns wohl sein. Gerade noch hatten wir herumgealbert. Doch nun war Raghnar in einer nachdenklichen Stimmung. Er hatte einige Steine aufgelesen und betrachtete sie aufmerksam von allen Seiten. Hübsche Steine waren das, aber gewiss keine ungewöhnlichen. ›Siehst Du‹, sagte Raghnar versonnen, ›welch unterschiedliche Farben sie haben? Und dann diese interessanten Streifen. Keiner sieht aus wie der andere. Wie die wohl entstanden sind? Aber jeder für sich ist wunderschön in seiner Art. Wie verschwenderisch, dass die alle nur einfach so herumliegen! Wären sie selten, würde man sie vielleicht höher schätzen als Perlen und Juwelen. Ich jedenfalls ziehe sie all dem teuren Tand vor. Die Natur enthält so viel Wunderbares!‹ Sanft streichelte er mit seiner großen, harten Hand über die runden Steine. ›Dann wirst

Du mich wohl demnächst mit einer Kiesel-Kette beschenken‹, lächelte ich und drehte versonnen an dem goldenen Armband, das er mir, in einer besonders großen Muschel als Schmuckkästchen, an diesem Morgen, kaum dass ich aus dem Schlaf erwacht war, auf den nackten Bauch gelegt hatte. Wenn ich bei ihm war, überraschte er mich oft mit derartigen Morgengaben, wie er sie nannte.

Wie erstaunt war ich, dass ich ein paar Monate später tatsächlich eine Kette aus schönen marmorierten Kieseln von ihm als Morgengabe erhielt. Er hatte sich sicher viel Mühe gemacht, genau die richtigen für diesen Zweck zu finden – oval und flach, damit die Kette nicht zu schwer würde – alle Steinchen sauber durchbohrt, auf einem dünnen Lederriemchen aufgezogen, jeweils abwechselnd mit glänzenden, rund geschliffenen Quarzsteinen, in denen das Sonnenlicht funkelnde Lichter entzündete.

Ja, auch so konnte Raghnar sein – immer wieder anders. Und er war neugierig, wollte alles wissen. Nie war es langweilig mit ihm. Er hielt sich an keine Regeln, war einfach nur er selbst. Oft kam er dadurch in Gefahr. Aber er war stark und schlau und wusste sich stets zu helfen. Er brachte so viel Farbe, Lust und Leidenschaft in mein Leben! Nie habe ich mich lebendiger gefühlt, als wenn ich mit ihm zusammen war.«

Lady Mary saß entgeistert da, mit offenem Mund. »Aber das war doch völlig unmoralisch«, rief sie aus, »und auch gar nicht standesgemäß. Wie konnten Sie sich nur auf eine so unpassende Beziehung einlassen. Und wie haben Sie es überhaupt geschafft, sich mit ihm treffen?« – »So viele Fragen!«, lachte Lady Christina und gab dann zu: »Standesgemäß war unsere Beziehung natürlich nicht. Von einer Heirat war auch nie die Rede. Ich denke, das war sowieso ganz im Sinne von Raghnar, der seine Freiheit noch einen Tick mehr liebte als mich. Klar konnten wir uns nicht öffentlich zusammen zeigen. Aber wo ein Wille ist, ist auch ein Weg. Es standen ja immer Pferde und Boote zur Verfügung, und bei den großen, weit auseinanderliegenden Ländereien, die ich ab und zu aufsuchen musste, um nach dem Rechten zu sehen, fiel es nicht weiter auf, wenn ich von Zeit zu Zeit für ein paar Tage oder Wochen unterwegs war. Das wenige Begleitpersonal, das ich bei solchen Gelegenheiten mitnahm, war mir treu ergeben und verschwiegen.«

Nach einer kurzen Pause fuhr Lady Christina lächelnd fort: »Was die Moral betrifft, so war mir die herzlich egal, jedenfalls was diese Art von Moral angeht. Überdies wurde Fleischeslust zu meiner Zeit sowieso als etwas ganz Natürliches gesehen. Man war nicht übermäßig eifersüchtig, bemühte sich lediglich um Diskretion, um das Ansehen von Ehepartnern und Familie nicht zu schädigen. Offenbar sind Sie, liebe Lady Mary, völlig anders aufgewachsen. Wie Sie berichteten, hat die Reformation sehr strenge Verhaltensregeln und deren allgemeine Überwachung mit sich gebracht. Wie langweilig und freudlos Ihr Leben gewesen sein muss! Zu meiner Zeit, im 14. Jahrhundert, war es Gott sei Dank noch anders. Kritisch wurde es meist nur, wenn Kinder betroffen waren. Da nahmen es die Männer schon genau, weil es um die Erbfolge ging. Ist ja auch verständlich, nicht wahr?« Dann fügte sie noch mit träumerischem Blick hinzu: »Doch für Raghnar hätte ich auch in allen anderen Zeiten jede Moral außer Acht gelassen. Was für ein schöner, starker, wunderbarer Mann!«

Wir schwiegen und nippten, in Gedanken versunken, an unserem Tee. Nachdenklich schaute Eulalia mich an und bemerkte: »Frau Ingeborg muss auch eine große Liebe gehabt haben. Denn als ihr Mann vor einem halben Jahr starb, hat sie das sehr mitgenommen. Obwohl er schon 97 Jahre alt und sein Zustand so mitleiderregend war, dass sie selbst sagte, es sei gut für ihn, dass er endlich sterben konnte.« – »Ja«, bestätigte ich, »das war tatsächlich ein Segen. Zwei Jahre zuvor hatte ich ihn in ein Pflegeheim bringen müssen, weil es mir nicht mehr möglich war, selbst für ihn zu sorgen. Und das war eine furchtbare Zeit für uns beide. Man konnte sich nur wünschen, dass es nicht mehr allzu lange dauern würde.« – »Oh, ein Pflegeheim? Sie haben ihn in ein Kloster gebracht?«, fragten die beiden Geisterdamen gleichzeitig. »Nein, nein«, erklärte ich. »Klöster nehmen heutzutage keine Pflegebedürftigen mehr auf. Jetzt gibt es Krankenhäuser, die meist von Städten oder Landkreisen betrieben werden. Aber dort wird man nur bei schweren Krankheiten behandelt.

Sie würden staunen, welche technischen Möglichkeiten inzwischen entwickelt wurden, welche Untersuchungen und Operationen es heutzutage gibt und wie viele sehr wirksame Medikamente. Die Kehrseite dieses Fortschritts ist, dass die Menschen nun viel zu alt werden. Man kann das Leben sehr verlängern. Das sehen Sie schon an mir. Eine Frau von 77 Jahren hätte in Ihren Zeiten gewiss deutlich hinfälliger ausgesehen. Aber der körperliche und vor allem der geistige Verfall lässt sich eben doch nicht ganz aufhalten. Irgendwann siechen die meisten Menschen dann jahrelang nur noch dahin, sind völlig hilflos und brauchen Pflege rund um die Uhr, während sie mit immer mehr Medikamenten und operativen Eingriffen künstlich am Leben gehalten werden. Und weil man nicht mehr wie früher in Großfamilien lebt und nur reiche Leute sich ständiges Hauspersonal leisten können, ist die Pflege von derart Dahinsiechenden zu Hause oft gar nicht mehr möglich. Dafür gibt es nun die Pflegeheime. Das ist ein ganz trauriges Kapitel, das kann ich Ihnen sagen.«

»Kann ich mir gut vorstellen«, nickte Lady Christina. »Schon Raghnar sagte immer, er wolle nicht den Strohtod sterben, sondern lieber mit dem Schwert in der Hand sein Ende finden. Deshalb konnte ich es leichter akzeptieren, als er eines Tages in seinem Drachenschiff tot zurückgebracht wurde. Er war im Kampf gefallen – wenn auch hinterrücks erdolcht von einem Verräter unter seinen eigenen Kampfgefährten, der ihm den Rücken hätte decken sollen.« – »Das war sicher einer diese ungehobelten, treulosen MacDonalds«, zischte Lady Mary giftig, worauf Lady Christina wütend auffuhr und sie anschrie: »Ha! Sie, Lady, reden von treulos! Sind nicht gerade Ihre schleimigen MacKenzies immer diejenigen gewesen, die anderen in den Rücken fielen, wenn sie sich davon einen Vorteil erhoffen konnten?«

Zitternd vor Aufregung stellte sich die kleine, sonst so sanfte und ängstliche Lady Mary vor Lady Christina – stehend war sie ungefähr so groß wie diese im Sitzen – und schüttelte ihre Faust drohend vor deren Nase: »Sie! Sie greifen die Ehre meiner Familie an? Sie, die von den räuberischen Inselleuten abstammen?« Beinahe wäre es zu Handgreiflichkeiten gekommen, hätte nicht Eulalia gerade noch rechtzeitig eingegriffen, indem sie sich zwischen die Streitenden stellte und flötete: »Aber, aber, meine Damen. Wollen wir uns denn wirklich noch immer in den Haaren liegen wegen Dingen, die in längst vergangenen

Jahrhunderten geschehen sind? In unserer heutigen Situation sollten wir uns darüber erhaben fühlen. Vieles von dem, was die Clan-Männer früher alles an Dummheiten angezettelt haben, hätte sowieso sicher verhindert werden können, wenn sie mehr auf ihre Frauen gehört hätten.« Die beiden Geisterdamen nickten, bereits wieder etwas besänftigt. »Wohl wahr«, murmelten sie zustimmend.

Bemüht, vollends von dem Streit abzulenken, wandte sich Eulalia wieder an mich: »Sag mal, es gibt doch sicher auch in der heutigen Zeit genug Menschen, die zum Ende ihres Lebens nicht noch jahrelang hilflos dahinsiechen wollen.« – »Das schon«, nickte ich. »Viele sagen das. Nur verpassen die meisten dann doch den richtigen Zeitpunkt, um diesem Schicksal zu entgehen. Durch die umfassende medizinische Hilfe verschlechtert sich der Zustand der Kranken und Alten meist nur schleichend. Unversehens sind sie dann irgendwann zu entkräftet oder zu dement, um sich den Behandlungen zu widersetzen. Und die Ärzte sind verpflichtet, stets alles ihnen Mögliche zu tun, um Leben zu erhalten. Sie helfen also niemandem, der sich das Leben nehmen möchte. Es selbst zu tun, solange sie es noch könnten – dafür wären die meisten Leute zu feige. Ich muss gestehen, dass ich das wahrscheinlich auch nicht fertigbrächte. Wir sind ja wirkliche Schmerzen gar nicht mehr gewöhnt und begegnen dem Tod nicht mehr so selbstverständlich, wie dies in Ihren kriegerischen Zeiten der Fall war.«

Lady Christina blickte mich mitleidig an. »Dann müssen Sie, Frau Ingeborg, wohl auch damit rechnen, eines Tages so elendiglich wie Ihr Mann zu enden?« – »Nein«, sagte ich, »es gibt noch einen anderen Ausweg. Man kann eine sogenannte Patientenverfügung machen. Das ist ein Dokument, in dem man zu einer Zeit, in der man noch klar bei Verstand ist, schriftlich festlegt, was geschehen oder nicht geschehen soll, wenn man krank ist, einen schweren Unfall hatte oder sich im Sterbeprozess befindet. Ich habe ein solches Dokument verfasst. Darin steht unter anderem, dass man mich nicht künstlich ernähren darf, wenn ich keine Nahrung mehr zu mir nehmen will. Und dass ich bei Organversagen, aus welchem Grunde auch immer dieses eintritt, keinesfalls wiederbelebt werden möchte. Daran müssen sich die Ärzte dann halten und geben höchstens noch schmerzlindernde Medikamente. Allerdings muss man dafür sorgen, dass die nahen Angehörigen und möglichst auch ein Arzt von dieser Patientenverfügung wissen und dass sie schnell gefunden wird, wenn man sich in einer entsprechenden Situation befindet.«

»Das verstehe ich jetzt aber nicht«, fragte Lady Christina. »Sie sprechen von Wiederbelebung. Kann man denn Tote wieder auferwecken? Das klingt unheimlich.« – »Tatsächlich kann man das«, erläuterte ich, »allerdings lange nicht immer und auch nur, wenn das Herz erst kurze Zeit vorher zu schlagen aufgehört hat. Man kann das mit verschiedenen Geräten und mit Medikamenten, die man in die Menschen hineinspritzt, machen. Dann bringt man sie so schnell wie möglich in ein Krankenhaus und schließt sie an Maschinen an, die die Herztätigkeit und andere Organfunktionen übernehmen. Manchmal wird das jahrelang so beibehalten. Und das sieht auch wirklich unheimlich aus. Die Menschen liegen dort in Betten, umgeben von summenden Maschinen, mit denen sie durch Schläuche verbunden sind. Manche sind überhaupt nicht mehr bei Bewusstsein, obwohl ihre Organe durch die Maschinen weiterarbeiten. Manche erholen sich aber auch wieder nach der Wiederbelebung und nachdem sie einige Zeit an solche Maschinen angeschlossen waren.«

»Ich weiß nicht, was ich davon halten soll«, sagte Lady Mary nachdenklich. »Ist das nicht Blasphemie? Es ist Gottes Wille, wenn ein Mensch sterben muss. Wie kann man sich seinem Willen widersetzen?« Und Lady Christina meinte: »Mir kommt es respektlos, ja richtig unwürdig vor. Man kann doch einen Menschen nicht Teil einer Maschine werden lassen. Sich vorzustellen, hilflos dazuliegen, an Maschinen angeschlossen, die die Organe betätigen. Das ist doch völlig gegen die Natur. Ich würde den Tod hundertmal einer solchen Situation vorziehen.« – »Ich sehe es genauso«, sagte ich, »auch wenn ich nicht wie Lady Mary vom Willen Gottes ausgehen würde. Was ich denke, ist, dass den heutigen Menschen etwas mehr Demut gegenüber den Naturgesetzen gut anstehen würde. Wir nehmen uns viel zu wichtig – um, wie man sieht, dann umso unwürdiger zu sterben. Jeder von uns ist Teil der Natur, die ein ständiges Werden und Vergehen beinhaltet. Eine Generation folgt der anderen. Man stelle sich vor, wir würden ewig leben. Bald gäbe es keinen Platz mehr auf dieser Erde, die schon jetzt überbevölkert ist. Wenn jemand wie ich alt geworden ist und ein gutes Leben hatte, ist der Tod wirklich kein Drama mehr.«

Ich überlegte kurz und fügte dann noch hinzu: »Mein Mann ist eigentlich ein klassisches Beispiel dafür, wie es nicht kommen sollte, wie schwer es aber auch ist in Situationen, in denen man früher gestorben wäre, eine medizinische Dienstleistung abzulehnen. Als er noch bei guter Gesundheit und ganz ohne regelmäßige Medikamenteneinnahme über 83 Jahre alt geworden war, erlitt er einen Schwächeanfall. Im Krankenhaus stellte man fest, dass sein Herz zu schwach und nicht mehr ganz regelmäßig schlug. Man setzte ihm einen sogenannten Herzschrittmacher ein. Das ist ein kleiner Apparat, der das Herz zum regelmäßigen Schlagen veranlasst, wenn es dies von selbst nicht mehr tut. Man macht hierfür einen Schnitt in die Brust, setzt dort das Gerät ein und verbindet es mit dem Herzen. Dann näht man die Wunde wieder zu. Sehr viele alte Menschen haben so einen Schrittmacher in sich. Nach diesem Eingriff fühlte sich mein Mann wieder wohl und hatte keine Herzprobleme mehr. Aber die Ärzte verschrieben ihm dreierlei Medikamente, die er von nun an täglich schluckte, darunter eines, das das Blut verdünnt, denn bei alten Menschen ist das Blut klumpiger als bei jungen und kann die Venen verstopfen.

In den folgenden Jahren wurde er zwar langsam schwächer und musste schließlich am Stock gehen, aber er lebte trotzdem noch recht gerne. Ich konnte ihn im Auto herumfahren und kleine Ausflüge mit ihm unternehmen, zum Beispiel in ein Gasthaus an irgendeinen Ort am Bodensee. Besonders freute er sich über die große Auswahl an leckeren Torten, die es in Bodman auf einer Kaffeeterrasse gab. Und wenn die Stockacher Fußballmannschaft ein Heimspiel hatte, holte ihn ein Freund mit dem Auto ab. Zur Zuschauerterrasse beim Clubhaus des Tennisvereins ganz nahe bei unserem Haus konnte er sogar selber noch gehen.

Im Alter von 94 Jahren erlitt mein Mann eine Lungenentzündung. Zwei Jahre vorher hatte er schon einmal eine Lungenentzündung gehabt, die er aber mithilfe von Medikamenten und wenigen Tagen im Krankenhaus gut und ohne weitere Folgen überstanden hatte. Diesmal aber kam eine Rippfellentzündung hinzu, und als er nach drei Wochen im Krankenhaus wieder nach Hause kam, konnte er gar nicht mehr gehen, war also ein Pflegefall geworden. Daran konnten auch all die Medikamente, die ihn in der Folgezeit am Leben hielten, nichts mehr ändern. Von da an saß mein Mann den ganzen Tag lang fast nur noch in einem bequemen Sessel im Wohnzimmer. Ich hatte einen Stuhl auf Rollen besorgt, mit dem ich ihn in der Wohnung herumfahren konnte.

Inzwischen machte sich auch ein rasch fortschreitender geistiger Verfall bemerkbar. Mein Mann bekam panische Angst, wenn ich nicht bei ihm war. Kaum konnte ich noch das Haus verlassen, um schnell etwas einzukaufen. Ständig rief er nach mir – auch nachts. Er schlief nicht mehr als zwei bis drei Stunden am Stück, und wenn ich auf sein Rufen nicht schnell genug reagierte, versuchte er, sich aus dem Bett zu hieven. In den Armen hatte er noch die Kraft dafür. Zweimal fiel er so aus dem Bett, holte sich aber Gott sei Dank nur blaue Flecken. Ich konnte also keine Nacht mehr richtig schlafen und war völlig erschöpft.

Ein Jahr später konnte mein Mann nicht einmal mehr stehen. Da wurde es sehr schwierig, ihn sauber zu halten. Inzwischen trug er Windeln wie ein Baby, die mehrmals am Tag gewechselt werden mussten. Auch schaffte ich es kaum noch, ihn aus dem Bett auf den fahrbaren Stuhl und von diesem in den Sessel zu heben. Es war ja niemand da, der mir dabei hätte helfen können. Und im Bett wollte er tagsüber nicht bleiben. Zwar gibt es Pflegerinnen, die ins Haus kommen, um bei der Körperpflege zu helfen. Doch da man hierfür bestimmte Tageszeiten vereinbaren muss, die Windeln aber eben oft zu anderen Zeiten voll sind, war das nun auch keine Lösung mehr.

Ein Arzt sorgte dafür, dass mein Mann in ein Krankenhaus gebracht wurde, das auf sehr alte Leute spezialisiert ist. Man versuchte dort, ihn wenigstens so weit zu kräftigen, dass er wieder allein stehen könnte. Nach zwei Wochen war es klar, dass dies nicht gelingen würde. Schnellstens musste ich also einen Platz in einem Pflegeheim für ihn finden. Das war nicht einfach, denn es gibt nicht genug Pflegeheime. Ich hatte aber Glück. Ganz in unserer Nähe war gerade ein neues gebaut worden und mein Mann kam dort unter.

Nun konnte ich also nachts wieder schlafen und für meinen Mann wurde rund um die Uhr gesorgt. Aber dafür kamen andere Probleme. Er rief ständig nach mir. Wenn ich kam, fragte er: ›Bist Du gekommen, um mich nach Hause zu holen?‹. Und wenn ich ging, klammerte er sich an mich und flehte mich an, bei ihm zu bleiben oder ihn mitzunehmen.

Jeden Tag hielt ich mich mindestens drei Stunden bei ihm im Heim auf. Die Demenz verschlimmerte sich weiter. Bald war sein Verstand auf dem Niveau eines Kleinkindes angelangt. Nachts war er, wie es auch zu Hause gewesen war, besonders verwirrt. Er zerriss seine Nachtkleidung und seine Bettwäsche und verschmierte seine Exkremente im Bett und an der Wand. Es gab eine Nachtschwester, aber die hatte viele Leute zu betreuen und konnte sich nicht die ganze Nacht über nur um ihn kümmern. Die Nächte müssen schrecklich für ihn gewesen sein.

Mit der Zeit war eine normale Unterhaltung kaum mehr möglich, zumal mein Mann auch nicht mehr zusammenhängend und verständlich reden konnte. Es gab sogar Tage, an denen er mich gar nicht mehr erkannte. Im Heim waren viele Leute in ähnlicher Verfassung. Man versuchte, sie mit sehr einfachen Dingen zu unterhalten, oft ähnlich wie in einem Kindergarten. Beim Essen, das er wegen Schluckbeschwerden nur noch in breiartiger Form zu sich nehmen konnte, brauchte er ebenfalls Hilfe. Nur schwer fand er mit dem Löffel in den Mund. Oft war er enttäuscht, wenn er sah, dass andere ein Fischfilet, eine Scheibe Braten oder Salat auf dem Teller hatten, er aber nur zwei oder drei verschiedenfarbige Häufchen Brei. Obwohl ich es ihm immer wieder erklärte, verstand er nicht, dass er dasselbe bekommen hatte, nur eben in anderer Form.

Bei alledem gab es trotzdem Momente oder sogar Stunden, in denen mein Mann auf einmal wieder klare Gedanken hatte. Manchmal merkte ich ihm das an und verstand, dass er sich nur nicht richtig ausdrücken konnte. Fragte ich ihn dann, ob er etwas anderes habe sagen wollen, schaute er mich traurig an und nickte. Meist konnte aber auch ich nicht erkennen, wann er geistig präsent war und wann nicht. Ich hatte das Gefühl, dass sich seine Persönlichkeit mehr und mehr zurückzog, jedoch ab und zu noch aufflackerte. Manchmal – wenn auch immer seltener – kamen sogar plötzlich wieder deutliche Sätze. Einmal sagte er: ›Warum gehst Du immer wieder weg? Wir müssten doch eigentlich zusammen sein. Oder sind wir nicht mehr verheiratet?‹ Der letzte Satz, an den ich mich erinnern kann, war aber: ›Du bist das Beste, was ich in meinem Leben je gehabt habe.‹ Das hatte er mir auch früher schon manchmal gesagt.

Sie können sich vorstellen, wie mir das alles das Herz umdrehte. So viel wie in diesen beiden letzten Jahren habe ich in meinem ganzen Leben nicht geweint.

Durch die lange Zeit, in der ich mich so intensiv um meinen Mann gekümmert hatte, war eine große Abhängigkeit entstanden. Er war immer sehr lieb und dankbar und hatte es sichtlich gern, wenn ich ihn streichelte oder ihm ein Küsschen gab. Ich empfand meine Beziehung zu ihm mehr und mehr wie die einer Mutter zu ihrem Baby, nur dass dieses nicht selbstständiger, sondern immer hilfloser wurde.

Niemals will ich so enden müssen. Ausgerechnet mein Mann mit seinem kräftigen, belastbaren Körper, der mehrere Jahre Krieg und Gefangenschaft in Russland überstanden und später bei so vielen Sportturnieren als Sieger geehrt worden war, ein Mann, der vor Lebenslust sprühte und einen ganzen Saal mit Singen und Späße Treiben unterhalten konnte, ein durch und durch aktiver Mensch! Und der befand sich nun in einem derart jämmerlichen Zustand. Das passte überhaupt nicht zu ihm. Es war einfach menschenunwürdig.«

Wieder einmal kamen mir die Tränen bei dieser Erinnerung. Jeder am Tisch hing seinen Gedanken nach. »Oh, mein Mundi!«, seufzte ich. »Oh mein Raghnar!«, seufzte Lady Christina. »Oh Manannan!«, seufzte Eulalia. »Oh, mein Bernard!«, seufzte Lady Mary. Eulalia und Lady Christina fuhren elektrisiert hoch. »Was? Wer?«, riefen sie unisono und schauten Lady Mary ungläubig an. Diese aber blickte verwirrt auf, begann zu flattern und zu verblassen, um kurz darauf in der Wand zu verschwinden.

Lady Christina sah ihr nach und meinte: »Schau mal an. Da hat es also doch wohl einen Mann im Leben dieses tugendsamen Betschwesterchens gegeben.« Darauf wandte sie sich an mich mit den Worten: »Sie haben uns viel Seltsames berichtet, Frau Ingeborg. Nicht alles habe ich ganz verstanden. Mir ist aber klar geworden, wie schwierig die Frage ist, wie man mit Fortschritten in der Medizin umgehen soll. Zunächst bringen diese, wie man sieht, ja sehr viel Gutes. Aber sie ziehen dann andere Probleme nach sich, und man kommt in Situationen, die man gar nicht haben wollte.« – »Genauso ist es«, bestätigte ich. »Sie haben den Punkt getroffen. Schließlich kann und will man die Entwicklung in der Medizin ja nicht rückgängig machen. In vielen Fällen ist sie auch wirklich ein großer Segen. Aber so wird man eben unmerklich in den Prozess der künstlichen Lebensverlängerung hineingezogen, aus dem man sich nicht mehr befreien kann.«

»Darüber und über vieles mehr können wir ein andermal reden«, unterbrach mich Eulalia, der das Thema allmählich zu trübselig wurde. »Ich denke, Frau Ingeborg sollte jetzt in ihre Welt zurückkehren.« Und unversehens fand ich mich inmitten der Scherben meiner Tasse auf dem Fußboden meines Küchenwohnzimmers sitzend, mit einer nassen, schwarzfleckigen Bluse und einem schmerzenden Steißbein.

Gemütlich saß ich am nächsten Morgen beim Frühstück, als sich Eulalia fröhlich fiepsend bemerkbar machte. »Nun? Gestern gut zurückgekommen?«, erkundigte sie sich. »Kein Kater?« Ich schaute erstaunt auf und fragte: »Wieso Kater? Es gab doch bloß Schwarztee in der Burg?« – »Ja, aber beim

Wechsel durch die Membran kann einem auch ganz schön schummrig werden, hat man mir erzählt. Gekotzt hast Du also nicht?« Ich verdrehte die Augen. »Nein, habe ich nicht. Aber kannst Du Dich nicht ein bisschen zivilisierter ausdrücken? Du willst doch sonst immer so vornehm sein. Dazu sagt man sich übergeben.« Eulalia quäkte beleidigt. »Das hast Du mir schon einmal gesagt. Aber ich finde das nicht in Ordnung. Sich übergeben bedeutet doch auch, dass man sich jemandem unterwirft – etwa einem Gott.

So betet Ihr Dreidimensionalen zum Beispiel: ›Ich übergebe mich in deine Hände, oh Herr.‹ Was soll das denn? Was soll so ein Gott wohl denken? Das ist doch eine Sauerei! Und eine bodenlose Frechheit dazu.« Ich musste kurz überlegen. »Aber«, wandte ich ein, »genau so, nämlich in der reflexiven Form, sagt man es natürlich nicht, sondern vielmehr ›ich übergebe meine Seele oder mein Schicksal in deine Hände‹.« – »Ja, denkst Du wirklich, dass Götter sich die Zeit nehmen, grammatikalische Feinheiten auseinander zu sortieren?« Eulalia lachte spöttisch. »Glaub' mir, die haben anderes zu tun. Die bringen schon so kaum die Geduld auf, dem ständigen Gejammere und Gesabbere der Menschen mit ihren kleinlichen Anliegen zuzuhören. Man sollte besser klare Worte wählen, wenn man mit Göttern in Kontakt tritt. Also meine Göttin Cailleach würde den, der so zu ihr spricht, in auflodernder Wut kurzerhand mit einem Blitz erschlagen und sich dann abwenden, um sich wichtigeren Dingen zu widmen.«

Ich dachte nach. Wahrscheinlich hatte Eulalia recht. Möglicherweise ließ sich daraus sogar manche göttliche Strafe erklären. Man fragt sich ja ab und zu, wieso gerade diesen oder jenen gottesfürchtigen Menschen, der in seinem Leben nur Gutes tat, ein schlimmes Unglück ereilt hat. Schuld daran ist vielleicht bloß die Grammatik. Theologen und andere Vertreter von Religionen sollten diese Frage wirklich einmal wissenschaftlich untersuchen und im Detail erörtern, damit sie den Gläubigen ungefährlichere Gebetsformeln beibringen können. Doch das ist nicht mein Problem, und so wandte ich mich wieder Eulalia zu.

»Meine Rückkunft war zwar nicht von Übelkeit begleitet«, nahm ich den Gesprächsfaden auf, »dafür aber war sie genauso eine Bruchlandung wie meine Ankunft in der Burg. Könnte man das nicht etwas sanfter gestalten?« – »Dazu kann ich nicht viel sagen«, erwiderte Eulalia gleichgültig. »Vielleicht ist es eine Frage der Übung. Ihr Dreidimensionalen seid hierfür unterschiedlich begabt. Die meisten schaffen es ja überhaupt nicht, während einige wenige nicht einmal Unterstützung von der anderen Seite brauchen. Es könnte auch sein, dass ich ein klein wenig zu stark gezogen und geschubst habe. Aber insgesamt haben wir es doch ganz gut hingekriegt, findest Du nicht?« – »In jedem Fall hat es sich gelohnt«, stimmte ich zu. »Es war ein beeindruckendes Erlebnis für mich und ich will unbedingt noch öfter da durch. Bloß hoffe ich auf künftig weniger schmerzhafte Übergänge.« Dann fügte ich noch an: »Na ja, reichlich schwindelig war mir hinterher schon auch. Aber das kommt bei mir sowieso ab und zu vor. Kein Problem. Ich lege mich dann einfach schnell hin oder halte mich irgendwo fest und sage mir: Anstatt zu jammern, kann ich es genauso gut genießen. Andere zahlen für Fahrten mit der Achterbahn, und ich bekomme das jetzt umsonst.« – »Das ist die richtige Einstellung«, lobte mich Eulalia.

Nachdenklich mampfte ich weiter an meinem Toastbrot mit dem leckeren Mandelmus, während sich Eulalia mit zufriedenem Summen anscheinend im Kühlschrank in ähnlicher Weise beschäftigte.

»Übrigens war ich sehr überrascht über Dein Aussehen«, bemerkte ich. »Nie hätte ich gedacht, dass Du so schön bist. Nicht einmal, dass es ein so schönes Wesen überhaupt geben könnte.« – »Ich weiß. Unter allen Geistern nehmen die Elementarwesen, und insbesondere diejenigen, die wie ich dem Element Luft zugeordnet sind, die schönsten Gestalten an«, erwiderte Eulalia stolz, um dann leise anzufügen »und deshalb ist meine Stimme, die so gar nicht dazu passt, auch besonders demütigend für mich. Dieses erbärmliche Gewinsel, Gefiepse und Gequäke gehört nämlich zu der Strafe, die Cailleach über mich verhängt hat, weil ich einmal in das Schicksal eines Dreidimensionalen eingegriffen hatte, was mir strengstens verboten ist. Über zweihundert Jahre lang musste ich deshalb warten, bis ich endlich wieder aktiviert wurde, und das dann verbunden mit einer derartigen Erniedrigung!«

»Aha«, sagte ich, »jetzt ist mir auch klar, wieso Du so wenig Bescheid weißt über die heutige Zeit. Aber für mich sind Deine Erfahrungen aus der weiter zurückliegenden Vergangenheit sowieso viel interessanter als irgendwelches Alltagsgeschwätz.« – »Ja, in dieser Hinsicht haben wir wohl Glück gehabt«, stimmte Eulalia zu. »Du glaubst gar nicht, wie froh ich darüber bin. Wir brauchen ja beide jemanden, mit dem wir reden können. Daran siehst Du wieder einmal, dass Götter nicht nur strafen. Sie können auch gnädig sein.«

Nach mehreren Minuten leisen Schmatzens und Knurrens aus dem Kühlschrank rief Eulalia unvermittelt: »Du brauchst Dir aber nichts einzubilden. So groß ist die Gnade, mit Dir zusammen zu sein, auch wieder nicht. Sogar unter den Dreidimensionalen könnte ich mir würdigere Gesprächspartner als Dich vorstellen. Und auch welche, die wesentlich schmackhaftere Sachen vom Einkaufen mitbringen.« – »Du bist aber auch nicht vollkommen«, wehrte ich mich. »Als Du mir sagtest, Du könnest nicht viel machen, hast Du nämlich gelogen. Denn kneifen und treten kannst Du ganz schön. Das war echt gemein.« – »Ach was«, wiegelte Eulalia ab, »sei nicht so empfindlich. Ich musste Dich halt auf Kurs bringen. Und ich lüge nicht. Von Natur aus habe ich in anderen Welten zwar etwas mehr Spielraum als hier. Doch auch dort kann ich – es sei denn im Auftrag meiner Göttin – nichts Wesentliches verändern.«

Natürlich ärgerte ich mich über Eulalias barsches Wesen und ihre Sticheleien. Aber wenn ich mehr erfahren wollte, war es jetzt besser, Ruhe zu bewahren und mich bei ihr einzuschmeicheln. »Ach, lass uns nicht schon wieder streiten. Es gibt doch so viel Wichtigeres zu besprechen«, sagte ich deshalb mit sanfter Stimme. »Und ich finde wirklich, wir haben es gut miteinander getroffen. Darf ich Dich zum Beispiel daran erinnern, dass ich Dir bereits ganz zu Anfang unserer Bekanntschaft als Zeichen meiner Hochachtung den Namen Eulalia gegeben habe? Irgendwie muss ich schon damals erahnt haben, dass mehr hinter diesen seltsamen Geräuschen steckte. So gut passen wir zusammen. Inzwischen höre ich Dich ja auch ganz anders, wenn wir uns miteinander unterhalten.« – »Hm«, brummte Eulalia, »der Name gefällt mir. Aber wieso soll er Hochachtung ausdrücken?« – »Er kommt aus dem Griechischen und bedeutet ›die Redegewandte‹ oder ›die, die schön spricht‹«, erklärte ich eifrig. »Du musst Dich also gar nicht gedemütigt fühlen wegen des Klangs Deiner Stimme in meiner Welt. Du sprichst ja nur mit mir, und ich kann Dich richtig hören.«

Offensichtlich war es mir geglückt, Eulalia wieder in gute Stimmung zu versetzen, denn nun hörte sie aufmerksam zu, als ich sie mit meinen nächsten Fragen bombardierte. »Kannst Du mir erklären«, begann ich, »wie die Welt hinter der Membran mit meiner irdischen Welt zusammenhängt? Sind dies zwei völlig getrennte Systeme oder gibt es da Einflüsse von einer Welt in die andere? Wenn zum Beispiel Lady Christinas Hunde das schöne rote Samtsofa gegenüber vom Kamin zerkratzen würden, wäre der Bezug dann auch kaputt bei der nächsten Touristenführung? Oder existiert dieses Sofa etwa nur in der Welt hinter der Membran? Und wie wäre es bei einem Brand? Wenn Lady Mary eine Kerze umstoßen würde, sodass das Tischtuch Feuer fängt und dann das ganze Zimmer. Würde dann auch in meiner realen Welt ein Teil der Burg durch Brandschaden vernichtet? Und wenn einer von Lady Christinas Hunden dabei Verbrennungen erlitte? Hätte er die dann auch zu ihren Lebzeiten im 14. Jahrhundert? Oder andersherum. Was ist, wenn Du eine Broschüre aus dem Touristenkiosk mitnimmst, um sie hinter der Membran zu lesen? Fehlt die dann dort wirklich? Und überhaupt: Wie kommen die Scherben meiner Teetasse in meine Wohnung? Ich habe die Tasse doch in der Burg fallen lassen.«

Eulalia seufzte. »So viele Fragen! Du bringst mich ganz durcheinander. Das alles ist sowieso nicht so einfach. Auch für mich bleibt manches im Dunkeln. Eines kann ich aber mit Sicherheit sagen: Nichts in Deiner Welt kann rückwirkend geschehen. Die Zeit kennt dort in ihrem Verlauf nur eine Richtung.« Nach kurzem Nachdenken fuhr sie fort. »Aber die Welt hinter der Membran ist die Welt der Möglichkeiten. Dort sind die beiden Ladys frei, sich innerhalb des räumlichen und zeitlichen Radius zu bewegen und zu betätigen, in dem ihr Leben stattfand. So kann sich Lady Christina zum Beispiel wahlweise in ihrem früheren Herrenhaus auf der Insel Tioram oder in Tioram Castle, das an dieser Stelle noch zu ihren Lebzeiten von ihrer Nichte erbaut wurde, aufhalten. Ebenso kann sie wie auch Lady Mary alles in der Jetztzeit Vorhandene benutzen – umso mehr, wenn man wie Lady Mary durch die Membran geht, wenn sie spukt. Wirft sie also beim Spuken im Kiosk Sachen aus den Regalen auf den Boden, muss die Verkäuferin diese wieder einräumen. Ebenso ist es, wenn ich eine Broschüre mitnehme; die fehlt dann dort. Im Übrigen kann man sich in dieser Welt der Möglichkeiten auch in ganz andere Umgebungen und Zeiten versetzen, die man nie kennengelernt hat – unter der Voraussetzung, dass man über den Willen dazu und genügend Fantasie verfügt, natürlich.«

Eulalia schwieg kurz und sagte dann nachdenklich: »So ganz genau kann man das alles trotzdem nicht vorhersagen, denn Vieles geschieht hier wie dort, das keinen festen Gesetzen unterliegt – in Deiner Welt allerdings weit seltener. Jedenfalls verstehe ich das mit Deiner Teetasse auch nicht.« Leise und besorgt murmelte sie dann noch: »Vor allem bin ich mir nicht sicher, welche Auswirkungen Deine Anwesenheit in der Burg haben könnte, weil Du ja nicht als Geistwesen hinkommst. In jedem Fall solltest Du besser nie auf eigene Faust durch die Membran gehen und wenn Du dort bist, immer in meiner Nähe bleiben.«

»Das ist mir zu kompliziert«, murmelte ich. »Mir brummt schon der Kopf.« – »Ich will Dir aber noch ein Beispiel nennen«, fuhr Eulalia fort. »Lady Mary sucht gerade nach einem Dokument aus dem 9. oder 10. Jahrhundert. Wenn es dieses Dokument in Deiner Welt tatsächlich einmal gegeben hat und sie es findet, dann ist und bleibt es wirklich da, auch in Deiner Welt, weil es ja die ganze Zeit dort existierte und nur verborgen war. Aber wenn sie sich selbst an den Tisch setzen und etwas aufschreiben würde, könnten spätere Geister oder Menschen das wohl niemals finden. Außer vielleicht, sie würde es mitnehmen, wenn sie spukt, und in Deiner Welt zurücklassen. Aber sicher ist das nicht.«

Wir redeten noch eine ganze Weile miteinander. Je mehr mir Eulalia erzählte, desto mehr neue Fragen stellten sich. Ganz ähnlich verhält es sich ja auch in anderen Wissensgebieten. Ist eine Entdeckung erst einmal gelungen, heißt das meistens, dass die Arbeit nun erst recht weitergeht. Denn jede Erkenntnis eröffnet neue Perspektiven und Möglichkeiten.

E-Mail an Diane

Du glaubst gar nicht, was ich alles erlebt und erfahren habe. Bei Deinem nächsten Besuch werde ich viel zu erzählen haben. Eulalia sieht ganz anders aus, als ich gedacht hatte. Viel schöner und auch viel unheimlicher. Und es haben sich so viele Fragen ergeben, über die ich dauernd nachdenken muss.

Eulalia hat mir zwar viel darüber gesagt, wie die Welt, in der wir leben, mit der Wirklichkeit hinter der Membran zusammenhängt. Aber das ist zu kompliziert, um es richtig zu verstehen. Nicht einmal Eulalia versteht alles. Zum Beispiel lagen die Scher-

ben einer Tasse, die ich in der Burg fallen ließ, hinterher in meiner Wohnung auf dem Boden. Wie kann das sein? Ich habe die Tasse doch in der Burg fallen lassen, und so müssten sie eigentlich dort liegen. Oder befanden sie sich gar in beiden Räumen? Und wieso können sich die Geisterdamen gleichzeitig in Eilean Donan Castle aufhalten, obwohl sie in weit auseinanderliegenden Jahrhunderten gelebt haben? Zumal dies nicht einmal die ursprüngliche Burg ist, die sie kannten, denn die ist nach Lady Marys Tod während der Jakobitenaufstände abgebrannt und wurde erst Anfang des 20. Jahrhunderts wieder aufgebaut.

Fragen über Fragen. Ich bin ganz durcheinander. Heute Nacht werde ich wohl kein Auge zukriegen. Vielleicht ist es Dir als Anthroposophin eher möglich, diese Dinge zu erhellen. Wir müssen uns bald einmal darüber unterhalten.

Übrigens hat Eulalia noch etwas von der sogenannten Comyn-Prophezeiung eines frühmittelalterlichen Mönchs angedeutet, deren Niederschrift sich vielleicht irgendwo in der Burg befinde. Klingt doch spannend! Sobald sie sich wieder meldet, will ich sie fragen, ob sie mehr darüber weiß.

Überraschenderweise gelang es mir dann doch, einzuschlafen, als ich mich nach diesem ereignisreichen Tag endlich ins Bett legte. Ich ließ mich gleiten, trieb ins Vergessen. Die Welt der Geister übernahm die Regie, wo vorher nichts als Fragen waren – und zweifelhafte Antworten. Eigentlich träume ich nicht oft. Aber wenn, dann meistens etwas Schönes. Schon länger hatte ich auf einen weiteren Traumflug gehofft. Schade, dass man so etwas nicht willentlich herbeiführen kann. Nun aber hatte es endlich wieder einmal geklappt.

Zuerst fing mein Traum ganz normal an mit einem Spaziergang in einem lichten Buchenwald. Ich wusste nicht, wo ich war, nahm aber an, es müsse irgendwo im Donautal sein, denn immer wieder kam ich an Felsen mit Höhlen vorbei, so wie ich es von dort kannte. Als Kind hatte ich eine Riesenfreude daran gehabt, solche Höhlen zu erkunden, wenn meine Eltern an den Wochenenden mit uns eine Ausfahrt ins Donautal unternahmen. Während sie gemütlich an irgendeiner Stelle mit guter Aussicht picknickten und meine ältere Schwester brav Wildblumen für Sträuße und Blumenkränzchen sammeln ging, hielt ich Ausschau nach Löchern in den Felsen. Manche sahen nur von außen klein aus und erweiterten sich innen zu einem Raum, in dem man aufrecht stehen konnte. Mit einer Taschenlampe leuchtete ich darin herum und entdeckte oft sogar noch Gänge, die davon abzweigten. So zwängte ich mich überall hinein, wo es nur ging, zerriss Strümpfe und Pullover und kam mit aufgeschürften Händen und Knien und völlig verdreckt zurück. Meine Eltern teilten deshalb meine Höhlenbegeisterung nicht. Wenigstens wussten sie nicht, dass ich manchmal auch ziemlich waghalsig an den Felsen hochkletterte, wenn ich weiter oben ein vielversprechendes Loch entdeckt hatte. Wirklich sportlich war ich zwar nie. Aber klettern konnte ich gut.

In meinem Traum sah ich also auch wieder mehrere solche löcherigen Felsen. Dann kam ich an einen besonders hohen, an dessen Fuß ich mich zu einer kurzen Rast ins weiche Gras setzte. Auch hier unten gab es eine Art Höhle, allerdings wohl nur einen größeren Überhang. Diesmal zog es mich sowieso mehr nach oben. Ich schaute an dem Felsen hinauf und dachte, dass man von dort oben sicher einen schönen Ausblick hätte. Also überlegte ich, von welcher Stelle aus man wohl am besten hinaufkäme. Neben mir hörte ich eine männliche Stimme: »Du glaubst doch wohl nicht im Ernst, dass Du das schaffst. So eine alte, plumpe Person wie Du!« Das ärgerte mich. »Das wollen wir doch erst einmal sehen«, antwortete ich deshalb. »Ich mache es eben ganz langsam. Irgendwann werde ich schon oben sein. Und wenn nicht, dann habe ich es mindestens versucht.«

Entschlossen machte ich mich an mein Vorhaben. Der Mann neben mir lachte verächtlich. »Du wirst herunterfallen und ein paar Deiner mürben Knochen brechen.« Ich sagte nichts mehr. Jetzt wollte ich erst recht da hinauf. Schon hatte ich die ersten Meter geschafft. Allerdings war es anstrengender und schwieriger, als ich gedacht hatte. Als Kind waren mir solche Kletterpartien wesentlich leichter gefallen. Zwar konnte ich hier und da für Hände und Füße Halt an Vorsprüngen und Spalten finden. Auch gab es Gestrüpp und die Äste kleiner Bäume, die dort ihre Wurzeln eingegraben hatten, woran ich mich hochziehen konnte. Aber das Gestein war teilweise mit feuchtem Moos überwachsen und deshalb glitschig. Man konnte leicht abrutschen. Hier war höchste Vorsicht geboten.

Es dauerte entsprechend lange, bis ich oben war. Aber ich schaffte es. Und die Mühe hatte sich gelohnt, denn nun befand ich mich über den Baumwipfeln und genoss den weiten Blick über eine ausgedehnte Waldfläche, die sich wie grüne Wogen unter mir wellte. Ein leichter Wind blies mir die Haare aus dem Gesicht. Ich dachte ans Fliegen. Und wieder kam diese spöttische Stimme, die mich zurückhalten wollte. »Was glaubst Du, wer Du bist? Kein Vogel bist Du, eher eine fette Kröte. Kriechen kannst Du, und ja, auch ein bisschen klettern, aber niemals fliegen. Und wieso solltest Du das überhaupt wollen? Es gibt doch weit und breit nichts Interessantes. Nur Wald, soweit man sieht.« Da breitete ich meine Arme aus und hob ab. Diesmal wehte nur ein laues Lüftchen, kein Sturmwind, der mich herumwirbelte. Und auch keine Eulalia war da, die mich an der Hand hielt und mit sich zog. Ich flog so, wie ich es in den Träumen meiner frühen Jugend oft getan hatte, indem ich Arme und Beine bewegte in einer Mischung aus Vogelflug und Brustschwimmen. Es fühlte sich wunderbar an, so dicht über dem unendlich scheinenden Meer der Baumwipfel dahinzutreiben.

Und auf einmal war ich wieder über der Burg. Schon flog mir Eulalia mit wehenden Haaren und Gewändern lachend entgegen. Sie freute sich sichtlich, mir zu begegnen. »Schön, dass Du endlich wieder einmal mit mir fliegst!«, rief sie mir zu. »Du hast mich lange darauf warten lassen.« Dann schaute sie mich kritisch von der Seite an und meinte: »Allerdings müsstest Du dringend an Deinem Flugstil arbeiten. So komisch fliegt doch niemand.« – »Damit musst Du Dich abfinden«, lachte ich zurück. »Ich bin schon froh, dass ich überhaupt oben bleibe.« Eine gute Strecke flogen wir schweigend nebeneinander – Eulalia elegant schwebend, ich heftig mit den Armen rudernd und mit den Beinen stoßend – über das dunkelblaue Wasser des Loch Duich und den Hügelkamm, der ihn vom Loch Alsh trennt. Eine zauberhafte Landschaft! Doch dann tauchten unten am Ufer eine Anzahl hässlicher, flacher Gebäude auf und kurz dahinter im Wasser eine Gruppe großer Ringe. »Was ist denn das dort unten?« Eulalia runzelte die Stirn.

»Oh, das muss diese Lachsfarm sein, von der ich im GEO-Magazin gelesen habe«, sagte ich. »Eine traurige Sache, finde ich. So kommt die Massentierhaltung jetzt sogar hierher, in diese wunderschöne Gegend.« – »Wieso Massentierhaltung?« Eulalia blickte mich verständnislos an. »Diese Ringe im Wasser sind Netzkäfige«, erklärte ich ihr. »In jedem vom ihnen werden Lachse zu Hunderttausenden zusammengepfercht gehalten. Dadurch können sich Parasiten und Krankheiten unter ihnen sehr stark ausbreiten. Diesem Problem begegnet man mit dem Einsatz von allerlei Chemikalien. Zum Beispiel benutzt man Wasserstoffperoxyd, das ätzend wirkt, zur Reinigung der Käfige, und auch Insektizide, die das Nervensystem der Seeläuse lähmen. Seeläuse sind winzige Ruderfußkrebse, die die Haut der Lachse abfressen und deren Blut trinken und sich dann sehr stark vermehren.«

»Aber wenn sich das alles in diesen Käfigen abspielt, durch die das Wasser fließt, dann geraten die Seeläuse und Krankheitskeime, die sich dort so vermehren, doch auch in den See? Und all die giftigen und ätzenden Chemikalien, die man gegen sie einsetzt, ebenfalls«, rief Eulalia erschrocken aus. »Klar. So ist es«, stimmte ich zu. »Man weiß zum Beispiel schon, dass Hummer davon sterben – sicher auch andere Tiere und Pflanzen. Und das ist nicht einmal das einzige Problem. Die Ausscheidungen der vielen Lachse führen zu einer Überdüngung des Gewässers, was das gesamte Ökosystem im weiten Umkreis mit der Zeit schwer schädigt. Aber die Menschen in der ganzen Welt wollen eben Lachs essen. Die Betreiber der Lachsfarmen sagen, dass man mit solchen Aquakulturen die Wildbestände der Fische schont.«

»Schrecklich!«, stöhnte Eulalia. »Und stell' Dir vor, was da noch gemacht wird«, fuhr ich fort. »Weil man mit all dem Gift die Seeläuse oft trotzdem nicht restlos beseitigen kann, setzt man Fischentlausungsapparate, sogenannte Thermolicer, ein. Die Lachse werden über ein Rohr eingesaugt und in den Thermolicern auf 30 bis 40 Grad Celsius erhitzt und abgebürstet, damit die Läuse abfallen. Danach setzt man sie ins Wasser zurück. So etwas wird dort lebendigen Tieren angetan. Das ist doch Tierquälerei!« Eulalia schrie entsetzt auf: »Oh Manannan MacLir! Weißt Du, was hier mit Deinen Schutzbefohlenen geschieht?« – »Er muss es wissen«, sagte ich trocken. »Denn dies ist nicht die einzige Lachsfarm. Ganz in der Nähe der Brücke, die zur Insel Skye hinüberführt, liegt schon die nächste. Und weitere befinden sich in den Buchten von Skye.«

Eulalia schwieg erschrocken. Vielleicht war nun gar ihr Glaube an die Macht und Herrlichkeit von Manannan MacLir erschüttert. Gerne hätte ich sie getröstet. Doch ich dachte an die seit Beginn des Christentums immer wieder aufbrechende und nie befriedigend zu klärende Frage der Theodizee: Wie kann ein allmächtiger gütiger Gott all das Elend in dieser Welt zulassen? An diesem Widerspruch ist der Glaube vieler guter Christen schon gescheitert. Wie viel leichter konnte da der sowieso nicht allmächtige Manannan MacLir des Vertrauens seiner Anhänger verlustig gehen? Zwar kann man ihm ein Versagen weniger übel nehmen, aber umso destruktiver müssen sich Zweifel an seiner Handlungsfähigkeit auswirken. Jedes ungeschickte Wort konnte jetzt schlimme Folgen haben. Es war wohl besser, den Mund zu halten – zum einen, weil ich keinesfalls zur Demontage des keltischen Meeresgottes beitragen wollte, zum anderen, weil mir während meines allmählich mühevoller werdenden Flugs die Luft knapp wurde.

In trübseliger Stimmung kehrten wir um. Nun hatten wir keinen Blick mehr für die zauberhafte Landschaft unter uns. Eulalia wirkte traurig, aber auch wütend. Und neben einer wütenden Eulalia fühlte ich mich als unbeholfene, müde Fliegerin über fremdem Gelände etwas verunsichert. Ich wollte lieber nicht herausfinden, was sie in solcher Stimmung eventuell anrichten könnte.

In dem Versuch, sie wieder auf bessere Gedanken zu bringen, wandte ich mich an sie mit der Frage, ob denn Lady Christinas Burg nicht irgendwo hier in der Nähe liege. »Oh ja«, stimmte sie lebhaft zu. »Es ist nur eine kurze Strecke bis zum Loch Moidart. Gleich hinter dem Höhenrücken dort drüben siehst Du ihn schon und auch einen Teil der Mauern von Tioram Castle. Wir könnten ihr einen Besuch abstatten. Sie beschäftigt sich mit der Zucht verschiedener Rosensorten und hat inzwischen einen sehenswerten Rosengarten angelegt.«

Doch als wir dort ankamen, fanden wir keine Burg und keinen Rosengarten, sondern nur eine arg verfallene Ruine. Wie enttäuschend! »Dort soll Lady Christina wohnen?«, fragte ich zweifelnd. »Ja«, antwortete Eulalia, »aber ich hatte ganz vergessen, dass Du nur im Traum hier bist. Da kann man nicht wählen, in welcher Zeit man sich befindet. Andererseits kannst Du nicht fliegen, wenn Du normal durch die Membran kommst. So hat eben alles seine Vor- und Nachteile.« Zunehmend schwanden nun meine Kräfte. Fliegen war doch recht anstrengend bei längerer Dauer. »Ich kann nicht mehr!«, rief ich Eulalia zu. »Ich glaube, ich stürze ab!« Und das tat ich dann auch. Aber nur ganz sachte in mein Bett.

Es war noch früher Morgen. Die Sonne schickte ihre ersten Strahlen durch die Vorhänge und brachte die goldfarbene Stickerei darauf zum Glänzen. Schnell wollte ich aufstehen. Aber es ging nicht schnell, sondern nur langsam und schmerzhaft. Ei, schon wieder diese stechenden Schmerzen in der linken Schulter und im unteren Rücken. Hatte ich nur wieder einmal schlecht gelegen, oder war es diesmal ein Muskelkater vom Fliegen? Auch die Lockerungsübungen, die ich jeden Morgen nach dem Aufstehen mache, halfen heute nicht viel.

Nun, ich wollte mir die Laune nicht verderben lassen, denn am Nachmittag würde Werner zu Besuch kommen. Ich freute mich schon auf das gute, anregende Gespräch, das sich sicher wieder ergeben würde. Außerdem kommt er auf seinem Weg zu mir an einem Hofladen vorbei, von dem er stets etwas Leckeres zum Kaffee mitbringt. Seit ich kein Auto mehr habe, fehlt mir der Zugang zu dieser reichhaltigen Quelle delikater Torten und Kuchen. Und zum selber Backen habe ich keine Lust mehr.

Tatsächlich hatten wir uns dann wieder viel zu erzählen. Wie immer diskutierten wir über Gott und die Welt, diverse Zukunftsfragen und natürlich über Bücher und auch über Eulalia. Nach meiner Erzählung von meinem Traumflug in der letzten Nacht kamen wir auf Schamanenreisen zu sprechen. Darüber konnte mir Werner aufgrund seiner Schamanenausbildung einiges sagen. Am meisten wunderte ich mich über seine Behauptung, es sei möglich, über große Distanzen hinweg mit anderen Personen auf rein geistiger Ebene Kontakt aufzunehmen, sogar zu solchen, die im Koma liegen. Mir erschien das doch zweifelhaft, und ich fragte ihn, ob er das ernsthaft glaube. Er gab mir keine Antwort, sondern fragte nur zurück: »Und Du? Glaubst Du an die Existenz von Eulalia, und dass Du wirklich in der Burg warst?« – »Na klar«, sagte ich, ohne zu zögern, »das ist ja alles ganz konkret hier in meinem Kopf.« Wir schauten uns an – ich blickte in seine schwarzen Augen und er in meine grauen – dann lächelten wir uns verständnissinnig an.

Eine Zeit lang saßen wir einträchtig nebeneinander und schwiegen nachdenklich. Ich überlegte, wie viele weitere Welten, Sphären oder geistige Ebenen es wohl noch gibt, in die man sich versetzen kann, außer denen, in die man gelangt, wenn man durch die Membran geht oder träumt. Und offensichtlich herrschen nicht überall dieselben Gesetze und Erlebnismöglichkeiten. Dennoch scheint alles irgendwie zusammenzuhängen.

»Die geistigen Welten sind eben noch wesentlich vielfältiger als die irdische«, sinnierte Werner. »Jede Handlung in einem geschlossenen System hat Auswirkungen auf den Lauf des Geschehens. Und je geschlossener ein System ist, desto besser kann man die Auswirkungen einschätzen. Denk' mal nur an die Arbeit in einem Labor. Da weißt Du genau, was Du tust und welches Ergebnis Du haben wirst, wenn Du alles richtig machst. Und wenn Neues erforscht wird, weiß man schon in groben Zügen, wie man vorgehen muss, um sich dem gewünschten Ergebnis anzunähern, und wie man die einzelnen Arbeitsschritte abwandeln kann, wenn etwas schiefläuft. Außerhalb des Labors wird es schon komplexer. Aber immerhin kennt man die Naturgesetze, an denen man sich orientieren kann. Auch wenn es um menschliches Verhalten geht, kann man die Folgen einigermaßen abschätzen oder im Nachhinein erkennen. Natürlich hat niemand so viel Wissen und Erfahrung, um alles zu überschauen. Aber im Wesentlichen ist alles erklärbar, wenn man die nötigen Informationen hat. Ich sage im Wesentlichen. Denn noch immer kann sich hier und da wirklich Unerklärbares ereignen. Trotzdem könnte man unsere irdische Welt als ein relativ geschlossenes und daher berechenbares System bezeichnen.

Ganz anders geht es zu in der geistigen Welt. Die Grenzen zwischen den einzelnen Bereichen sind durchlässiger, die darin herrschenden Voraussetzungen sind nicht durchgehend gültig, teilweise wahrscheinlich sogar chaotisch. Eine feste Orientierung, wie wir sie in unseren irdischen Naturgesetzen finden, gibt es dort nicht. Auch wenn wir stellenweise kurzfristig Zugang in eine andere Sphäre finden oder eine Verbindung mit den Wesen dort erreichen, erfahren wir nur winzige Ausschnitte des jeweils Möglichen. Ein echtes Verständnis kann es für uns Erdenmenschen nicht geben. Wir haben ja nicht einmal passende Worte für all das.«

Ich dachte daran, wie wenig es braucht, um unser Leben nachhaltig zu beeinflussen. Wäre ich nicht von einer Mitbewohnerin des Schülerwohnheims in Gengenbach bestohlen worden, hätte ich nicht Anzeige gegen sie erstattet und meinen ersten Mann, einen Polizisten, nicht kennengelernt. Dann hätte ich einen anderen Mann oder gar keinen geheiratet, mich vielleicht nie scheiden lassen. In jedem Fall hätte ich andere Kinder als meine Söhne gehabt, die ich so liebe und auf die ich so stolz bin, dafür aber vielleicht Enkelkinder. Oder ich hätte überhaupt keine Kinder gehabt? Wie traurig! Mit einem anderen Mann wäre ich nie nach Stockach gekommen, sodass ich meinem Mundi nie begegnet wäre. Oh, das wäre schade! Dafür würde ich meinen Ruhestand vielleicht in einer größeren, weniger langweiligen Stadt verbringen. Aber dann säßen jetzt andere Leute in meiner Wohnung, die sich ganz anders eingerichtet hätten – sicherlich ohne ein so ausgefallenes Fotomotiv wie Eilean Donan Castle auf der Küchenwandplatte. Ich müsste ohne Eulalia auskommen, wüsste nichts von der Burg und von der Welt hinter der Membran und hätte mich nicht so intensiv mit schottischer Geschichte befasst. Was wäre mir alles entgangen!

Und wenn ich mich zu Beginn meines Ruhestands nicht im Fitnessstudio eingeschrieben hätte, um meinem Alltag wieder eine Struktur zu geben, hätte ich Maro nicht kennengelernt, die damals den Literaturkreis, der mir so wichtig geworden ist, ins Leben rief. Somit wäre ich weder Diane noch Werner und seiner Frau Elisabeth begegnet, die inzwischen zu meinen engsten Freunden gehören und ohne die ich jetzt doch recht einsam wäre. Und Maros großes, faszinierendes und inspirierendes Bild würde jetzt nicht hier an dieser Wand hängen. So könnte man ewig weiterspinnen. Dabei gibt es innerhalb der erwähnten Kausalitätsketten noch jede Menge anderer »Wegkreuzungen«, an denen ich mich anders hätte entscheiden können. Wie wäre dann jeweils mein Leben verlaufen? Verwirrende Gedanken, aber durchaus logisch verfolgbare.

Wenn nun nach Werners Meinung die Kausalitätsketten in anderen Dimensionen weniger eindeutig zu erkennen, die Eventualitäten noch vielfältiger, die Ereignissprünge beliebiger sind, was bedeutete dies dann für menschliche Wesen – lebendige oder verstorbene – die sich dort aufhielten? Eine Chance, Versäumtes nachzuholen, vielleicht bessere Schicksale zu erleben? Oder die totale Verunsicherung? Jedenfalls musste man wohl einen starken Charakter wie Lady Christina haben, um sich dort angenehm einzurichten. Nicht umsonst wirkte Lady Mary so ängstlich. Ich jedenfalls war entschlossen – wenn überhaupt – nur kurze Stippvisiten hinter die Membran zu machen. Mein Sicherheitsbedürfnis war zu groß für weiterreichende Eskapaden.

Bevor sich Werner verabschiedete, überlegten wir nochmals gemeinsam, auf welche Weise man einen Verlag für die Veröffentlichung seines Manuskripts über die Einführung der DNA-Analyse in der Kriminaltechnik gewinnen könne. Zwei Literaturagenten hatten es generell interessant gefunden, dann aber gemeint, für eine breite Leserschaft sei es doch nicht so geeignet. Sie hatten wohl mehr etwas in Richtung eines Krimis erwartet, weil Werner in seinem Manuskript die Weiterentwicklung der Analysemöglichkeiten anhand realer Fallbeispiele schildert. Wir hatten uns bereits viel Mühe gegeben, den Text für Laien verständlich zu formulieren und durch den biografischen Stil aufzulockern. Welche Möglichkeit könnte es sonst noch geben, das Ganze unterhaltsamer zu gestalten? Würde dies mit dem Einbau kleiner Episoden aus Werners Berufs- oder Privatleben gelingen? Könnte man dann einen zweiten Anlauf bei diesen Agenten, die ja nicht generell ablehnend geklungen hatten, versuchen? Diane hatte gemeint, eigentlich solle man das Manuskript verfilmen. Dafür würde es sich am besten eignen. Vielleicht hat sie recht. Aber an wen man sich für so etwas wenden könnte, wusste sie auch nicht.

»Heute kommen wir damit wohl nicht weiter«, sagte ich zu Werner, als er seine Regenjacke aus dem Garderobenschrank holte. »Vielleicht solltest Du doch nochmals Kontakt mit dem Mann der Literaturagentin aufnehmen, der Dir schon einmal gute Hinweise gegeben hat. »Und bei Deinem nächsten Besuch bringst Du aber Elisabeth wieder mit. Auch während des Corona-Lockdowns sollte dies möglich sein. Es heißt ja, ein Haushalt und eine andere Person können sich treffen. Ihr beide seid der Haushalt und ich die eine Person. Dann ist es doch egal, ob ich zu Euch komme oder Ihr zu mir. Schließlich geht es bei dem Haushalt nicht um die Wohnung, sondern um die Leute, die dort zusammenleben.« – »Wahrscheinlich hast Du recht«, meinte Werner. »Aber wir waren uns eben nicht sicher. Das ist gerade alles so ein Wirrwarr.«

In Corona-Zeiten zu leben, heißt eben auch, eine andere Welt zu erfahren. Daran gewöhnt man sich nur schwer.

Ein kleines Stückchen von der guten Schwarzwälder Kirschtorte, die Werner mitgebracht hatte, war noch übriggeblieben. Ich legte es auf einen Teller, den ich für Eulalia in den Kühlschrank stellte. Damit konnte ich sie vielleicht gnädig stimmen. Gut gelaunt war sie stets gesprächsbereiter.

Meine Rechnung ging auf. Schmatzend und summend hörte ich sie am Abend im Kühlschrank rumoren. Dann erzählte sie mir in fröhlichem Tonfall von ihrer neuesten Unterhaltung mit den Geisterladys. Es ging um die Frage, woher der Name Eilean Donan Castle komme. Lady Christina meinte, von dem Mönch Donan, der im 9. oder 10.

Jahrhundert, bevor es dort eine Burg gab, auf der Insel gehaust haben solle. Aber Lady Mary vertrat die Ansicht, der Name komme von Coin Donn, der gälisch-keltischen Bezeichnung für Seeotter. Sie wusste nämlich nichts von diesem Mönch, dagegen aber von einer Sage, in der ein Selkie-Mädchen, das in einer Höhle im Gestein der Insel lebte, unter dem Schutz eines Otter-Königs stand.

»Ein Selkie?«, unterbrach ich Eulalias Erzählung. »Das sind doch diese Mischwesen aus Seehund und Mensch, oder?« – »Wieder einmal eine typisch dreidimensionale Vereinfachung«, schnaubte Eulalia verächtlich. »Ein Mischwesen hätte ja Eigenschaften von beiden. Vielleicht ein Mensch mit Flossen, ein Seehund auf zwei Beinen, oder was? Nein, nein. Selkies sind stets ganz Tier oder ganz Mensch, je nachdem, welche Form sie gerade angenommen haben. Und dies nicht nur in ihrer äußerlichen Gestalt, sondern auch in ihrer ganzen Natur und ihrem Denken. Darüber hinaus sind sie aber gleichzeitig eine Art Geistwesen – viel langlebiger als Mensch oder Tier und dennoch nicht unsterblich. Und ständig bleibt ihnen die Sehnsucht nach der anderen Existenzform, die sie sein könnten, aber gerade nicht sind. Deshalb ist es auch so schlimm für sie, wenn man ihnen ihr Fell wegnimmt, solange sie Mensch sind. Weil sie dann in ihrem Menschsein gefangen bleiben.« Das konnte ich mir gut vorstellen, zumal ich auch manchmal gern jemand anderes wäre. Doch ich kann nicht einfach aus meiner Haut schlüpfen.

Neulich erst las ich in einem Buch über Karoline von Günderrode, einer Zeitgenossin von Hölderlin und Goethe. Sie hatte etwas geschrieben, das mein eigenes Missvergnügen an meiner Person haargenau widerspiegelt, wenn auch nicht so radikal bis hin zur Todessehnsucht:

»Gestern las ich Ossians Dartula, und es wirkte so angenehm auf mich: Der alte Wunsch, einen Heldentod zu sterben, ergriff mich mit großer Heftigkeit; unleidlich war es mir, noch zu leben, unleidlicher, ruhig und gemein zu sterben. Schon oft hatte ich den unweiblichen Wunsch, mich in ein wildes Schlachtgetümmel zu werfen, zu sterben – warum ward ich kein Mann! Ich habe keinen Sinn für weibliche Tugenden, für Weiberglückseligkeit. Nur das Wilde, Große, Glänzende gefällt mir. Es ist ein unseliges, aber unverbesserliches Missverhältnis in meiner Seele; und es wird und muss so bleiben, denn ich bin ein Weib und habe Begierden wie ein Mann, ohne Männerkraft. Darum bin ich so wechselnd und so uneins mit mir.«

Unleidlich zu leben ist es mir, wie gesagt, zwar nicht gerade. Aber ich konnte mich selber nie so recht leiden. Genau wie die Günderrode habe ich immer ein gewisses Missverhältnis zwischen meiner äußeren Gestalt und meiner inneren Natur empfunden. Schon als Kind wollte ich nie Prinzessin sein, die nur schön aussieht, tolle Kleider hat und darauf wartet, dass sie gerettet wird. Nein, viel lieber wäre ich ein Prinz gewesen, der in die weite Welt hinausreitet, mutig und ausdauernd ist, sich seinen Weg freikämpft und denen, die in Gefahr sind, beispringt. So wie Prinz Eisenherz. Er war mein Idol. Ich träumte mich in seine Gestalt und identifizierte mich mit ihm. Leider war ein Pagenschnitt bei meinen lockigen Haaren nicht möglich, sonst hätte ich ihm sogar mit meiner Frisur noch nachgeeifert. Mit Puppen konnte ich nie etwas anfangen. Sie langweilten mich. Baukästen fand ich spannender. Und Abenteuerbücher natürlich.

Im frühen Erwachsenenalter litt ich noch immer unter der Diskrepanz zwischen Innen und Außen, zwischen dem hübschen Frauchen in seiner Hausfrauen- und Sekretärinnenrolle und dem Ehrgeiz, etwas zu bewegen. Eine gute Kompensation bot mir später, in meiner zweiten Ehe, das Berufsleben. Mundi hinderte mich nicht daran, endlich andere Seiten aus mir herauszuholen. Mit viel Fleiß und Energie, ständiger nebenberuflicher Weiterbildung und über mehrere Stellenwechsel arbeitete ich mich hoch und schaffte – spät, aber doch noch – meine kleine Karriere. Anfangs hatte ich als Vorgesetzte einen schweren Stand. Selbst in der mittleren Führungsebene waren Frauen damals eher selten. Aber ich eignete mir das nötige Rüstzeug an – nicht nur im Hinblick auf Fachkompetenz, sondern auch auf Körpersprache und Durchsetzungsfähigkeit. Und an die Stelle von Rüschen und Spitzen und luftigen, bunten Kleidchen, die die Figur so vorteilhaft zur Geltung bringen, trat meine Rüstung, wie ich dies nannte: Hosen und Sakkos in gedeckten Farben, Rollkragen und schmucklose weiße Blusen. Die Haare ohne jeden Firlefanz sehr kurz geschnitten – eine praktische Zehnfingerfrisur, die klare Konturen schuf und mir viel Zeit vor dem Spiegel sparte. Nur auf Schuhe mit hohen Absätzen, die mir ein paar Zentimeter Größe schenkten, mochte ich nicht verzichten.

Darin also bestanden mein Kettenhemd, mein eiserner Helm, mein Kampf, meine Herausforderungen und meine Siege. Daraus zog ich mein Selbstbewusstsein. Aber ohne Mundis Rückendeckung, das war mir immer klar, wäre ich nie so weit gekommen. Er beschwerte sich nicht darüber, dass ich abends meist spät Feierabend machte, am Wochenende oft über meinen Lehrbüchern saß, Arbeit mit nach Hause gebracht hatte oder wegen einer Ausbildung in paar Tage unterwegs war. Und als er mit 58 in Vorruhestand ging, übernahm er das Einkaufen und Kochen für meine beiden Söhne und meine Mutter, die bei uns im Haus lebte und mehr und mehr von uns versorgt wurde. Viel Freizeit konnten wir nicht miteinander verbringen. Vielleicht war ihm das sogar ganz recht, denn er ging völlig auf in seinen sportlichen und fasnachtlichen Aktivitäten und den ständigen Treffen und Unternehmungen im Kreis seiner vielen Freunde und Vereinskollegen. Ich denke, er war wohl ein bisschen stolz auf seine beruflich erfolgreiche Frau. Vor allem schätzte er sicher mein gutes Einkommen. Es war also eine Win-win-Situation für uns beide.

Nur ungern ging ich mit 65 in Rente, obwohl ich selber merkte, dass es an der Zeit war, denn meine Leistungsfähigkeit begann spürbar nachzulassen. Außerdem war Mundi inzwischen 85 und brauchte zunehmend Unterstützung. Aber ich machte das Beste aus der neuen Situation. Mein Ehrgeiz hatte mich allerdings noch nicht ganz verlassen. Also wandte ich meine Energie dem Trimmen meines wenig sportlichen Körpers zu. Mit dem Ergebnis, dass ich nach vier Jahren Fitness Center massive Probleme mit Schulter- und Kniegelenken bekam. Das muss ich seither büßen. Die Trainer haben keine Schuld daran. Ich hatte mich nicht an ihre Empfehlungen und Trainingspläne gehalten, sondern immer mehr Gewichte aufgelegt und mehr Wiederholungen schmerzhafter Übungen gemacht, als ich sollte. Oh, wie ich diesen unzulänglichen Körper verachtete, der mich so schmählich im Stich ließ.

Letztendlich habe ich doch noch Frieden mit mir geschlossen, denn im Alter sind alle Menschen gehandicapt – mehr oder weniger, ein paar Jahre früher oder später. Inzwischen kann ich meine schwachen Seiten mit spöttischer Nachsicht betrachten und richte mein Leben höchst behaglich ein.

Vielleicht auch haben mich Gedanken aus Platons Lehre von den drei Haupttriebkräften der menschlichen Seele (das Begehrende, die Vernunft und das Muthafte) wie auch die Ausführungen späterer Philosophen zu mehr Einsicht geführt. So spricht zum Beispiel Sloterdijk in seiner Schrift »Du sollst Dich ändern« von der Vertikalspannung in unserem Gemüt, die dadurch entstehe, dass dem Menschen das Streben nach Kraft und Mut, dem Heldenhaften, dem über sich selbst Hinauswachsen, angeboren sei. Also solle man nicht von ihm fordern, sich mit der alltäglichen Normalität, dem Mittelmaß, zu begnügen, sondern einem jeden sein Recht auf Selbstüberforderung zugestehen. Als Grundidee zu seinem Essay zitiert er aus Rainer Maria Rilkes Sonett »Archaischer Torso Apollos«, einer Verherrlichung der heldenhaften Kraft und Schönheit. Ein bemerkenswertes Gedicht!

So ist es also durchaus erklärbar, dass man im Zwiespalt stehen kann mit seinem inneren Ich, das nach Stärke und herausragender Leistung strebt und deshalb über körperliche und geistige Einschränkungen hinauszuwachsen sucht. Und wenn einem die Erschaffung des besseren Selbst trotz vielen Übens nicht so recht gelingen mag, darf man sich damit trösten, noch unterwegs zu sein – frei nach Rilkes und Sloterdijks zentraler Überlegung, dass der Mensch als ein lebenslang Übender sich im Üben selbst erschafft.

Wahrscheinlich, sinnierte ich weiter in meiner Altersweisheit, geht es vielen Frauen so wie mir. Wir sehnen uns nach Kraft und Heldenmut, die wir selbst nicht haben. Vielleicht

fühlen wir uns deshalb so sehr von starken Männern angezogen – zumindest, solange wir noch jung sind und nicht
erkennen, wie wenig Hirn gerade die oft zu bieten haben,
und dass sich diese Wesenszüge auch abseits dicker Mus-
kelpakete zeigen. Man denke nur an die Hobbits im »Herrn
der Ringe«. Vielleicht gibt es unter den Liebhabern von
Fantasy-Literatur auch deshalb mehr Frauen als Männer,
weil sie darin Helden und Heldinnen finden, mit denen sie
sich identifizieren können. Insofern haben solche Bücher
durchaus einen therapeutischen Nutzen für das seelische
Gleichgewicht. Zumal noch, wenn man bedenkt, wie wenig Raum Fantasie und Kreativität im nüchternen Alltag
bleibt. Das Ausleben dieser Eigenschaften ist meines Er-
achtens ein legitimes Bedürfnis.

Als ich mit Eulalia über meine Überlegungen sprechen
wollte, gähnte sie nur ausgiebig und gelangweilt. Na klar.
Aus ihrer Sicht sind die Befindlichkeiten kurzlebiger Menschen, die in ihrer eigenen Körperlichkeit und Welt gefangen sind, natürlich völlig uninteressant. Ich konnte das gut
verstehen und griff deshalb lieber wieder das Selkie-Thema
auf.

»Hast Du denn schon einmal ein Selkie gesehen?«, erkundigte ich mich neugierig. »Die sollen ja sehr schön sein –
zumindest, wenn sie jung sind. Auch die Selkie-Männer
werden als besonders gut aussehend beschrieben. Nur
ihr Charakter lässt wohl zu wünschen übrig. Alte Selkie-
Frauen seien dagegen überaus hässlich, habe ich gelesen.«
Eulalia kicherte belustigt. »Ich bin schon häufig welchen
begegnet. Tatsächlich sind Selkie-Mädchen außerordent-
lich schön. Auch männliche Selkies lohnen die Betrach-

tung. Manche sind echt verführerisch, kann ich Dir sagen – zumindest, wenn man auf den drahtigen, dunklen, geheimnisvollen Typ steht. Kein Wunder, dass sie nicht viel Mühe haben, Menschenmädchen zu betören. Das sagt man jedenfalls, sei geschehen, wenn diese plötzlich ein Kind kriegen, ohne einen Verehrer vorweisen zu können. Dann wird Selkie-Männern die Schuld zugeschrieben, was nicht gerade zu ihrem guten Ruf beiträgt. Auch sollen sie äußerst nachtragend und gefährlich sein, wenn man versucht, sie bei einem Handel zu betrügen. Und unheimlich seien sie, weil man ihnen übernatürliche Heilkräfte zusagt und sie angeblich in der Lage sind, sich in Luft aufzulösen, was ich aber nicht bestätigen kann.«

»Davon habe ich gelesen, aber ich glaube es auch nicht«, stimmte ich Eulalia zu. »Es ist wohl eher die Natur der Landschaft, die solchen Fantasien Vorschub leistet. Bei dem häufigen dicken Nebel kann man sicher leicht einmal den Eindruck gewinnen, dass jemand einfach verschwindet. Und wenn man an die über hundert Hebriden-Inseln denkt! Manche davon sind ja sehr weit abgelegen und nur schwer zu erreichen in der stürmischen See mit den vielen Untiefen, Klippen, Strudeln und plötzlichen Wetterwechseln! Die wenigen Menschen auf den einsamen, isolierten Inseln werden gewiss ganz eigene Fertigkeiten, Fähigkeiten, Verhaltensweisen und Dialekte entwickelt haben. Und da sie doch nicht alles, was sie brauchen, selber herstellen können, muss sich ab und zu einer ihrer Männer auf die gefährliche Fahrt zu den größeren Inseln oder zum Festland wagen. Vermutlich wirkt er dort fremdartig. Man wundert sich über seinen schwer verständlichen Dialekt. Er wird schweigsam und zurückhaltend sein. Man misstraut ihm. Niemand kann ihn richtig kennenlernen, zumal auch er sich in der fremden Umgebung unwohl fühlt und sich so schnell wie möglich wieder zurückzieht. Vielleicht werden solche Männer dann für Selkies gehalten.«

»Ja, ja, kann sein.« Noch einmal gähnte Eulalia vernehmlich. »Aber willst Du jetzt weiter über Selkies und Deine Unzulänglichkeiten diskutieren, oder hören, was ich von den Ladys zu erzählen habe?« Sie klang bereits wieder etwas ungnädig. Ich beeilte ich mich also, sie zu beschwichtigen, und nach einem letzten leisen Rülpser aus dem Kühlschrank verfiel sie wieder in ihren Plauderton.

Mit merklicher Häme berichtete sie, wie die Damen sich bei der Diskussion über die Namensherkunft der Insel fast wieder in die Haare geraten seien, als Lady Christina behauptete, doch, doch, diesen Mönch namens Donan habe es wirklich gegeben. Er sei weithin berühmt gewesen für seine Weisheit, aber auch wegen des Skandals, den seine sogenannte Comyn-Prophezeiung ausgelöst habe. Darin sei nämlich von Göttern die Rede gewesen. Man stelle sich vor: ein christlicher Mönch, durch dessen Mund die Götter sprechen! Unerhört! Er selbst habe zwar vehement abgestritten, dass solche Worte von ihm stammten. Einer seiner Schüler, der, wie damals üblich, die Reden seines Meisters aufschrieb, hatte jedoch einen feierlichen Eid geschworen, dass er alles, was Donan sagte, wortgetreu festgehalten habe. Daraufhin habe der Mönch seinerseits bei allen Heiligen geschworen, dies sei eine Lüge. Wütend habe er die Schriftrolle ins Feuer geworfen, seinen einstigen Lieblingsschüler mit Fußtritten von der Insel verjagt und ihn mit einem Fluch belegt, der Teufel werde ihn holen, sollte er jemals noch ein Wort über die Prophezeiung verlauten lassen.

Donan habe aber nicht gewusst, dass sein Schüler, der die Prophezeiung für besonders bedeutsam hielt, den Text bereits sorgfältig auf Pergament übertragen hatte. Für die üblichen Mitschriften der Reden Donans wurde nämlich nur der billigere Papyrus verwendet. Jedenfalls soll ein Freund des Schülers diesen Pergamentcodex dann draußen in einer Mauer verborgen haben. Ob der nun beim Bau von Eilean Donan Castle 12. Jahrhundert gefunden worden ist oder sich nur die mündliche Überlieferung darüber so lange gehalten hatte, wusste Lady Christina nicht zu sagen. Jedenfalls sei diese Prophezeiung Donans auch zu ihren Lebzeiten immer noch viel diskutiert worden, zumal sich damals gerade ein Teil davon, in dem offensichtlich von Robert the Bruce die Rede war, tatsächlich bewahrheitete.

Lady Mary habe dann Lady Christina vorgeworfen, sie beweise wieder einmal, dass sie keine richtige Christin sei, wenn sie solchem Unsinn aufsitze, der nur ein schlechtes Licht auf ehrwürdige Verkünder der christlichen Lehre werfen solle. Dieses Schriftstück habe gewiss niemals existiert. Aber dann überwog irgendwann doch die Neugier bei Lady Mary – und ihr Besitzerstolz. Ihr gelehrter Großvater hatte nämlich eine umfangreiche Sammlung alter Schriften gehortet. Gemeinsam mit ihm hatte sie in jungen Jahren viele Stunden damit zugebracht, beim Ordnen und Entziffern zu helfen. Nun wollte sie eben doch gerne wissen, ob sich vielleicht tatsächlich eine Prophezeiung des legendären Donan in der großen Burgbibliothek finden ließe. Sie versprach also, danach zu suchen. »Und damit ist das alte Mädchen endlich einmal gut beschäftigt«, beschloss Eulalia lachend ihre Erzählung. »Ist doch allemal besser, als vor Langeweile zu spuken.«

»Aber hast Du nicht mehr über den Inhalt dieser ominösen Prophezeiung erfahren?«, wollte ich wissen. Eulalia schüttelte den Kopf – (oh, hatte ich sie tatsächlich den Kopf schütteln sehen? Ich hörte sie doch nur). »Nicht viel«, sagte sie. »Sicher ist nur, dass es um die Comyn ging. Die sind Dir ja wohl ein Begriff. In Deinen schlauen Büchern wirst Du gelesen haben, wie viel Macht und Einfluss sie jahrhundertelang in Schottland hatten. Ansonsten scheint die Prophezeiung aber reichlich nebulös gewesen zu sein, wie das eben oft so ist, wenn jemand göttliche Eingebungen wiederzugeben versucht.«

»Es wäre wirklich toll, wenn die Schriftrolle wieder auftauchen würde«, murmelte ich vor mich hin. »Ihr Inhalt würde mich sehr interessieren, obwohl der Text sicher schwierig zu verstehen wäre, zumal Donan in einer alten Sprache gesprochen haben muss. Latein wäre natürlich gut. Aber normalerweise prophezeit man nicht in einer Fremdsprache. Seine Muttersprache dürfte Gälisch gewesen sein. Da gab es allerdings viele Dialekte. Ob Lady Christina seinen wohl verstehen würde?«

Das brachte mich auf eine andere Frage. »Eulalia«, rief ich, »wie kommt es überhaupt, dass wir uns bei Deiner Teegesellschaft so problemlos unterhalten konnten. Die Geisterdamen haben mich einwandfrei verstanden und ich sie umgekehrt auch. Ich kann mich gar nicht erinnern, dass ich Englisch gesprochen hätte, und Lady Christina dürfte ja nur ein sehr altes Englisch oder Schottisch, vielleicht sogar bloß Gälisch kennen. Trotzdem gab es keinerlei Verständigungsschwierigkeiten. Das fällt mir erst jetzt auf.« – »Ist aber ganz einfach«, antwortete Eulalia. »Du warst doch früher mal katholisch. Da habt Ihr das Pfingstfest gefeiert und Du hast erfahren, dass der Heilige Geist über eine große Menschenmenge kam, worauf sich alle diese Leute auf einmal verstehen konnten, obwohl sie in verschiedenen Sprachen redeten. So ist das eben in der geistigen Welt.«

Ich schaute zweifelnd in die Richtung von Eulalias Stimme und zuckte die Achseln. »O doch, das darfst Du ruhig glauben«, versicherte sie eifrig. »Wie könntest du mich denn sonst verstehen? Die meisten Leute hören nur die blöden Geräusche aus der Küchenzeile. Aber Du hörst mich auch mit Deinem inneren Ohr, nicht nur mit dieser unzulänglichen organischen Ausstattung Deines dreidimensionalen Körpers. Und deshalb hast Du keine Verständigungsprobleme. Insofern dürfte es auch keine Sprachbarriere bei der Entzifferung von Donans Prophezeiung geben.«

In den nächsten Tagen überlegte ich immer wieder, ob ich es wirklich wagen sollte, ein weiteres Mal durch die Membran zu gehen. Natürlich drängte es mich, die Burg näher zu erkunden. Auch lag mir daran, die Bekanntschaft mit den Geisterladys zu vertiefen. Nicht zuletzt fand ich Eulalia ungeheuer faszinierend. Ich wollte ihr so gerne wieder direkt begegnen. Als ich von ihr noch nichts außer ihrer Winselstimme aus der Küchenzeile kannte, hatte ich sie ja total unterschätzt. Wie anders hatte ich sie inzwischen erlebt! Andererseits bin ich ein Mensch mit einem ausgeprägten Sicherheitsbedürfnis. Ich brauche das Gefühl, alles unter Kontrolle zu haben. Deshalb denke ich stets weit voraus, um auf alle Eventualitäten vorbereitet zu sein. Und nach Möglichkeit habe ich einen Plan B oder gar C parat für den Fall, dass etwas doch anders läuft. Mit einem solchen Charakter begibt man sich nicht ohne Not auf unsicheres Terrain. Und dann ausgerechnet noch in eine Welt, in der man sich auf nichts Vertrautes verlassen kann! Inwieweit wäre Eulalia in der Lage, mich zu schützen? Außerdem: Ist sie überhaupt zuverlässig? Letzteres glaube ich nicht so recht. Sicher ist sie nicht böswillig. Aber wer kann schon wissen, welche Moralvorstellungen so ein Geistwesen haben mag – zumal noch ein dem Element Luft zugeordnetes. Ist da nicht schon von Natur aus Flatterhaftes zu erwarten?

Doch dann kam mir der alte Wunsch nach meinem inneren Helden wieder in den Sinn. Wie konnte ich, wenn sich mir endlich einmal etwas Außergewöhnliches bot, bloß so kleinmütig sein! Ich fühlte mich hin- und hergerissen zwischen Wünschen und Ängsten. Letztendlich siegte die Neugier. Demnächst wollte ich Eulalia bitten, mit mir einen Rundgang durch die Burg zu machen.

Nachdem ich mich zu diesem Entschluss durchgerungen hatte, fühlte ich mich nicht mehr so ängstlich. Komme es, wie es wolle. Während des wochenlangen Corona-Lockdowns ohne absehbares Ende wurde es mir allmählich sowieso allzu öde. Außer dem Wocheneinkauf im Supermarkt und ab und zu einem kleinen Spaziergang durch immer dieselben langweiligen Straßen hatte ich keinerlei Abwechslung. Nur selten Besuch, kein Essen im Restaurant, kein Ladenbummel, kein Konzert, keine Zugfahrt an den Bodensee. Sogar die Stadtbibliothek war ja geschlossen. Wie willkommen kam mir da das Eintauchen in eine andere Welt. Dort gab es wenigstens keine Corona-Viren. Hoffte ich jedenfalls.

Zurzeit verlief unser Zusammenleben recht friedlich. Gerade genossen wir wieder einmal eins unserer gemütlichen Lesestündchen. Seit Kurzem lege ich meistens, wenn wir lesen, ein aufgeschlagenes Buch für Eulalia auf die Arbeitsfläche unter dem Foto mit der Burg. Sie hat einem Touristen sein Fernglas geklaut. Damit, so sagte sie, könne sie von einem Fenster der Burg aus ganz bequem in meinen Büchern lesen. Vorher hatte ich ihr immer vorgelesen. Aber weil uns nicht jedes Thema gleichermaßen interessiert und es ja auch auf die Stimmung ankommt, worauf man gerade zu lesen Lust hat, finden wir es gut, dass sie nicht mehr nur aufs Zuhören beschränkt ist. Wenn ich für sie umblättern soll, gurrt sie leise. Da sie meistens sehr langsam und sorgfältig liest, muss ich das nicht allzu oft tun. Außerdem habe ich mich inzwischen so daran gewöhnt, dass meine Finger schon ganz automatisch zu ihrem Buch hinübergreifen und mein eigener Lesefluss davon kaum unterbrochen wird.

Soeben hatte ich mich in Cäsars Gallischen Krieg vertieft, während sich Eulalia mit dem Buch über schottische Schlosslegenden beschäftigte, das Diane neulich für uns besorgt hatte. Eigentlich ist es ein Kinderbuch, aber so nett und humorvoll erzählt und wunderhübsch illustriert, dass man auch als Erwachsener Freude daran haben kann. Eulalia gefällt es sehr. Ab und zu kicherte sie amüsiert. Doch plötzlich riss sie mich mit einem Ausruf des Erstaunens fast aus dem Sattel und brachte mein Pferd ins Stolpern. Ich war doch gerade mit Cäsar und seinen Offizieren dabei, die Belagerungsanlagen vor Noviodunum, dort, wo sich heute das Städtchen Nevers an der Loire befindet, einer letzten Inspektion vor dem morgigen Angriff zu unterziehen. Das war nicht ungefährlich. Wir hatten nur wenige Germanen von der schnellen Reiterei als Bedeckung dabei und mussten enorm wachsam sein. Ariovist war ein ernst zu nehmender, listiger Gegner und würde sicher versuchen, durch Überraschungsangriffe den Belagerungsring zu durchbrechen. Meine Konzentration war jetzt aber weg. Notgedrungen verließ ich Cäsars Begleittrupp und wandte mich Eulalia zu. »Was ist?«, fragte ich, noch leicht benommen.

»Ich bin jetzt beim Kapitel über Eilean Donan Castle«, berichtete sie begeistert. »Darin geht es tatsächlich um dieses Selkie-Mädchen und den Otterkönig aus der Sage, von der Lady Mary erzählt hatte. Das ist interessant! Aber von Lady Mary und dem kopflosen spanischen Soldaten steht überhaupt nichts drin. Komisch. Gerade die beiden sind doch wirklich noch da.« – »Tja, da musste die Autorin wohl Prioritäten setzen«, gab ich zu bedenken. »Bei den dreizehn Schlössern und Burgen, die in dem Buch vorkommen, kann man unmöglich alles berücksichtigen, was dort herumgeistert.« – »Schon«, seufzte Eulalia. »Aber es wäre so schön gewesen, wenn wir Lady Mary ein Buch hätten zeigen können, in dem sie vorkommt.« Ich dachte nach. Auch ich hätte Lady Mary diese Freude gegönnt. »Nun, dann muss sie eben noch ein bisschen warten, bis ich mein Buch herausbringe.«

»Was hast Du vor?«, erkundigte sich Eulalia erstaunt. »Du willst ein Buch über Lady Mary schreiben?« Ich wehrte bescheiden ab. »Nein, nein. So was würde ich mir nicht zutrauen. Sowieso weiß ich fast nichts von ihr. Ich habe leider keinerlei Informationen über sie finden können, außer dass sie in Eilean Donan Castle spukt, wie man es auch den Touristen bei den Burgführungen erzählt. Nein. Aber ich habe überlegt, ob ich das, was ich so erlebe, vielleicht in ein Buch fassen sollte. Ich schreibe ja seit etwa einem Jahr schon an einer Art Tagebuch. Einige meiner Freunde finden das gut. Sie erkundigen sich ab und zu, ob wieder etwas Neues dazugekommen ist. Besonders interessieren sie sich für Dich und Deine Meinung zu diesem und jenem. Verständlich, denn wo sonst erfährt man heutzutage etwas über einen Hausgeist – dazu über einen, der ein Elementargeist ist und nicht bloß irgendein Kobold.«

Eulalia war still. Damit hatte ich sie überrascht. Dann wandte sie vorsichtig ein: »Aber wie willst Du das machen? Du hast doch erst neulich mit Werner darüber gesprochen, wie schwierig es ist, einen Verlag oder Literaturagenten für sein Buch zu finden. Und das, obwohl DNA-Untersuchungen heutzutage nicht mehr aus der Kriminaltechnik wegzudenken sind und es deshalb viele Leute geben müsste, die sich für so etwas interessieren würden.« Ich nickte zustimmend. »Tatsächlich ist es ein fast aussichtsloses Unterfangen, ein Manuskript bei einem Verlag unterzubringen, solange man als Autor noch keinen Namen hat. Na ja, Werner hat ja schon einen, aber eben nur in der wissenschaftlichen Welt. Außer in Fachzeitschriften hat er noch nicht veröffentlicht.« – »Siehst Du«, sagte Eulalia. »Da wird es Dir erst recht nicht besser gehen.«

»Es gibt aber noch andere Wege«, verkündete ich frohgemut. »Ich bin darauf gekommen, als ich anfing, E-Books auf meinem Tablet zu lesen. Mir ist aufgefallen, dass es manche Bücher überhaupt nur als E-Books gibt, also nicht in gedruckter Form. In diesem Zusammenhang bin ich außerdem auf Verlage gestoßen, die sogenannte Books on Demand herausgeben. Die nehmen jedes Manuskript an und veröffentlichen es, sofern es einigermaßen lesbar ist und nicht allzu großen Mist enthält. Die Druckmenge entspricht dann immer nur dem jeweiligen Bestellumfang und es kann jederzeit nachgedruckt werden. Früher waren ja nur hohe Auflagen rentabel, was allerdings wiederum hohen Werbeaufwand erforderte, um nicht auf großen Mengen unverkaufter Bücher sitzen zu bleiben. Das hat sich geändert. Die Digitalisierung macht's möglich. Heutzutage ist ein Buchprojekt also mit vergleichsweise bescheidenem finanziellem Aufwand realisierbar.

Ich überlege noch, was ich machen soll. Als Erstes stellt sich die Frage, wer die Textformatierung und das Layout übernimmt und was mich das kostet, denn darum muss sich der Autor von E-Books und Books on Demand selber kümmern. Der Verlag, den ich mir ausgesucht habe, würde das zwar auf Wunsch auch erledigen, was mich aber, da ich derzeit von knapp 200 Seiten ausgehe, ziemlich teuer zu stehen käme. Der Verlag berechnet nämlich 3,50 Euro pro Seite.«

»Dir ist aber hoffentlich klar, dass ich auf Fotos unsichtbar bin«, gab Eulalia zu bedenken. »Du musst also außerdem einen begnadeten Zeichner finden, der meine Schönheit angemessen zur Geltung bringt.« Nun, ich hatte mit Blick auf die Kosten eigentlich nur an ein E-Book ohne jegliche Bebilderung gedacht. Als ich Eulalia das erklärte, war sie empört. »Ich will veröffentlicht werden!«, schrie sie. »Sofort! Gedruckt! Farbig! In Großformat! Mit mir ganz vorn auf dem Titel!«

So bahnte sich also schon der nächste Krach an. Eulalia brummte und tobte noch eine ganze Weile herum, blies mir sogar einen heftigen Luftzug ins Gesicht, der das schöne Sagen-Buch auf den Boden wischte. »So geht man nicht mit Büchern um!«, wies ich sie, nun ebenfalls wütend, zurecht. »Das ist barbarisch! Solches Benehmen passt zu einem gewöhnlichen Poltergeist, aber nicht zu einem edlen Elementarwesen. Du solltest Dich schämen!« Vielleicht tat sie das, denn es wurde auf einmal still. In versöhnlichem Ton setzte ich nach: »Ich verstehe gar nicht, wieso Du Dich immer gleich so aufregst. Wegen jeder Kleinigkeit wirst Du wütend und verdirbst uns die Stimmung.« Ich hörte ein tiefes Ausatmen. Dann sagte Eulalia, nun wieder ganz ruhig: »Das liegt so in meiner Natur. Zum Element Luft gehören nicht nur sanfte Winde, sondern auch Wetterwechsel, Stürme und Unwetter. Damit musst Du Dich abfinden.«

Nun ja, logisch fand ich diese Erklärung schon. Und solange die Membran uns trennt, stört mich ihr aufbrausendes Wesen auch nicht besonders. Nur der Gedanke, bei meinen Besuchen in der Burg von ihren wechselnden Stimmungen abhängig zu sein, hatte etwas Beunruhigendes. Trotzdem wollte ich wegen dieses Risikos nicht darauf verzichten.

Um Eulalia weiter zu besänftigen, holte ich die kleine Flasche Sekt aus dem Kühlschrank, die mir mein netter junger Nachbar Niklas gestern Abend als Aufmunterung in Corona-Zeiten vorbeigebracht hatte. »Komm, wir stoßen an auf unsere Freundschaft! Wir müssen das Gute, das wir haben, genießen.« Mit diesen Worten holte ich einen Sektkelch und ein Likörglas aus der Vitrine, schenkte in beide von dem perlenden Getränk ein, sagte »Prost«, tippte mit meinem Sektkelch an die Wandplatte mit dem Foto der Burg und stellte Eulalias Likörglas in den Kühlschrank.

Der Friede zwischen uns war anscheinend wieder hergestellt. Denn als ich Eulalia vorschlug, mit mir demnächst eine Besichtigungstour durch die Burg zu machen, ging sie gleich bereitwillig darauf ein. »Gute Idee!«, meinte sie. »Du hast ja – hicks – bis jetzt vom Burginneren nicht mehr als das Terrassenzimmer gesehen. Wie wär's morgen Mittag zum Lunch? Dann könnte Lady Mary auch dazukommen. Sie ist noch immer – hicks – sehr beschäftigt mit dem Suchen nach der Comyn-Prophezeiung in dem nicht renovierten, alten Teil der Bibliothek. Ohne Vorankündigung lässt sie sich sicher nicht gerne unterbrechen.«

WhatsApp an Diane:

Mein zweiter Burgbesuch steht an. Diesmal hat mir Eulalia eine richtige Führung versprochen. Ich bin schon so gespannt darauf. Im Internet habe ich ein paar Fotos von den Räumen gefunden, die Touristen zu sehen bekommen. Aber das ist ja lange nicht alles.

Übrigens hat mir Eulalia gerade zugerufen, dass sie nach der Höhle im Felssockel der Burg gesucht habe, in dem das Selkie-Mädchen gelebt haben soll. Sie sagt, sie habe tatsächlich ein tiefes Loch gefunden. Hineinzukriechen traut sie sich allerdings nicht. Obwohl es ausgesehen habe, als könnte es noch immer von einem Selkie bewohnt sein. Es hätten nämlich ein paar Fischgräten vor dem Eingang gelegen und es habe auch irgendwie nach Seehund gerochen. Vielleicht sollte ich mal da reinkriechen?

Ich freue mich schon darauf, Dir bald mehr erzählen zu können.

Gespannt wartete ich am nächsten Morgen auf das Erscheinen des weißen Tuchs am Fenster als Zeichen für die nächste Passage durch die Membran. Ich war gut vorbereitet. Da es in alten Burgen meistens sehr kalt ist – vor allem jetzt im Februar – hatte ich eine Cordhose und einen dicken Rollkragenpullover angezogen, dazu gefütterte Stiefel und eine warme Steppjacke. Die einleitende Konzentrationsübung – schon eher eine Meditation – war mir auch gut gelungen. Und schon ging es los. Diesmal verlief meine Landung in der Burg sanfter. Zwar schlitterte ich ein Stück weit durch das Terrassenzimmer, stürzte aber nicht zu Boden und fand schnell Halt an einem schweren Sessel. »Siehst Du! Geht schon viel besser!«, begrüßte mich Eulalia. »Du hast es fast ganz alleine geschafft. Ich musste kaum nachhelfen.«

Ich sah mich in dem mir nun durch meinen letzten Besuch schon etwas vertrauten Raum um. Auf dem Tisch stand das edle silberne Teeservice bereit und im Kamin flackerte ein wärmendes Feuer. Hier würden wir es uns nachher also gemütlich machen. Es war aber nur für drei Personen gedeckt. Eulalia bemerkte meinen fragenden Blick. »Lady Christina wird heute nicht dabei sein«, erklärte sie mir. »Sie befindet sich auf einem Jagdausflug – Wildschweine jagen. So schnell werden wir sie wahrscheinlich nicht wiedersehen, denn außerdem will sie noch nach An Gearasdan. Das ist ein kleiner Marktflecken. Heute heißt der Ort Fort William. Dort hofft sie, gute Stoffe für ihren Haushalt zu finden oder sonstige nützliche Dinge. Oft legen Schiffe von weither in dem geschützten Hafen an. Je nach Wetterlage entschließt sie sich aber vielleicht auch, nach der Jagd in eine andere Richtung zu reisen. Schon lange plant sie nämlich einen Besuch bei Verwandten auf Inverlochy

Castle und beim Abt von Inchaffray Abbey. Der würde sich auch über einen Wildschweinbraten freuen. Er weiß ihre schon oft bezeigte Unterstützung zu schätzen und bewirtet sie stets fürstlich. Es kann also gut sein, dass sie ein paar Wochen lang weg ist.«

Ein bisschen sehnsüchtig dachte ich, wie schön es wäre, mit Lady Christina reisen zu können. Eulalia riss mich aus meinen Gedanken. Sie klatschte in die Hände und fragte eifrig. »Los jetzt! Wo wollen wir anfangen? Gehen wir erst mal ganz nach oben in unser Turmzimmer?« Ich war mit allem einverstanden.

Sie führte mich durch einen langen, schmalen Korridor mit getäfelten Wänden, an denen zahlreiche Bilder in schweren, goldenen Rahmen hingen. Überwiegend Porträts, offenbar aus verschiedenen Zeiten, wie man an den unterschiedlichen Haartrachten und Kleidern sehen konnte. »Wer diese Leute waren, soll Dir Lady Mary später mal erklären«, sagte Eulalia. »Das macht sie nämlich sehr gerne. Es sind überwiegend ihre Vorfahren, und zu fast allen weiß sie eine Menge zu erzählen.« Am hinteren Ende des Korridors führte eine kurze Abzweigung nach rechts und dann eine steile Wendeltreppe hinauf, von der mehrmals schmale Gänge abgingen. Wir stiegen aber bis ganz nach oben und gelangten so in ein überraschend geräumiges Turmzimmer mit gewölbten Wänden und einem riesigen Himmelbett.

»Dies ist Lady Marys Zimmer. Und meins, wenn ich hier bin. Der Raum, den man Touristen als Lady Marys Zimmer zeigt, ist weiter unten. Der war früher auch wirklich ihr Schlafzimmer. Aber dort spukt sie nur noch ab und zu. Sonst ist sie lieber hier, denn bis so weit oben kommt niemand herauf. Da hat sie ihre Ruhe. Und dieses Bett ist fantastisch bequem und hat Platz für uns beide. Probier mal!« Eulalia ließ sich mit Schwung hineinplumpsen und ich machte es ihr nach. Die Matratze war sehr weich; man sank tief darin ein.

»Schau mal! Die tollen Schnitzereien am Betthimmel!« Eulalia deutete nach oben. Tatsächlich! Dort tummelte sich eine ganze Menagerie von Figuren, die man da verewigt hatte. »Richtige Bildergeschichten sind das«, sagte ich bewundernd. »Die anzuschauen, wenn man nicht schlafen kann, ist gewiss viel besser als Schäfchen zählen.«– »Nur könnten einige zu Albträumen führen«, lachte Eulalia. »Zum Beispiel das da mit den beiden kämpfenden Drachen. Oder dort der Dämon mit den Fangzähnen und den riesigen Augen. Den hört man schon direkt mit dem Kiefer knacken.« – »Sogar das Ungeheuer von Loch Ness scheint es hier zu geben«, rief ich erstaunt aus und zeigte in die linke hintere Ecke. »So ungefähr wird es ja beschrieben.« – »Ach das!« Eulalia winkte verächtlich ab. »Die Leute haben doch keine Ahnung! In allen tiefen Seen, die Zugang zum Meer haben, tauchen ab und zu seltsame Geschöpfe auf. Nicht nur im Loch Ness. Die sind alle ganz unterschiedlich und so scheu, dass sie fast nie zu sehen sind. Aber keins von denen ähnelt dieser Schnitzerei. Die gehört nämlich zu einer uralten Sage und soll einen Wasserdrachen darstellen. Ob es den jemals gegeben hat?« – »Und sieh mal da, ganz vorne! Ein Einhorn und eine Jungfrau. Für die könntest Du Modell gestanden haben.« Ich war begeistert.

Welch überbordende Fantasie hatte sich hier mit herausragender Handwerkskunst vereinigt! Wenn man dagegen an die heutigen Betten denkt! Die unterscheiden sich ja nur noch ein bisschen in Höhe und Breite und allenfalls der Qualität der Matratzen. Ansonsten langweiliger Einheitsbrei. Wie mich das enttäuscht hatte, als ich vor eineinhalb Jahren ein Bett für mein Schlafzimmer in der neuen Eigentumswohnung aussuchte. So ein riesiges Möbelhaus und so wenig Vielfalt, hatte ich damals gedacht. Wenigstens kann man mit schöner Bettwäsche ein bisschen zaubern.

»Wirklich ein ganz wunderbares Bett«, lobte ich anerkennend. Ich bestaunte die gedrehten Säulen aus glänzend dunklem Holz sowie den goldbestickten roten Samtstoff der Bettvorhänge. »Jetzt verstehe ich aber nicht, wieso Du gesagt hast, die Bettvorhänge seien ganz verblasst und zerschlissen und müssten dringend erneuert werden. Die sehen doch aus wie neu«, wandte ich mich wieder an Eulalia. »Als ich Dir das sagte, war es auch so«, nickte sie. »Aber Du warst ja zu phlegmatisch, um Abhilfe zu schaffen. Deshalb hat uns Lady Christina diesen prachtvollen Stoff geschickt und auch zwei ihrer Mägde, die die Bettvorhänge genäht und angebracht haben.«

»Sieht wirklich toll aus!« Ich war begeistert. »Ich wüsste auch wirklich nicht, wo ich einen so prachtvollen Stoff hätte auftreiben können, geschweige denn jemanden hier in der Gegend, der ihn verarbeitet. Aber sag' mal, demnach hat Lady Christina noch Personal in Tioram Castle?« – »Ja, schon«, bestätigte Eulalia. »Wenn auch lange nicht mehr so viel wie früher. Leider kann ich Dir nicht sagen, wieso nur wenige der Dreidimensionalen, die früher hier lebten, noch da sind. Das ist mir selbst ein Rätsel. Die Götter werden es wohl irgendwie so fügen. Denn für die Menschenmengen

aus all den vergangenen Jahrhunderten gäbe es ja nicht
genug Platz.«

Fröhlich sprang Eulalia auf und winkte mir zu: »Komm
raus auf den Balkon! Von dort haben wir eine großartige
Aussicht!« Das stimmte auch. Wir sahen weit über den See
und in das sanft gewellte Hügelland der Umgebung. Draußen am Horizont schimmerte es dunkelblau. Das musste
wohl ein weiterer See sein. Loch Moidart vielleicht? Loch
Alsh? Oder Loch Long? Es gibt so viele dieser tief ins Land
eingeschnittenen, fjordartigen Gezeitenseen in der Gegend. Und dieser überwältigende Himmel, der sich über
all der Herrlichkeit erstreckte! Mit seinen weißen, goldge-
ränderten Wolkeninseln schien er selbst ein graublauer
See zu sein. Darunter schwebten duftig leichte silber- und
zartlilafarbene Nebelschleier. »Oh, Eulalia!«, seufzte ich
ergriffen, »das ist traumhaft schön! Und der Himmel hat
genau Deine Farben! Es sieht aus, als flögest Du dort oben
über uns.«

Wie dankbar muss ich sein, dass meine Sehnsucht nach
dieser Landschaft nun doch erfüllt wird, dachte ich. Noch
vor wenigen Wochen hätte ich mir das nicht träumen lassen. Schade, dass sich Wandertouren in den Highlands
nicht mehr realisieren lassen. Aber dies hier erleben zu
dürfen, war schon Glück genug. Ich konnte mich kaum
sattsehen.

Die Landschaft unter uns schien fast menschenleer zu
sein. Nur am gegenüberliegenden, dicht bewaldeten Ufer
entdeckte ich zwei kleine weiße Boote. Wahrscheinlich
Ausflugsboote von Touristen, dachte ich. Denn in früheren Zeiten wurden Boote hier wahrscheinlich nicht weiß

gestrichen, oder? Ach, egal. Es war alles einfach wunderschön. Ich genoss die himmlische Ruhe. Kein Motorengeräusch, keine menschliche Stimme störte die Stille.

Eulalia wartete eine Zeit lang geduldig. Dann zog sie mich am Ärmel und zeigte nach unten auf die Felsbrocken am äußersten Ende der Insel. »Dort, unter den zwei hohen, runden Steinen habe ich die Höhle gefunden. Und stell' Dir vor: Nachdem ich heute in der Morgendämmerung längere Zeit ganz still daneben auf einem Grashügel gesessen hatte, kam tatsächlich ein Selkie in seiner Seehundgestalt zum Vorschein. Erst war es sehr scheu, aber dann kamen wir doch ins Gespräch. Es war eine Nachfahrin des Selkie-Mädchens aus der Sage. Sie erzählte, dass die Höhle inzwischen wegen der vielen Störungen durch die Touristen nicht mehr ständig bewohnt sei. Doch ab und zu halte sie sich doch noch gerne hier auf. Es entspann sich eine recht vertrauensvolle Unterhaltung, und als sie sich verabschiedete, versprach sie, Manannan MacLir von mir zu berichten.«

Das waren ja interessante Aussichten! Ich überlegte, wie eine Begegnung mit ihm wohl verlaufen würde. Längst hat Eulalia ihre Trockenschwimmübungen auf der Burgmauer aufgegeben, und ins Wasser hat sie sich, soviel ich weiß, noch nie gewagt. Andererseits ist Manannan MacLir für seine Liebschaften mit Menschenfrauen bekannt, die das alle überlebt zu haben scheinen, obwohl einige von denen sicher auch nicht schwimmen konnten. Es ist also anzunehmen, dass der Meeresgott Mittel und Wege kennt, um die Gefährtinnen seiner Eskapaden nicht in Lebensgefahr zu bringen. Vielleicht kommt er dafür überhaupt aus seinem Element ins Trockene heraus. So bestünde wohl auch für Eulalia keine Gefahr. Das hoffte ich jedenfalls sehr.

Inzwischen waren unvermittelt dunkle Wolken aufgezogen, die die Sonne verdeckten, und vereinzelte Windstöße blähten meine offene Steppjacke. Ich breitete die Arme aus und hätte mich am liebsten wieder wie in meinen Träumen davontragen lassen, als Eulalia energisch meinen Arm packte und warnte: »Halt! Heb' ja nicht ab! Das könnte böse für Dich enden. Vergiss nicht, dass Du durch die Membran gekommen und nicht im Traum hier bist.«

Bereitwillig folgte ich ihr ins Turmzimmer zurück und die Wendeltreppe hinunter. Schon nach wenigen Stufen gelangten wir wieder in einen schmalen, dunklen Korridor, von dem aus links und rechts Türen in kleine Kammern mit jeweils einem einzigen schmalen Fenster führten. Eulalia öffnete einige der Türen und erklärte, dass dies teils Verwaltungsräume, teils Schlafräume der Bediensteten gewesen seien. Nur wenige davon waren möbliert und wenn, dann auch nur recht spärlich.

In einer der etwas größeren Kammern schlug mir feiner Kräuterduft entgegen. Alle Wände waren bis zur Decke mit Regalen ausgestattet, in denen, säuberlich geordnet, hohe Wäschestapel lagerten – die meisten davon aus feinem weißem Leinen. Offensichtlich handelte es sich um Bett- und Tischwäsche. »Hier hat es Lady Mary immer ganz wichtig«, erläuterte Eulalia. »Sie sortiert die Stapel um, legt Säckchen mit getrockneten Blüten und Kräutern dazwischen, schlägt einige in feines Papier oder andere Stoffe ein und was sonst noch alles. Sie macht ein mächtiges Gedöns um diese Arbeit, die nötig sei, um Motten abzuhalten und Stockflecken zu vermeiden. Offenbar ist sie überaus stolz auf ihre Wäsche. Das ist ihr geblieben von ihrer Zeit als Hausherrin in dieser Burg.« Ich schnupperte anerkennend.

Dann folgte ich Eulalia, die schon ein Stück weiter den Korridor entlanggegangen war. Dieser verbreiterte sich am anderen Ende und verzweigte sich dort in drei größere, helle Räume. »Wir befinden uns hier ja im sogenannten Donjon, dem Wohngebäude der Burgherren. Und dies waren die Zimmer ihrer Damen«, erklärte mir Eulalia. »Wie Du weißt, war es in Anbetracht der rauen Sitten in früheren Jahrhunderten üblich, dass diese sich in einem von der Männerwelt abgetrennten, geschützten Bereich aufhielten. Lady Mary war als junges Mädchen auch hier untergebracht. Als sie aber die Aufsicht über den gesamten Burghaushalt übernahm, bezog sie einen Raum ein Stockwerk weiter unten, von wo aus sie alles besser steuern konnte.«

Von jedem der drei Damenzimmer aus hatte man Zugang auf eine breite Terrasse, die sich über die gesamte Schmalseite der Burg und noch ein Stück um die Ecke herum erstreckte. Die Terrasse bot also sowohl Aussicht über das nahe Ufer, und die Brücke, die von dort zur Burg führt, wie auch über die Weite des Loch Duich und über die Hügel bis zu den schneebedeckten Bergen im Hintergrund. Der Wind war inzwischen recht stürmisch und eisig kalt geworden. Kleine Eiskristalle tanzten in der Luft und stachen mich in die Wangen. Schnell ging ich wieder hinein.

Die Ausstattung drinnen fesselte meine Blicke. Hier fanden sich zahlreiche kunstvolle Schnitzereien, feine Gobelinstickereien und farbenprächtige Tapisserien. Hier und da funkelten Vasen und andere Gegenstände aus geschliffenem Kristallglas. Insbesondere bestaunte ich die schönen Möbel – jedes Stück eine Kostbarkeit. Einlegearbeiten aus dunklem poliertem Holz und Perlmutt verzierten die Schranktüren und Tischplatten. Sogar Halbedelsteine waren dort teilweise verarbeitet worden. Ein vergoldetes Tischchen mit einem eingebauten Schachbrett aus Elfenbein und Ebenholz, auf dem Schachfiguren aus denselben Materialien standen, hatte es mir besonders angetan. Daneben lehnte an einem zierlichen Sesselchen mit geschwungenen Beinen ein altertümliches, zitherähnliches Instrument. An den Fenstern hingen üppige Vorhänge aus silber- und golddurchwirkten schweren Samt- und Brokatstoffen. Ich konnte mich gar nicht sattsehen.

»Das sind ja wahre Schätze!«, rief ich begeistert aus. »Waren die Burgherren hier denn so reich?« Eulalia schüttelte den Kopf. »Das wohl nicht. Die haben wesentlich einfacher gewohnt. Aber Lady Marys Erinnerungen an ihr Leben als Hofdame am englischen Königshof waren so stark, dass sich eben all das hier angesammelt hat. Die meisten Sachen brachte sie in diesen Räumen unter, weil sie sich da besonders gerne aufhält. Seit wir unser Fernglas haben, erst recht. Du weißt ja, wie neugierig sie ist. Jetzt kann sie die Touristen ganz genau begucken, wenn sie über die Brücke kommen. Ihr entgeht kein Pickel auf der Nase und nicht die kleinste Bewegung. Das gefällt ihr. Sie erzählt mir dann hinterher immer, wer wen in den Hintern gezwickt oder in der Nase gebohrt hat.«

Die letzten Sätze hörte ich nur noch halb, denn ich war zu ergriffen von der Pracht um mich herum und der Nachricht, dass Lady Mary am englischen Königshof gelebt habe! So etwas hätte ich niemals hinter dem unscheinbaren Persönchen vermutet. Danach musste ich sie bei passender Gelegenheit eingehend befragen, nahm ich mir vor. »Leider ist die gesamte Einrichtung der Damenzimmer nur hinter der Membran vorhanden«, meldete sich Eulalia wieder zu

Wort. »Touristen könnte man lediglich leere Räume zeigen. Deshalb führt man sie gar nicht hier herauf.«

Nachdenklich gingen wir wieder zurück in den Korridor und durch weitere ähnlich aussehende Gänge. Als wir an einem Treppenabsatz ankamen, zeigte ich auf eine auffällige Stelle an der Wand. »Hier ist offenbar eine Tür zugemauert worden«, sagte ich zu Eulalia. »Weißt Du, wohin die führte?« – »Ja, das war eine Verbindungstür zu dem hinteren Gebäude, in dem die Wachmannschaften und Kampftruppen untergebracht waren. In jedem Stockwerk gab es eine solche Verbindungstür. Inzwischen sind aber alle zugemauert, um den Hauptbau besser vor Dieben schützen zu können. Wenn das nur auch den kopflosen spanischen Soldaten abhalten würde! Der sollte doch eigentlich im hinteren Gebäude geistern. Aber dauernd kommt er herüber und ist dermaßen lästig.«

Inzwischen waren wir überall im oberen Stockwerk herumgegangen und hatten in viele der dort vorhandenen Räume hineingeschaut. Allmählich freute ich mich auf einen heißen Tee. Nachdem wir eine breite Treppe hinuntergestiegen waren, öffnete sich direkt vor uns eine Tür, aus der uns eine regelrechte Staubwand entgegenwallte. Wie ein Sandsturm in der Wüste, dachte ich. Da fehlte ja nur noch ein Dschinn, um die Illusion perfekt zu machen. Doch statt einem solchen tauchte in einem dichten Staubschwall, der mit ihr in den Flur herausdrang, Lady Mary auf, hustend und prustend, aber siegreich strahlend. Sie wedelte mit etwas vor uns herum, das wie eine flache braune Schachtel aussah, und rief, unterbrochen von Hustenanfällen: »Hier ist sie! Die Comyn-Prophezeiung! Durch Zufall habe ich vorhin in der Bibliothek einen geheimen Zugang zu einem

Nebenraum entdeckt, von dem selbst ich bis jetzt gar nichts gewusst hatte. Und gleich im ersten Regal fand ich den Codex.« Ich brachte keinen Ton heraus, denn auch ich konnte mich kaum halten vor Husten und Niesen.

Geistesgegenwärtig drückte Eulalia die Tür zur Bibliothek hinter Lady Mary zu, packte die kleine Person mit beiden Händen im Genick, hob sie hoch und begann sie kräftig auszuschütteln – etwa so, wie man eine staubige Decke ausschüttelt. Dadurch breitete sich im Flur eine weitere dichte Staubwolke aus, der ich schnell auswich. Ein paar Schritte weiter auf dem Treppenabsatz ließ sich ein Fenster auf den Innenhof öffnen. Hier bekam ich endlich wieder genug Luft. Hinter mir hörte ich Lady Mary sagen: »Vielen Dank Eulalia! Das hat gutgetan.« Dann rief sie uns munter zu: »Geht doch schon mal voraus in den Salon. Ich mache mich nur rasch ein bisschen frisch und komme gleich nach. Alles ist vorbereitet für unseren Tee. Heute früh habe ich extra frische Scones gebacken. Sie müssten noch warm sein.«

Wunderbar! Warme Scones mit Butter und ein kräftiger Schwarztee. Was konnte es Besseres geben! Erwartungsvoll stieg ich mit Eulalia hinunter in das Terrassenzimmer, in dem noch immer das Kaminfeuer brannte. Schnell setzte ich mich auf den Stuhl, der dem Kamin am nächsten stand und genoss die Wärme im Rücken. Geister, so dachte ich, brauchten Wärme nicht so sehr wie ich. Der zum Treppenhaus offene Raum war ansonsten nämlich ziemlich kühl. Sowieso sagt man ja über die Heizung mit offenen Kaminen in Großbritannien, dass man da vorne schwitzt und hinten mit den Zähnen klappert. Nun ja, da ich mit dem Rücken zum Kamin saß, würde ich vermutlich bald in ganz normaler Weise vorne klappern können. Vielleicht aber auch gar nicht, denn der heiße Tee würde mir hoffentlich zusätzlich warm machen.

Bis zum Erscheinen Lady Marys hatte ich Muße, mich ein bisschen umzusehen. Dabei entdeckte ich an der Wand gegenüber dem Kamin das Bild eines streng aussehenden älteren Herrn, dessen bescheidene dunkle Kleidung im Kontrast zu dem breiten goldenen Rahmen, der es einfasste, stand. Dies sei Reverend Farquhar MacRae, der Großvater von Lady Mary, erklärte mir Eulalia. Er sei weithin berühmt gewesen für seine Predigten, aber auch sonst wegen seiner außerordentlichen Gelehrtheit. Ein ehrfurchtgebietender alter Herr, fand ich.

Dann fiel mein Blick wieder auf das schwere silberne Teeservice, das ich schon bei meinem letzten Besuch gesehen, damals aber nicht im Detail betrachtet hatte. Alle Teile wiesen kunstvolle Verzierungen auf. Feinste Silberschmiedekunst! Doch lange blieb mir nicht Zeit, die Dekorationen eingehend zu beschauen, denn schon betrat Lady Mary, frisch frisiert und mit einem hellgrauen Rüschenkleid angetan, den Raum. »Ah, Sie bewundern mein Teeservice«, sagte sie erfreut. »Wissen Sie, Frau Ingeborg, darauf bin ich besonders stolz. Es ist nämlich ein Abschiedsgeschenk von Katharina von Braganza. Ich war ja längere Zeit als Hofdame in ihrem Dienst.« – »Es ist wirklich einzigartig«, bestätigte ich begeistert. »Etwas Ähnliches habe ich noch nie gesehen. Und von Ihrer Zeit als Hofdame würde ich zu gerne mehr erfahren.« Lady Mary lächelte geschmeichelt. »Davon erzähle ich Ihnen gerne«, versprach sie. »Aber nun wollen wir uns erst einmal stärken.« Die Scones waren wirklich noch lauwarm und genauso lecker, wie ich sie mir vorgestellt hatte.

Kaum hatten wir uns den Genüssen der Teetafel andächtig hingegeben, als mich ein rasselndes, schepperndes Geräusch aufschreckte. Es schien vom Fuß der Treppe her zu kommen, deren oberes Ende wir von unseren Stühlen aus sehen konnten. Auch ein Stöhnen oder Murmeln glaubte ich zu hören. »Was ist denn das?«, fragte ich verdutzt. »Ach, schon wieder dieser lästige spanische Soldat«, schimpfte Eulalia, während Lady Mary erschrocken japste. Anscheinend wollte sie schon wieder verschwinden, blieb dann aber doch sitzen, als Eulalia beruhigend auf sie einredete.

Das Scheppern und Rasseln wurde lauter und polternder, und nach kurzer Zeit sah ich zu meinem Entsetzen etwas Metallisches über der obersten Treppenstufe auftauchen. Es wurde größer, und nun kam die Halsberge einer Rüstung und danach ein Brustpanzer in Sicht. Offenbar war ein kopfloser Geharnischter die Treppe hochgekrochen und nun im Begriff, zu uns hereinzukommen. Schon wurde sein gesamter Oberkörper sichtbar, und die Arme waren dabei, den Rest hochzustemmen. Lady Mary kreischte entsetzt auf und Eulalia schrie wütend: »Das ist doch die Höhe! Jetzt erlaubt sich der doch tatsächlich wieder, hier heraufzukommen! Ich dachte, das hätte ich ihm ausgetrieben.« Entschlossen erhob sie sich, ging zur Treppe und versetzte dem unheimlichen Wesen einen gewaltigen Tritt vor die eiserne Brust, sodass dieses sich nach hinten überschlug und mit ohrenbetäubendem Krach die Treppe hinunter ratterte, wobei sich einzelne Teile der Rüstung, die sich durch den Aufschlag auf den Treppenstufen ablösten, durch die Luft flogen und laut scheppernd an Wand und Geländer abprallten. Welch ein Tohuwabohu! Welch ein Krawall!

Gelassen setzte sich Eulalia wieder an den Tisch und bat um eine weitere Tasse Tee. Währenddessen war es auf der Treppe ruhig geworden. Nur von unten hörte man noch ein leises Rasseln und jämmerliches Stöhnen. Offenbar war das gruselige Wesen damit beschäftigt, seine verbeulte Erscheinung zu untersuchen und die verstreuten Einzelteile, so gut es ging, wieder zusammenzusetzen. Vielleicht hatte es auch Schmerzen, denn die klagenden Geräusche klangen nicht nur nach einem Materialschaden.

Trotz meines Grauens vor dem Gespenst ergriff mich Mitleid. »Eulalia, wie kannst Du nur so grausam sein!«, rief ich aus. »Der arme Kerl kann ja nichts dafür, dass er seinen Kopf verloren hat und nun nach ihm suchen muss.« – »Meine Güte, wie rührselig!«, schnaubte sie spöttisch. »So viel Aufhebens um einen rostigen Schrotthaufen! Wieso musste der auch in den Krieg ziehen. Hätte eben zu Hause bleiben und Schafe hüten sollen.« – »Gar nicht rostig!«, tönte es hohl keuchend von unten herauf. »Meine Rüstung halte ich stets in bestem Zustand. Was glauben Sie, wie viel Zeit ich jeden Tag mit Ölen und Polieren verbringe!« Und dann erklang wieder ein erbärmliches Stöhnen. Der Arme war wohl wirklich verletzt. Hätte ich mich nur getraut, nachzuschauen. Aber dazu war ich zu feige. Lady Mary meinte nun auch, Eulalia sei vielleicht doch etwas zu rücksichtslos vorgegangen. Das wiederum ärgerte Eulalia, wie ich an ihrem mürrischen Gesichtsausdruck sehen konnte.

Einen Streit mit ihr wollte ich hier auf fremdem Terrain nun wirklich nicht riskieren. Schnell versuchte ich, sie abzulenken, indem ich fragte: »Aber Lady Mary, sagen Sie doch, warum haben Sie die Prophezeiung nicht mitgebracht? Wir wollten doch erfahren, was darin geschrieben steht.« – »Nun ja«, antwortete sie »da müssen Sie sich noch etwas gedulden. Die Schrift ist teilweise nur schwer oder gar nicht mehr lesbar. Das Pergament ist ja sehr alt. Es hat Risse und Kratzer und weist auch Brandspuren auf. Aber das lässt sich vielleicht beheben. Ich habe noch ein Rezept meines Großvaters für eine Tinktur, zusammengesetzt aus Leinöl, Nussöl, Eiweiß und ein paar anderen Dingen. Damit werde ich das Pergament bearbeiten. Zuvor muss ich aber sehr behutsam die gröbsten Verschmutzungen ablösen. Das ist Millimeterarbeit. Dann die Tinktur mehrmals dünn auftragen und jeweils einige Stunden einwirken lassen. Wenn das Pergament allzu brüchig ist, werde ich es zuvor auf feines Leinen aufziehen. Das alles dauert seine Zeit. Aber danach, so hoffe ich, werden wir den Text lesen können. Wenn es sich, wie ich annehme, wirklich um Ziegenleder handelt, sollten wir eine gute Chance haben.«

Eulalias immer noch gerunzelte Stirn ließ mich nach einem weiteren ablenkenden Thema suchen. Schnell wandte ich mich an sie und fragte: »Übrigens hast Du mir noch gar nicht erzählt, wie Du es geschafft hast, das Fernglas zu klauen.« Jetzt grinste Eulalia, schaute zu Lady Mary hinüber und sagte: »Eigentlich haben wir beide es zusammen geklaut.« Lady Mary nickte, verschämt lächelnd. »Oh, erzählt«, drängte ich. Und Eulalia ließ sich nicht lange bitten.

»An dem Tag ging ein kräftiges Gewitter mit Regen und Sturm nieder«, begann sie. »So was verschafft mir immer einen enormen Energieschub. Deshalb war ich besonders unternehmungslustig und überredete Lady Mary, mal ein bisschen im Kiosk unten zu spuken, wobei ich sie begleiten wollte. Sie hatte nämlich gesehen, dass eine Besuchergruppe über die Brücke gekommen war, und dass die meisten Leute Ferngläser dabeihatten. Auf ein Fernglas war sie schon lange scharf, wusste aber nicht, wie sie sich eins beschaffen könnte. Ich dachte, hier böte sich vielleicht eine passende Gelegenheit.

Kurz bevor die Leute von der Führung zurückkamen und durch den Kiosk geschleust wurden, hatte das Gewitter eingesetzt. Also sorgte ich schnell noch für etwas zusätzlichen Starkregen, Sturm und etwas Hagel, um die Leute länger im Kiosk zu halten. Das war doch nett von mir, nicht wahr? Die Kiosk-Pächterin hat sich sicher gefreut über den erhöhten Umsatz an diesem Tag. Lady Mary wollte schon wieder umkehren, denn normalerweise würde sie es niemals wagen, mitten unter so vielen Leuten zu spuken. Aber ich hatte mir bereits eine Strategie überlegt und mir ein passendes Opfer ausgesucht.

Im Visier hatte ich einen großspurig auftretenden Mann in einem weißen, schlammverspritzten Leinenanzug. Dazu trug er einen breitkrempigen Lederhut – nach Cowboyart schräg in die Stirn geschoben. Die ehemals wohl ebenfalls weißen Leinenschuhe sahen nach einem Tag in der schottischen Landschaft unansehnlich graubraun aus. Nun, jeder soll anziehen, was er will. Aber sein Geschwätz war unerträglich. Soeben erklärte er den Leuten um ihn herum, die das gar nicht hören wollten, welch teure Fotoausrüstung er sich in Edinburgh gekauft habe. Damit könne er bessere Aufnahmen machen als die meisten Berufsfotografen. Aber die sei so teuer gewesen, dass er sie im Hotelsafe eingeschlossen habe. Für einfache Besichtigungstouren wie diese, wo es nur die Seegegend und alte Mauern zu sehen gäbe, sei sie zu schade. Aber auch sein Fernglas sei etwas ganz Besonderes. Dann erging er sich in der Beschreibung aller Details des Fernglases und nannte dessen hohen Preis mit extra lauter Stimme, damit nur auch jeder es hören könne. Dieser Angeber kam mir gerade recht. Ganz klar: Der Kotzbrocken verdiente eine Lektion.

Ein begeisterter Ausruf in der entgegengesetzten Ecke des Kiosks gab den genervten Leuten um ihn herum den passenden Vorwand, sich von ihm abzuwenden, um nachzusehen, was dort drüben los sei. Gut, die waren erst einmal abgelenkt. Das war mein Signal. Schnell trat ich aus der Membran und flüsterte ihm zu: ›Oh, komm zu mir, lieber Freund! Nur Dir zeige ich ein Juwel von höchstem Wert‹. Vor Erstaunen riss er den Mund auf, als er mich sah. Wie hypnotisiert näherte er sich mir, bis er so dicht vor mir stand, dass ich beinahe das Gesicht weggedreht hätte, um seinem säuerlichen Alkoholatem auszuweichen. Es gelang mir jedoch, diesen Reflex rechtzeitig zu unterdrücken. Wenn ich in wichtiger Mission unterwegs bin, vermag ich große Selbstbeherrschung aufzubringen. Mit einem Finger hob ich sein Kinn, das sich nun direkt auf der Höhe meiner nur leicht bedeckten Brüste befand, und schaute ihm tief in die Augen. ›Umarme mich!‹, befahl ich gurrend, während ich auch meinerseits die Arme ausbreitete und ihn in einen Hauch Veilchenduft einhüllte – Letzteres sowohl, um ihn noch mehr zu bestricken, als auch, um den wirklich üblen Mundgeruch erträglicher für mich zu machen. Und gerade, als er dabei war, meiner Aufforderung nachzukommen, trat Lady Mary wie vereinbart rasch herzu, wischte ihm das Fernglas von der Schulter und streifte es aus seiner Hand, die noch den Trageriemen hielt. Offensichtlich bekam er davon gar nichts mit. Als sie ihn, um ihn weiter zu verwirren, noch mit einem Schwall feuchtkalter Luft nach Gespensterart anwehte, versagten seine Nerven. Er fiel um und war weg.«

Prustend vor Lachen unterbrach Eulalia ihre Erzählung und auch Lady Mary, der ich solch unmoralisches Verhalten gar nicht zugetraut hätte, kicherte vergnügt. Die beiden hatten sich offensichtlich köstlich amüsiert. »Wie ging es dann weiter?«, wollte ich wissen. Unterbrochen von weiteren Lachanfällen nahm Eulalia den Erzählfaden wieder auf:

»Während Lady Mary, ich und das Fernglas lautlos hinter der Membran verschwanden, entstand im Kiosk ein wildes Durcheinander. Die Anwesenden, vom polternden Aufprall des Mannes auf dem Fußboden aufgeschreckt, waren zu ihm geeilt und versammelten sich aufgeregt um ihn. Jemand versuchte, ihn wiederzubeleben, ein anderer zückte sein Handy, um einen Notarzt zu rufen, eine Dame kreischte hysterisch. Alle redeten durcheinander und fragten sich, wie das habe geschehen können. Es herrschte allgemeine Ratlosigkeit. Die Frau, die die Gruppe hergebracht hatte, äußerte vorsichtig, die drei Gläser Whisky beim Mittagessen habe er vielleicht nicht so gut vertragen. Der neben ihr Stehende stimmte ihr zu und meinte, der Mann habe tatsächlich schon am Mittag nicht ganz nüchtern gewirkt und ihm sei vorhin die Röte in seinem Gesicht aufgefallen, die auf einen erhöhten Blutdruck hinweise. Schließlich ging die allgemeine Meinung dahin, er habe zu viel getrunken und auch zu viel gegessen, dazu die für ihn vielleicht ungewohnte Anstrengung der Wanderung zur Burg, die drückende Luft vor dem Unwetter ...

Inzwischen war der Angeber längst wieder wohlauf und musste zur Kenntnis nehmen, welchen Image-Schaden er soeben erlitten hatte: Vom erfolgsgewohnten Business-Manager, der alles im Griff hat, war er in wenigen Minuten zum alkoholabhängigen Looser mutiert. So jedenfalls stellte ihn der Heilpraktiker dar, der sich zu ihm auf den Boden gesetzt hatte und lauthals verkündete, welch gute Erfolge er mit seiner Therapie selbst bei schwersten Fällen von Alkoholismus wie diesem schon erreicht habe. Das wollte der so Herabgestufte aber nicht auf sich sitzen lassen. Schnell berichtete er deshalb von der grauenhaften Gespenstererscheinung, die ihm das Blut in den Adern habe gerinnen lassen, wobei er maßlos übertrieb, um den erlittenen Schock umso plausibler zu machen. Allerdings erreichte er damit genau das Gegenteil, denn nun glaubten endgültig alle an eine Drogenhalluzination.«

Mittlerweile konnten sich Eulalia und Lady Mary nicht mehr halten vor Gelächter. Sie japsten und keuchten und steckten mich mit ihrer übermütigen Laune an. Als aber Eulalia bei einem neuerlichen Lachanfall den Kopf zurückwarf und den Mund weit aufriss, schlug meine Stimmung jäh um. Denn ich sah ihre Zähne. Kleine, spitze, dolchartige Zähne, jeweils in einem schmalen Ober- und Unterkiefer in zwei Reihen parallel angeordnet. Das sah gefährlich aus und unheimlich, ganz unmenschlich – eher wie ein Haigebiss, obwohl nicht einmal Haie doppelte Zahnreihen haben, soviel ich weiß. Ich war entsetzt. Angstvoll wurde ich mir meiner ausgelieferten Situation hier in der Burg bewusst. Nur mit Mühe gelang es mir, äußerlich ruhig zu bleiben. Zum Schein kicherte ich noch ein bisschen mit, und als das allgemeine Gelächter endlich abebbte, leitete ich unauffällig meinen Rückzug ein.

»Also, für mich ist es allmählich Zeit, aufzubrechen«, sagte ich daher. »Vielen herzlichen Dank für den Tee und die leckeren Scones. Und vielen Dank auch für die Burgführung.

Ich habe heute unglaublich viel gesehen und erlebt. Ich hoffe, wir sehen uns bald wieder, und ich freue mich schon auf weitere interessante Gespräche.« – »Gern geschehen, gern geschehen,« erklangen die Stimmen von Lady Mary und Eulalia hinter mir nach, als ich mit einem kleinen Schubs von hinten abzischte. Jedenfalls war es ein recht schneller Abgang, der mich unsanft in mein Küchenwohnzimmer beförderte und dort am Raumteiler abprallen ließ. Au, das würde einen Bluterguss am linken Oberarm geben! Und mein rechtes Knie tat so weh! Der kopflose Spanier kam mir in den Sinn. Ob der wohl auch blaue Flecke bekommen hatte?

Gut gelaunt kam ich von einem Termin mit meiner Bankberaterin zurück. Wir hatten mal wieder miteinander Geld verbuddelt, und ich hatte das Gefühl, die richtigen Entscheidungen getroffen zu haben. Meist tätige ich meine Geldanlagen in eigener Regie bei einer Direktbank. Diesmal war aber ein höherer Betrag frei geworden und ich hatte keine klare Idee gehabt, was ich damit machen sollte. In solchen Fällen berate ich mich gerne mit der netten jungen Bankfrau, die so gut auf meine Vorstellungen eingeht und meistens Passendes vorschlagen kann.

Für mich sind solche Gespräche besonders interessant und anregend. Andere Ansprechpartner für derlei Dinge habe ich ja kaum noch, seit ich aus dem Damen-Effektenclub ausgetreten bin. Mit Rücksicht auf mein vermindertes Einkommen als Rentnerin hatte ich seinerzeit alle nicht unbedingt nötigen laufenden Zahlungsverpflichtungen vorsorglich eingestellt. Das wäre zunächst im Grunde nicht nötig gewesen. Aber dann kam die zeitliche und bald auch finanzielle Belastung durch Mundis Pflege hinzu. Und jetzt, wo ich Kopf und Geldbeutel wieder frei habe, scheint der Damen-Effektenclub, zu dessen Gründungsmitgliedern ich einst gehört hatte, sanft zu entschlummern. Die Mehrzahl der noch vorhandenen Mitglieder ist inzwischen wie ich in reifem Alter und nicht mehr so aktiv wie früher, und der Corona-Lockdown hat sein Übriges getan, um die Gemeinschaft vollends auszubremsen. Nun ja, alles hat seine Zeit.

Am Bach hinter dem Haus blieb ich stehen und schaute den Enten zu, die sich offenbar in Paarungsstimmung befanden. Jedenfalls die Männchen waren das. Gleich drei stritten sich um eine weibliche Ente, die nur in Ruhe das Beste aus dem Angebot nahrhafter Dinge am Bachrand auswählen wollte. Frauen lieben ja ab und zu einen kleinen Einkaufsbummel, zumal noch, wenn dieser verbunden ist mit dem Verkosten kleiner Häppchen aus Sonderaktionen. Als es einem der Erpel schließlich gelungen war, sich die Konkurrenten mit viel Gekreisch und Geflatter wie auch mit einigen drohenden Schnabelhieben vom Leib zu halten, rückte er siegreich seiner Angebeteten auf den Leib. Die aber zeigte sich wenig begeistert von seinen Avancen und flatterte laut und empört quakend davon – mit allen drei Verehrern im Schlepptau. Die würden sie sicher nicht so schnell in Ruhe lassen.

Kaum waren die Entenvögel hinter der Bachbiegung verschwunden, segelte ein neuer Gast auf Nahrungssuche heran und stellte sich auf seinen langen Beinen mitten in den Bach. Es war ein Fischreiher mit makellos weißem Gefieder. Der schlanke, hoch aufgerichtete Vogel strahlte eine atemberaubende Schönheit und Eleganz aus – eine distanzierte Dame von hohem ornithologischem Adel, dachte ich.

Bezaubert und beinahe ehrfürchtig bewunderte ich das faszinierende Wesen. Doch dann fielen mir auf einmal die seltsam steife Körperhaltung und der starre Ausdruck der kleinen Augen auf, mit denen der Vogel vor sich ins Wasser glotzte. Das sah urkomisch aus und mit meiner Ehrfurcht war es schlagartig vorbei. Natürlich war mir bewusst, dass die völlige Bewegungslosigkeit zu seiner Erfolgsstrategie bei der Jagd auf Essbares gehörte. Trotzdem wirkten Haltung und Blick unsäglich dämlich und verdattert. Ich hörte ihn regelrecht denken: »Da Wasser, wo Fisch? Hä?«

Lachend schloss ich meine Wohnungstür auf mit den Worten: »Wie kann man bloß so wunderschön und gleichzeitig dermaßen doof sein?« – »Damit meinst Du jetzt aber nicht mich, oder?«, klang mir Eulalias gereizte Stimme aus dem Küchenwohnzimmer entgegen. »Natürlich nicht«, beeilte ich mich, zu versichern. »Wie kommst Du bloß auf so einen Gedanken? Ich habe nur eben draußen einen Fischreiher mit einem total bescheuerten Gesichtsausdruck im Bach herumstehen sehen.« – »Vögel haben überhaupt kein Gesicht mit einer Mimik«, rügte mich Eulalia schulmeisterhaft. »Weder können sie Augenbrauen hochziehen noch Mundwinkel runterziehen oder sonst was mit Hautfalten oder anderen Dingen anstellen. Deshalb können sie auch keinen Gesichtsausdruck haben.« – »Oh doch, können sie wohl«, behauptete ich. »Zum Beispiel die Raben haben auch einen. Die gucken sogar ausgesprochen frech oder neugierig. Auch bettelnd können sie einen anschauen.« – »Das ist dann nur wieder Deiner Fantasie geschuldet, dass Du Sachen siehst, die es überhaupt nicht gibt«, wies mich Eulalia streng zurecht.« – »Na, Gott sei Dank ist das so«, lachte ich, »denn sonst könnten wir schließlich auch keinen Umgang miteinander haben. Dich gibt es ja auch nicht.«

Aber damit hatte ich Eulalia endgültig schwer beleidigt. »Dir werde ich zeigen, ob es mich gibt oder nicht«, tobte sie los, wobei sie einen Windstoß erzeugte, der mir die Tür des Küchenwohnzimmers ins Gesicht schlug. Drinnen krachte und schepperte es gewaltig. Offenbar fegte sie alles, was nicht niet- und nagelfest war, auf den Boden. Durch das Glas der Türe sah ich auch, dass Geschirr und Gläser aus dem Schrank gerissen wurden und auf dem Boden zerdepperten. Ich stand da, starr vor Schreck. Nicht weniger starr wie der Fischreiher im Bach, und sicherlich auch mit nicht weniger dämlichem Gesichtsausdruck. Irgendwann hörte Eulalias Geschrei auf und sie rief mit fast wieder normaler Stimme: »So, jetzt kannst du hereinkommen und Dir mal anschauen, was jemand, den es nicht gibt, gemacht hat.«

Entgeistert betrachtete ich die Scherben, die überall herumlagen. Dann stieg ich vorsichtig darüber hinweg und schloss die Balkontür. Hatte ich sie zu schließen vergessen, als ich in die Stadt ging? War das dann nur ein besonders heftiger Windstoß gewesen, der das Unheil angerichtet hatte? Es war ja tatsächlich gerade ziemlich stürmisch draußen. Unterwegs hatten mir zweimal heftige Böen den Schirm umgedreht. Aber nein. Die Schranktüren hätte auch ein Orkan nicht aufgerissen. Der Übeltäter musste doch Eulalia gewesen sein. Unwillkürlich kamen mir wieder ihre kleinen, spitzen Haifischzähne in den Sinn. Mir wurde ganz schwummerig. Eulalia war wirklich ein sehr fremdartiges, unberechenbares Wesen, vor dem man sich in Acht nehmen musste.

Wenn man Angst hat, ist es in erster Linie wichtig, Ruhe zu bewahren. Ich atmete ein paarmal tief durch. Dann wandte ich mich in strengem Tonfall an Eulalia: »Jetzt hast Du endgültig Deine Grenzen überschritten. Ich warne Dich! Wenn Du mir noch ein einziges Mal etwas kaputt machst, rufe ich Cailleach an und berichte ihr von Deinem Betragen. Du hast mir ja selbst gesagt, dass Dir nicht erlaubt ist, den Menschen Schaden zuzufügen.« Offenbar war es mir gelungen, Eulalia etwas einzuschüchtern, denn sie antwortete nicht sofort. Aber dann schnaubte sie verächtlich: »Was soll das schon für ein Schaden sein? Wegen der paar Scherben willst Du mich bei Cailleach anschwärzen?« – »Nur ein paar Scherben?«, gab ich zurück. »Du bist allmählich zum Fürchten, so wie Du herumgetobt hast. Und wie Du neulich den armen Spanier die Treppe hinuntergestoßen hast! Wer weiß, wozu Du sonst noch imstande bist.«

Eulalia wurde wieder laut. »Feige bist Du und ehrlos«, schrie sie, »und eine Verräterin obendrein, wenn Du mich, Deine Freundin, bei Cailleach verpetzen willst.« Betont ruhig konstatierte ich: »Nur wenn Du mir gefährlich wirst, wende ich mich an sie. Mir ist unsere Freundschaft wichtig. Aber die kann nur Bestand haben, wenn wir uns gegenseitig respektieren und vertrauen können. Dazu gehört auch, dass Du meine Sachen nicht kaputt machst.« Fast hätte ich noch angefügt, dass sie auch mich nicht angreifen dürfe. Aber das wollte ich nicht weiter betonen, denn damit hätte ich zu deutlich meine Verletzlichkeit eingestanden.

Meine Drohung schien Eulalia zu denken zu geben. Jedenfalls hoffte ich das. Sie schwieg und ich kehrte die Scherben zusammen. Das brauchte Zeit. Anschließend brachte ich meine Einkaufstasche herein und breitete die Unterlagen von der Bank auf dem Küchentisch aus.

Neugierig wie immer, wollte Eulalia natürlich sofort wissen, was ich da mitgebracht habe. »Ich war bei der Sparkasse und habe Geldanlagen getätigt. Und dies sind meine Unterlagen dazu«, gab ich ihr zur Antwort. »Das, was da liegt, gehört also alles Dir?«, erkundigte sie sich interessiert. Ich nickte bestätigend. »Aber da sind ja Löcher drin«, empörte sich nun Eulalia. »Diese freche Beraterin hat Löcher da reingemacht! Das ist mutwillige Sachbeschädigung! Du musst sie verklagen! Nicht bei Cailleach natürlich. Aber halt bei einem Eurer Gerichte. Wenn ich Deine Sachen nicht kaputtmachen darf, darf die das erst recht nicht. Falls Du sie nicht verklagen willst, musst Du mindestens hingehen und ihr auch Löcher in ihre Sachen machen – vielleicht in ihre Bluse oder ihre Jacke – damit sie sich so richtig ärgert. Du kannst Dir das nicht einfach gefallen lassen.«

Ich musste lachen. »Das verstehst Du falsch, Eulalia. Die Löcher sind dazu da, diese Papiere in einem Aktenordner abzuheften. Siehst Du, so macht man das. Sie wollte mir nur die Mühe ersparen, einen Locher zu suchen und das selber zu tun. Sie ist halt hilfsbereit.« – »Ach so«, murmelte Eulalia. »Ich dachte schon, diese Beraterin sei vielleicht auch ein Elementarwesen, wenn sie Sachen kaputt macht.« – »Das ist sie wahrscheinlich nicht. Sie wirkt auf mich durchaus irdisch. Aber sie kann sehr schön verschiedene Blasinstrumente spielen und bringt das in ihrer Freizeit auch Kindern bei. Die Töne und Melodien werden dabei mit der Atemluft erzeugt, und Du arbeitest ja auch mit der Luft. Möglicherweise gibt es da doch irgendwelche elementargeistigen Verbindungen.« Nun hatte Eulalia wieder etwas, worüber sie nachdenken konnte.

Nach einigen sehr ruhigen Tagen und Wochen – friedlich ruhig zu Hause mit Eulalia und leider allzu ruhig draußen, weil noch immer alle Läden und Restaurants wegen Corona geschlossen waren – lud mich Eulalia wieder in die Burg ein. Obwohl ich mich bei dem Gedanken, ihr dort völlig ausgeliefert zu sein, nicht so recht wohl fühlte, konnte ich meine Neugier auf alles, was es an diesem ungewöhnlichen Ort zu erleben gab, nicht bezähmen, sodass ich spontan zusagte. Hätte ich allerdings gewusst, wer mit uns am Tisch sitzen würde, hätte ich es mir wahrscheinlich noch einmal anders überlegt.

Als ich in der Burg eintraf, stand Eulalia am Fenster und nahm mich lächelnd in Empfang. »Toll hast Du das gemacht«, lobte sie. »Diesmal musste ich gar nicht mehr nachhelfen. Ich war nur noch da, um notfalls schnell Hilfestellung geben zu können. Aber Du schaffst es schon alleine durch die Membran.« Ich war selbst erstaunt, wie problemlos mir das gelungen war – ganz ohne Schrammen und blaue Flecken.

Eulalia geleitete mich zum Tisch und deutete auf etwas Metallisches mit den Worten: »Schau mal, wer heute bei uns ist!« Und oh Schreck! Da saßen Lady Mary und Lady Christina nebeneinander und ihnen gegenüber saß der kopflose Spanier. Vor Entsetzen blieb mir der Mund offen stehen, was sie wohl als einen Ausdruck der Freude missdeutete, denn mit bescheidenem Augenaufschlag bemerkte sie: »Wie Du siehst, habe ich mir Eure Kritik zu Herzen genommen. Ich bin nämlich nicht unbelehrbar und durchaus mitfühlend. Vielleicht war ich doch zu grob zu Don Ildefonso Fernando Maria Miguel de ... Moreira y de los ... Tres Santos ... Grandote ... Idiota oder was weiß ich noch.«

Mit einer verächtlichen Handbewegung fächelte sie sich Luft zu und schaute zu Lady Christina hinüber. Täuschte ich mich, oder entdeckte ich in deren Augenwinkeln ein listiges Glimmen? Derweil neigte Lady Mary würdevoll ihr mit einem Spitzenhäubchen gekröntes Köpfchen und bestätigte: »So ist es. Als Burgherrin bat ich Eulalia, diese Einladung auszusprechen. Es scheint mir nicht richtig, dass jemand unter meinem Dach schlecht behandelt wird. Wir wollen das wiedergutmachen.«

Inzwischen hatte ich mich etwas gefasst und begrüßte die beiden Geisterladys höflich, doch schon wandte sich der gruselige Gast klirrend mir und Eulalia zu, wobei sich die Spitze seines Säbels in das Tischtuch bohrte, und bemerkte tadelnd und leise gurgelnd: »Don Ildefonso Fernando Maria Miguel Moreira de Alcala de los Azules y Diez Charismo Pardenoza, wenn ich bitten darf. Ich lege größten Wert auf die korrekte und vollständige Nennung meines Namens. Es ist schon so schwer genug, Haltung zu bewahren, wenn man keinen Kopf mehr auf den Schultern hat.« – »Ui«, sagte ich erstaunt, »Sie sind von so hoher Abstammung? Die Alcala de los Azules gehören doch zu den ältesten Adelsfamilien Spaniens.« – »Hmmgrr«, erklang ein Mittelding aus Gurgeln und Räuspern, gefolgt einem leisen Murmeln: »So irgendwie schon, ja ... eine Art entfernte Verwandtschaft sozusagen ... Geistesverwandtschaft gewissermaßen.« Schnell fuhr er, wieder laut und vernehmlich, fort: »Und Sie, werte Dame, sind, wie ich hörte, Dona Ingeborg, die Mutter eines Waffengottes. Wie interessant! Darf ich fragen, ob er auf eine bestimmte Waffengattung spezialisiert ist?«

Während Eulalia ihn bat, seinen Säbel aus dem Loch in der Tischdecke zu ziehen, um noch größeren Schaden zu vermeiden, er sich darum bemühte und sie mir aus dem Mundwinkel zuflüsterte: »Siehst Du, der macht auch Löcher in Sachen«, räusperte ich mich und antwortete mit bemüht ruhiger Stimme: »Vor allem hat mein Sohn mit Schusswaffen zu tun. Ich vermute, dass Sie sich damit auch besser auskennen als mit dem Schwert. Nach allem, was man von Ihnen erzählt, müssen Sie wohl beim ersten Jakobitenaufstand nach Schottland gekommen sein, und Lady Mary sagte, 1719 sei Eilean Donan Castle von spanischen Truppen erobert und besetzt worden. Demnach dürften Sie also vor allem mit Musketen gekämpft haben. Waren es schon Bajonett-Flinten mit Steinschlössern, oder benutzten Sie noch die älteren Modelle mit Luntenschlössern und abnehmbarem Bajonett?« – »Hmmgrr«, grummelte der Spanier, »Damen sollten sich in solchen Dingen eigentlich nicht auskennen. Das schickt sich nicht. Doch bei der Mutter eines Waffengottes mögen andere Regeln gelten. Tatsächlich verfügte meine Truppe bereits über einige Bajonett-Flinten mit Steinschlössern, doch war diese Entwicklung noch zu neu, um alle Soldaten der spanischen Armee damit auszurüsten. Sowieso hielt man modernere Waffen für unnötig bei einem Einsatz in einem unterentwickelten Barbarenland, zudem noch gegen ketzerische Gegner, die auf den Schutz der Heiligen und der Jungfrau Maria nicht rechnen dürfen. Wir gingen aber auch mit Säbeln ins Gefecht. Im Nahkampf waren die natürlich unverzichtbar.«

Mittlerweile hatte sich Lady Marys Gesichtsausdruck von wohlwollendem Interesse zu unverhohlenem Zorn gewandelt. Zitternd vor unterdrückter Wut warf sie ihm an den Kopf: »Aber die Kampfkraft der Barbaren hat Sie dann doch eines Besseren belehrt. Wie man sieht, hat Ihr Hochmut Sie den Kopf gekostet.« Ein längeres röchelndes

Gurgeln erklang. Dann antwortete der kopflose Soldat mit edler Empörung: »Selbstverständlich hätten wir gesiegt – unter normalen Umständen. Zweifellos hätten wir das! Doch anstelle der üblichen Gefechte wurden wir aus dem Hinterhalt überfallen, von bäurischem Pöbel verfolgt und mit Äxten und Messern massakriert. Was soll denn das für eine Kriegsführung sein, bitte sehr? Unwürdig sage ich! In absolut unwürdiger Weise wurden wir das Opfer unzivilisierter Strolche.«

Um die Stimmung nicht weiter eskalieren zu lassen, tat ich mein Bestes, um das Gespräch in eine unverfänglichere Richtung zu lenken. »Und wie steht es mit der Rüstung?«, fragte ich rasch dazwischen. »Die Ganzkörperpanzerung war damals doch schon aus der Mode gekommen, nicht wahr? Ich wundere mich nämlich, dass Sie eine solche tragen.« Auch diese Frage war ihm anscheinend unangenehm, denn die Antwort ließ auf sich warten. Vorsichtig ergriff die eiserne Hand die silberne Teetasse und hob sie hoch. Wir schauten fasziniert zu, wie der kopflose Soldat den Tasseninhalt, ohne einmal abzusetzen, oberhalb seiner Halsberge in die Öffnung goss, auf der normalerweise ein Kopf gesessen hätte. Wieder gurgelte es, nur diesmal etwas lauter. Ich hoffte sehr, dass die Flüssigkeit nicht unten wieder aus ihm herauslief. Schwarztee macht ja hartnäckige Flecken, und unsere Stühle standen auf einem fein gewebten hellen Seidenteppich. Der Sicherheit halber hätte man seinen Stuhl besser in eine Wanne setzen sollen, dachte ich weiter. Verstohlen schaute ich nach unten. Doch anscheinend blieb alles drin.

»Hmmgrr«, tönte es dumpf aus der Rüstung, gefolgt von einem gluckernden Rülpser. »Tatsächlich trug man zu meiner Zeit keine Ganzkörperrüstungen mehr, wenn man in den Kampf zog. Allenfalls noch Brustpanzer, und auch die hatten nicht alle Soldaten. Nur bei der Reiterei gehörten sie zum Standard. Doch schon seit frühester Kindheit empfand ich große Begeisterung für das Ritterwesen. Mit welchem Entzücken las ich Ritterromane! Wie hingerissen spielte ich mit meinen Kameraden mit kleinen Nachbildungen von Pferden, Ritterfiguren, Drachen, Burgen, Schwertern und all dem, was eben so dazugehört! Und welch ehrfürchtiger Schauder ergriff mich angesichts der Aventüren des edlen Don Quijote de la Mancha. Wie oft benetzten Tränen der Rührung meine Wangen, wenn ich seines stolzen Mutes gedachte, seiner Sehnsucht nach der unerreichbaren Dulcinea und all der Gefahren und Missgeschicke, denen er mit Todesverachtung begegnete und die er in frommer Duldung ertrug. Stets war er mein Leitstern. Und deshalb wollte ich, da dies zu meinen Lebzeiten nicht möglich war, mindestens in dieser Welt hier nichts anderes als eine vollständige Ritterrüstung tragen. Denn innerlich bin und bleibe ich ein heldenhafter Ritter. In der Burg stehen ja glücklicherweise genug schöne Rüstungen herum, sodass ich mir leicht eine ausleihen konnte.«

In meinem Kopf blitzte kurz der Gedanke auf, wie lächerlich seine Art von Heldenmut doch sei und wie lächerlich insofern auch ich, die ich manchmal von Ähnlichem, wenn auch in deutlich weniger schmalziger Ausprägung, träumte. Aber lange konnte ich nicht darüber nachdenken, denn schon fuhr der Möchtegern-Ritter fort: »Aus diesem Grunde auch schmerzt mich der Verlust meines Kopfes so sehr. Das Fehlen eines Helms beeinträchtigt die Gesamtwirkung eben doch gewaltig. Wie viel brillanter wäre mein Auftreten mit einem Helm als Krönung meiner

Rüstung! Ich habe zwar schon mehrmals versucht, einen solchen oben aufzusetzen. Doch ohne Kopf darin hielt er einfach nicht so richtig, sobald ich mich ein paar Schritte fortbewegte.

Ach, hätte ich meinen Kopf noch und säße ein Helm darauf! Welch ehrfurchtgebietenden Anblick könnte ich bieten! Und würde ich dann das Visier aufschlagen und mein edles Antlitz käme zum Vorschein! Oh, meine Damen, Sie würden dahinschmelzen! Und würde ich danach erst noch den Helm abnehmen und ließe mein langes, glänzendes und schön gewelltes schwarzes Haar über die Schultern wallen! Sie könnten gewiss von nichts anderem mehr träumen! Ach, wie haben mich die Damen einst umschwärmt. ›Welch schöner Mann! Welch edles Profil! Welch strahlendes Auge!‹, hörte ich sie schmachtend flüstern, wenn ich erhobenen Hauptes an ihnen vorüberschritt. All dies ist nun dahin. Und mir bleibt nichts anderes, als weiter nach meinem Kopf zu suchen. Jeden Tag, schon seit Jahrhunderten, mache ich das, immer und immer wieder, mit einem nur kleinen Funken Hoffnung, ihn vielleicht doch noch zu finden.« Ein stöhnendes Keuchen entrang sich seiner Brust.

Lady Mary sah den armen Ritter, nun doch wieder mit barmherziger Milde, an. »Nehmen Sie noch ein Tässchen Tee«, forderte sie ihn auf und griff schon nach der Teekanne. »Das wirkt stets entspannend und bringt einen auf bessere Gedanken.« – »Vielen Dank, meine Dame. Aber nehmen Sie es mir bitte nicht übel. An Tee kann ich mich nicht so recht gewöhnen«, lehnte der Spanier höflich ab. »Ehrlich gesagt ziehe ich einen Schluck kräftigen Rotwein vor.« – »Aber sicher«, rief Lady Mary eifrig. »Lady Christina hatte dies bereits vermutet. Deshalb habe ich eine Flasche des guten Weins, den mein seliger Großvater im Keller lagern ließ, bereitgestellt. Stets hielt er sich einen kleinen Vorrat davon. Er ließ sich den Wein aus Glasgow bringen, wo ein holländischer Händler Waren aus Bordeaux anzuliefern pflegte. Für mich war jeweils ein Ballen Brokatstoff oder sonst etwas Schönes dabei.«

Eilfertig trippelte sie zu einer Kommode in der Ecke, holte eine dunkle Weinflasche daraus hervor und erkundigte sich, ob auch wir von dem Rotwein kosten wollten. Wir Damen lehnten dankend ab und blieben lieber beim Tee. Dann entnahm sie der Kommode ein schön geschliffenes Kristallglas, entkorkte die Flasche und schenkte dem immer noch leise wehklagenden Gast ein. Dieser nahm das Glas dankend entgegen und entleerte es in einem Schwung in das Loch hinter der Halsberge, so wie er es vorhin mit dem Tee gemacht hatte. Reflexartig schaute ich wieder unter seinen Stuhl in Sorge um den schönen Seidenteppich. Auch Rotweinflecken lassen sich ja nicht leicht entfernen. Meine Befürchtung erwies sich jedoch als unbegründet. Anscheinend war der Ritter unten wirklich dicht. Aber innerhalb der Rüstung gluckerte es nun laut und vernehmlich. Dann ertönte ein gurgelndes Rülpsen und oberhalb der Halsberge erschien blubbernd ein blutrotes Springbrünnlein, das bei einem weiteren Rülpser ein kleines Rinnsal über den Rand hinausfließen ließ – ein Anblick, der allzu sehr an eben erfolgtes Köpfen erinnerte. Oh, wie gruselig das aussah! Mich schauderte. Der Spanier aber streckte Lady Mary das Glas entgegen und bat um ein weiteres »Tröpfchen«. Das alles wiederholte sich mehrmals in kurzer Folge, bis die Flasche leer war. Dann schüttelte Lady Mary bedauernd den Kopf. Offensichtlich wollte sie nicht noch eine weitere Flasche ihres kostbaren Rebensaftes opfern.

Eulalia und Lady Christina grinsten sich verschwörerisch zu. Letztere zog aus ihrem Umhang eine Feldflasche hervor, die sie dem Ritter von der traurigen Gestalt über den Tisch zureichte, wobei sie ihn freundlich aufforderte: »Probieren Sie doch mal dieses beflügelnde Getränk. Es ist Uisge beatha oder aquae vita, wie die nicht Gälisch sprechenden Leute in Britannien unser schottisches Lebenswasser nannten. Inzwischen ist es abgekürzt als Whisky bekannt, wie man mir sagte. Und dieser hier, den ich auf einem meiner Landgüter herstellen lasse, ist von besonderer Qualität.« Ohne Weiteres wurde das Angebot angenommen. Der Inhalt der Feldflasche folgte dem Schicksal der vorhergehenden Getränke und sprudelte ruckzuck in das Loch hinter der Halsberge. Von dort gluckerte es wie aus dem Abfluss meiner Dusche. Und danach tauchte darüber wieder ein – nun allerdings hellgoldenes statt blutrotes – Springbrünnlein auf.

Der Whisky tat seine Wirkung und verstärkte diejenige des zuvor reichlich genossenen Weins. Wie ein völlig besoffener Soldat klingt, kann sich wohl jeder vorstellen, und nicht anders klang jetzt der Spanier. Er sang grölend ein Trinklied, unterbrochen von lautstarken Rülpsern, wobei er mit seiner eisernen Faust krachend den Takt auf dem Tisch schlug. Dann begann er gar noch, dreckige Witze zu erzählen, über deren mehr schweinische als lustige Pointen er als Einziger schallend lachte. Wir anderen betrachteten ihn angeekelt. »Fehlt nur noch, dass er über den Tisch kotzt«, flüsterte mir Eulalia zu. Das tat er glücklicherweise nicht. Dagegen versuchte er nun, Lady Christina, die gerade dabei war, einige vor ihm auf dem Tisch stehende Gegenstände vor seinen hämmernden Fäusten in Sicherheit zu bringen, auf seinen Schoß zu ziehen. Damit war er bei ihr allerdings an der falschen Adresse. Sie packte ihn energisch am Arm und erklärte mit befehlsgewohnter Stimme, dass das Fest jetzt zu Ende sei und er sofort nach unten gehen müsse. Man habe schon zweimal zum Appell geblasen.

Ein Soldat folgt dienstlichen Verpflichtungen auch dann noch, wenn er nicht mehr ganz Herr seiner Sinne ist. Und so stemmte sich der Spanier mühsam hoch, drehte sich schwankend um und schleppte sich rasselnd zur Treppe, wo er sodann in genau derselben Weise seinen Abgang nahm wie bei meinem letzten Burgbesuch, als Eulalia ihn gestoßen hatte, nur dass es diesmal ganz ohne ihr Zutun passierte und er sich nicht nach hinten, sondern nach vorne überschlug. Endlich unten angekommen, ging es anscheinend auch dort wie damals weiter. Zwischen erbärmlichem Winseln und Stöhnen konnte man hören, wie er seine weit verstreuten Einzelteile mit geräuschvollem Scheppern und Scharren zusammensuchte.

Wir hier oben schauten uns an – Lady Mary und ich mit erschrockenen Augen, Eulalia und Lady Christina eher boshaft grinsend. »Nein«, entschied Lady Mary dann, »dieser da ist unerträglich. Bei allem Mitleid, aber der ist absolut unzumutbar.« – »Sagte ich doch von Anfang an«, triumphierte Eulalia, und Lady Christina bemerkte trocken: »Wir müssen ihn uns wirklich vom Hals halten. Fragt sich nur wie.« Eulalia erkundigte sich interessiert: »Darf ich ihn dann wieder die Treppe runterwerfen?« Doch Lady Christina winkte ab. »Lasst mich nachdenken. Ich glaube, ich finde eine elegantere Lösung.« Nach einer kleinen Pause rief sie: »Genau! Ich denke, der Whisky wäre das Richtige. Ich lasse ein Fässchen davon in das derzeit ungenutzte Nebengebäude bringen, in dem früher die Kampftruppen untergebracht waren. Eulalia, vor Dir hat er den meisten Respekt. Du erklärst ihm, dass er dort immer Whisky finden wird – aber nur unter der Bedingung, dass er von nun an nie mehr nach oben kommt. Sonst gibt es keinen Tropfen mehr.« Diesen Vorschlag fanden wir alle sehr gut.

Allerdings stellte sich später heraus, dass sich das Problem dadurch nur verschoben hatte – nämlich von uns Damen in den höheren Stockwerken auf die Burgverwaltung. Jemand, der kopflos in der Gegend herumirrt, richtet nämlich deutlich mehr Unruhe und Schaden an, wenn er außerdem auch noch betrunken ist. Doch davon berichte ich erst, wenn es dann so weit ist, das heißt, im zweiten Band meiner Erzählung.

Und hier stellt sich mir wieder einmal die ernsthafte Frage, ob es überhaupt einen ersten Band geben wird. Manchmal zweifle ich nämlich daran, ob sich solch geballter Unsinn wirklich für ein Buch eigne. Was würden die Leute von mir denken? Mir wäre das schon irgendwie peinlich. Zu Lebzeiten meines lieben Mundi wäre ich niemals auf die Idee gekommen, solche Dinge niederzuschreiben, geschweige denn ein Buch daraus zu machen. Er hätte keinerlei Verständnis dafür gehabt und mich für verrückt gehalten. Und wäre es tatsächlich verantwortbar, etwas Derartiges zum Verkauf anzubieten? Wie sauer wäre eventuell der geneigte Leser, wenn er entdeckte, welchen Haufen Albernheiten er für sein gutes Geld erworben hatte. Mit der Geneigtheit wäre es dann vielleicht bald vorbei. Und was, wenn es ansteckend ist? Man stelle sich nur vor, jemand liest sich durch die seitenlangen Blödeleien an mehreren Abenden hintereinander. Wie muss es danach in so einem armen Kopf zugehen? Könnte das Buch also vielleicht sogar gemeingefährlich sein? Schlimmstenfalls müsste ich mich vor Gericht verantworten wegen Volksverblödung. Soll ich wirklich ein solches Risiko eingehen? Während meiner letzten Jahre möchte ich doch nur noch in meiner gemütlichen Eigentumswohnung sitzen und friedlich vor mich hin spinnen.

Auf der anderen Seite bereitet mir diese Geschichte selber so viel Vergnügen. Sollte ich dieses nicht doch mit anderen Menschen teilen? Ich erhielt ja auch schon einige positive Resonanz von Leuten, denen ich bisher aus meiner Niederschrift vorlas oder denen ich ein paar Seiten zu ihrer Erheiterung zukommen ließ. Fast alle fanden die Idee gut, ein Buch daraus zu machen. Gerade weil die allgemeine Stimmung derzeit so trübe sei – coronabedingt sowie wegen des Klimawandels und allerlei unguter politischer Entwicklungen – könne eine ordentliche Portion Humor nicht schaden, meinten sie. Außerdem sei Lachen die beste Medizin. Und welche Medizin könne es schon ganz ohne das Risiko von Nebenwirkungen geben? Vielleicht haben sie recht. Zudem sitzt mir Eulalia im Genick, die unbedingt in einem Buch erscheinen will.

Ich bin hin- und hergerissen. Aber da Sie, vielleicht doch noch immer geneigter Leser, gerade diese Worte lesen, sieht es so aus, als sei es gar nicht mehr nötig, eine Entscheidung zu treffen. Bevor jemand in einem Buch lesen kann, muss es schließlich gedruckt worden sein. Insofern hat sich die Angelegenheit wohl bereits verselbstständigt. Manchmal hatte ich tatsächlich das seltsame Gefühl, als schreibe es mich, sozusagen als schreibe sich der Text streckenweise ohne meinen dezidierten Willen. So ähnlich verhält es sich dann womöglich auch mit dem Drucken.

Übrigens: Haben Sie bemerkt, dass ich Leser und nicht LeserInnen oder gar Leser*innen geschrieben habe? Das ist kein Versehen, sondern Absicht. Und dies, obwohl mir klar ist, dass vermutlich eher Frauen als Männer die nötige spielerische Ader und Fantasie besitzen, um Freude an einem solchen Buch finden zu können. Doch nach meinem Verständnis ist ein Mensch, der ein Buch liest, ein Leser. So einfach ist das. Außer, man nähme Frauen nicht ganz selbstverständlich als Menschen wahr oder man ginge nicht von vornherein davon aus, dass Frauen zu denen gehören, die des Lesens mächtig sind.

Aber jetzt kehre ich erst einmal zurück in die Burg. Wir befinden uns ja immer noch am Tisch vor dem Kamin. Gerade hatte Lady Mary feierlich verkündet, dass sie uns nun Donans ominöse Prophezeiung vorlesen wolle. Es sei nicht ganz einfach gewesen, das uralte, brüchige Pergament zu restaurieren. Doch, so sagte sie mit sichtlichem Stolz, sie habe ja viel gelernt von ihrem verehrten Großvater. Und hier sei das Ergebnis. Triumphierend hielt sie uns das berühmte, zwischen geschnitzten Holzdeckeln eingelassene Dokument entgegen. Offensichtlich handelte es sich um einen echten, uralten Codex. Andächtig reichten wir ihn herum und blätterten vorsichtig ein bisschen darin. Tatsächlich war die Schrift recht gut zu erkennen.

Dann nahm Lady Mary das ehrwürdige Werk wieder an sich, positionierte sich mitten im Raum und begann, nachdem sie sich unserer Aufmerksamkeit versichert hatte, mit theatralischer Stimme zu rezitieren:

Aus den unergründlichen Tiefen der Meere,
Aus den gähnenden Grüften der Erde,
Aus der brüllenden Schmelze des Feuers,
Aus den tosenden Stürmen der Lüfte,
Aus den unermesslichen Weiten des Weltalls,
Sandten mir, Donan, die Götter das Wort,
Auf dass ich vermelde das Schicksal der Comyn.

Hört und erstarrt in Ehrfurcht und Staunen,
Wenn Ihr vernehmt die Kunde von Darkover,
Einer fremden Welt in unendlichen Fernen,
Die nie noch der Fuß eines Menschen betrat.

Weit hinter den Sternen, so lautet die Botschaft,
Liegt diese Welt, gefahrvoll und seltsam,
Wo Götter mit den Elementen spielen
Und Kräfte wirken, kaum vorstellbar.

Drei Sonnen bescheinen das ferne Gestirn,
Bewohnt von merkwürdigen Tieren und Geistern.
Fürwahr, nicht einmal Wikinger könnten bestehen
Auf Darkovers wilder, gefahrvoller Flur.

Öde und leer schien der Stern noch den Göttern.
Darum berieten die himmlischen Mächte,
Wie weiteres Leben schlussendlich sie schüfen
Aus irdischem Rohstoff zu ihrem Vergnügen.

Allda fiel ihr Blick auf das Treiben der Schotten,
Wo eben die Comyn sich wehrhaft behaupten.
Die zeigten die Kraft und das harte Gemüt,
Woraus könnte wachsen die passende Saat.

Wohl weiß ich, wie sehr Euch gelüstet zu hören
Die Kunde vom Ausgang solchen Bestrebens.
Doch weit ist der Weg zur Erfüllung der Absicht.
Gar viele Monde müssen vergehen.

Nicht ziemt es den Menschen, sich hoch zu erheben.
Doch würden nicht manche missachten die Grenzen,
Voll Ehrgeiz, stets strebend nach Wissen und Ruhm,
Nie gäbe es Zugang zu anderen Welten.

Der Löwen bedarf es, nicht sanfter Lämmer.
Vonnöten wird hartmutig Handeln sein,
Brutaler Ehrgeiz, verwegener Mut
Und Körper, gestählt in unzähligen Kämpfen.

Dies ist die Substanz, der die Götter bedürfen.
Seht her, wie aufsteigt der Comyn Geschlecht
Mit Feuer und Schwert, mit List auch und Tücke,
Missachtend die Treue und Lands Geschick.

Nie zeigte mehr Hochmut ein schott'sches Geschlecht,
Hochfahrend im Stolz, stets gierend nach Ruhm.
Schrecken verbreiten bluttriefende Waffen,
Vernichtend, was irgend den Aufstieg erschwert.

Was lange reifte, ist endlich gewachsen,
Erwartend die Prägung durch himmlische Mächte.
Gar tiefen Fall bald gilt es zu kosten,
Das eisenformende Feuer des Schicksals.

Oh höret, was einst ein Comyn erleidet,
Wie selbst er verschuldet sein schmachvolles Ende.
Die gift'ge Zunge bringt Tod ihm in Dumfries.
Sein böses Blut fließt dort am Altar,

Als wieder den Bruce er übel beleidigt
Und dieser endlich, vom Zorn überwältigt,
Heißwütig ersticht die geifernde Natter,
So rächend viel Falschheit und garstig Gebaren.

Schwer strafen die Götter blasphemischen Frevel,
Den selbst sie fügten zu höherem Ziel.
Gequält wird fortan das Herz des Königs.
Nie endende Reue vergällt ihm den Sieg.

Den Kahn zu erbauen, die Eiche muss fallen,
Und Demut allein schleift starren Stein.
Der König wird leiden, doch mehr noch die Comyn.
Schon ist besiegelt der Sippe Zerfall.

Per Aspera ad Astra, so sagen die Römer.
Wie sehr doch erfüllt sich der weise Spruch.
Gar grimme Qual ist das Werkzeug der Götter.
In lodernder Lohe sie hämmern das Erz.

Brauset, ihr Stürme,
Wallet, ihr Wogen,
Treibet wie Spreu die Comyn umher.
Lasset sie schmecken erbärmlichste Not.
Lehrt sie sich beugen, doch nicht zerbrechen.
Ihr Schicksal nehme so seinen Lauf.

Zerstreut sind die Glieder der mächtigen Sippe
In Ländern, wo schwere Last sie erwartet.
Der bittere Kelch ist zur Neige zu leeren.
Nur so kann erweichen der Kern stolzer Männer.

Noch weit'res wird dunkler Pfad sie lehren:
Mit eherner Faust Errung'nes zu wahren,
Kann stets nur gemeinsamem Streben gelingen.
In schweren Zeiten ist dies zu erlernen.

Seht, der verdorrte Stamm treibt aufs Neue
Verheißungsvoll frisches, grünblättrig Gezweig.
Statt Kämpfen und Raffen, Studieren und Forschen.
Scharfsinnig Denken bringt weltweiten Ruhm.

Dereinst dann, nach vielseits erworbenem Wissen,
Der Stern ist gefunden, die Landung geglückt.
Was weben die Nornen, was künden die Raben?
Wird jemals sich finden ein sicherer Hort?

Zweifel hegt' ich, ob menschlichem Wagen
Je könnte gelingen ersprießliches Wirken
In Darkovers Ödnis, so feindlich und rau.
Wahrlich, manch Wunder muss hierfür gescheh'n.

So wird sich dort mischen das Blut der Comyn
Mit uralter Wesen Weisheit und Macht.
Magie, gewonnen aus blauen Kristallen,
Wird Schlüssel, zu heben verborgene Kraft.

Gar schwer ist der Anfang. Doch wenn sie erkennen
Die Rätsel der fremden und wilden Natur
Und lernen verliehener Gaben Gebrauch,
Zur Heimat wird schließlich das zornig Gestirn.

Und also auf Darkover werden sie herrschen.
Für endlose Zeiten sie finden Gedeihen.
Durch himmlisches Wirken gereift ist die Ernte.
Zufrieden betrachten die Götter ihr Werk.

Aus welker Haut kam Euch die Botschaft
Von Darkovers Welt, den Comyn bestimmt.
Sprachmächtiger noch wird einst sie verkünden
Der Bardin Zimmer-Bradley Mund.

Ergriffen hatten wir dem dramatischen Vortrag gelauscht.
Jede von uns hing ihren Gedanken nach. »So hätten die
rücksichtslose Gewalt und die Hinterlist der Comyn also
doch einen höheren Sinn gehabt?«, ergriff Lady Christina
endlich das Wort. »Manch einer von uns hatte ja bereits
den Glauben an die Götter oder den einen Gott – wie auch
immer – verloren angesichts der Taten dieser Sippe, der
jedes Mittel recht war, um noch mehr Macht und Reichtum anzusammeln. Oft fragten wir uns, wieso keine göttliche Strafe die Comyn treffe.« – »Die Wege des Herrn sind
unerforschlich«, schaltete sich nun Lady Mary ein. »Und
deshalb dürfen wir Menschen nicht aufbegehren, wenn

er Dinge zulässt, die wir nicht verstehen. Der Herr allein weiß, zu welchem Ende alles geschehen muss.« – »Aber hier ist doch von Göttern die Rede und nicht von dem Gott der Bibel«, wandte Eulalia ein. Lady Mary runzelte die Stirn. »Es gibt nur den einen Gott«, antwortete sie tadelnd. »Nur wussten die Menschen das früher nicht. Und Donan, so heilig dieser Mönch auch gewesen sein mag, lebte eben in einer Umgebung, in der noch starke heidnische Vorstellungen vorherrschten. Es wundert mich nicht, wenn dies die Worte seiner Prophezeiung beeinflusste, deren Botschaft er ja im Unterbewusstsein empfangen hat.«

»Was ist dann mit Cailleach, Manannan MacLir und all den anderen Göttern?«, maulte Eulalia unzufrieden. Doch auch hier wusste Lady Mary eine Antwort. »Ich verleugne durchaus nicht die Existenz von Geistwesen. Man sieht ja an Dir, dass es die gibt. Da habt Ihr eben auch Eure eigenen Vorstellungen und Hierarchien. Aber sei gewiss, Eulalia, dass über Euch allen wie auch über Euren Göttern trotzdem nur der eine allmächtige Gott steht.« Eulalia schien das hinzunehmen, auch wenn ihr Blick etwas skeptisch blieb.

»Der Teil der Prophezeiung, in dem von Robert the Bruce die Rede ist, war jedenfalls zutreffend, das kann ich bezeugen«, sagte Lady Christina nun. »Dass er John Comyn, den Lord von Badenoch, den man den roten Comyn nannte, im Jahr 1306 vor dem Altar der Franziskanerkirche in Dumfries erstochen hat, war damals ein Skandal, der seinem guten Ruf auch unter seinen Anhängern sehr geschadet hat. Nur seine engsten Vertrauten hatten Verständnis, weil sie erlebt hatten, wie bösartig er vom roten Comyn immer wieder hintergangen und provoziert worden war und wie unerträglich sich der Konflikt damals zugespitzt hatte. Er selbst hat sich aber wohl nie verziehen. Robert war ein religiöser Mensch und litt unter seinem schlechten Gewissen bis zu seinem Lebensende. Auch hielt er den schlimmen Ausschlag, der ihn immer wieder, von schweren Fieberschüben begleitet, befiel, für eine Strafe Gottes für den Mord in der Kirche. Er glaubte, er habe Lepra, obwohl die Symptome nicht übereinstimmten. Zu alledem kam noch die Exkommunikation durch den Papst. Dies hatten die Gesandten des englischen Königs im Vatikan erreicht mit dem Argument, der Anschlag auf den Lord von Badenoch sei ein von langer Hand geplanter Schachzug gewesen, um diesen als Konkurrenten um den schottischen Thron auszuschalten. Kaltblütig habe Robert the Bruce ihn in die Kirche von Dumfries als neutralen Verhandlungsort gelockt, um ihn dort hinterhältig zu ermorden und sich kurz danach als König Robert I. ausrufen lassen zu können. Natürlich machte die Exkommunikation das Regieren in diesem zerstrittenen, seit langem führerlosen Land noch schwieriger.«

»Trotzdem konnte er sich dann als König bis zu seinem Lebensende behaupten, und er soll sogar ein recht erfolgreicher Herrscher gewesen sein«, wandte ich ein. »Ja, das war er wirklich, obwohl er es nicht einfach hatte«, stimmte Lady Christina zu. »Ich denke aber auch, dass all die Schicksalsschläge, die ihn trafen, ihn letztendlich zu einem so milden und klugen Regenten gemacht haben. Von Natur aus war er ja eher impulsiv und kämpferisch veranlagt gewesen. Als ich ihn kennenlernte, konnte er auf Beleidigungen ab und zu recht aggressiv reagieren. Doch nach dem Vorfall in Dumfries hat er sich vollkommen gewandelt. Bei weitreichenden Entscheidungen suchte er stets den Rat weiser Männer und Kompromisse, die alle zufriedenstellten. Und kaum je sprach er ein Todesurteil aus. Selbst seinen schlimmsten Gegnern verzieh er, sogar denen, die sein Leben in Gefahr brachten. Insofern ist die Prophezeiung völlig zutreffend: Sein Leid hat ihn geläutert und zu einem besseren Herrscher gemacht.«

»Man merkt, wie nahe Sie König Robert standen, liebe Lady Christina, weil Sie so viel von ihm wissen«, nickte Lady Mary anerkennend. »Aber Sie erwähnten gerade auch, der Lord von Badenoch habe ihn nicht nur beleidigt, sondern auch hintergangen. Ist das wirklich wahr?« – »Oh, sein hinterhältiges Intrigieren war allseits bekannt. Das war man von ihm und seiner Sippe gewohnt. Aber er war schon ein besonders übler Bursche, ein ausgekochter Verräter sogar«, antwortete Lady Christina. »Ich muss ein bisschen ausholen, um die Situation zu erklären, in der sich die beiden damals befanden.« – »Ja bitte«, bat ich eifrig. Das alles interessierte mich sehr.

Lady Christina fuhrt fort: »Es war in der Zeit, als die Kämpfe gegen die übermächtigen Engländer schon viele Jahre gedauert hatten und Schottland keinen König hatte. Der letzte, John Balliol, war zur Abdankung und in die Emigration gezwungen worden. Es sah nicht so aus, als würde er jemals zurückkehren. In diesem Machtvakuum war es besonders schwer, die Clans zu gemeinsamem Handeln zu bringen, was aber gerade damals natürlich besonders nötig gewesen wäre. Nie gaben die Schotten die Hoffnung auf Freiheit auf. In offenem Kampf waren die Engländer nicht zu schlagen, doch im Untergrund ging der Widerstand weiter, und immer wieder errangen vor allem die Kämpfer um William Wallace hier eine Festung, dort eine Stadt oder ein Stück Land zurück. Die Clanchefs aber konnten sich wegen der ungeklärten Frage der Thronfolge auf keine gemeinsame Linie einigen. Das schwächte ihre Kampfkraft.

Anspruch auf den schottischen Thron konnten aufgrund ihrer Abstammung sowohl der rote Comyn, Lord von Badenoch, als auch Robert the Bruce, Lord von Carrick und Annandale, erheben. Der Comyn war ein Enkel des letzten, im Exil lebenden Königs, John Balliol, und Robert stammte in direkter Linie vom ersten schottischen König, David I., ab.

Noch aber hielt der englische König Edward I. viele wichtige Stellungen im Land. Die von ihm geduldete schottische Regierung behandelte er wie Marionetten. Die Großen des Landes hatten ihm alle erst kürzlich unter überaus demütigenden Bedingungen den Treueeid schwören müssen – wer es nicht tat, war vor den Augen aller aussortiert und ins Gefängnis geworfen oder gar hingerichtet worden. Und Robert the Bruce hatte er zu sich nach London zitiert, um ihn besser überwachen zu können. Auch der rote Comyn hielt sich häufig freiwillig dort auf und intrigierte wie üblich. Die beiden waren sich spinnefeind.

In Schottland genoss Robert allseits hohes Ansehen wegen seiner militärischen Erfolge, die ihn als fähigen Führer ausgewiesen hatten, bevor er als unfreiwilliger Gast außer Landes gehen musste. Aber er war regelrecht verarmt. Alle seine ausgedehnten und einst so reichen Ländereien, Siedlungen und Festungen lagen im Süden Schottlands. Ein großer Teil davon war in englischer Hand, der Rest hatte unter den jahrelangen Kriegszuständen schwer gelitten. Mehrmals hatte Robert sogar sein eigenes Land selbst verwüsten müssen, die Ernten vernichten, die Dörfer verbrennen, die eigenen Festungen schleifen, weil dies das einzige Mittel war, die englischen Armeen von jeglicher Versorgung abzuschneiden und zum Rückzug zu zwingen. Er konnte also kaum noch Gewinn aus Landbesitz ziehen. Er war, wie gesagt, verarmt. Die Comyn aber waren steinreich. Ihnen und ihren Verbündeten gehörte ein Großteil des schottischen Bodens. Auch waren die Engländer kaum je bis zu ihnen in den Norden vorgedrungen.

Im Bemühen, die beiden Kontrahenten auf eine gemeinsame Linie zu bringen, gelang es William Lamberton, dem Bischof von St. Andrews, sie zur Unterschrift unter einen geheimen Vertrag zu bewegen. Der Vertrag sah vor, dass Robert the Bruce nach einem Sieg über die Engländer König würde. Dafür sollte er seine gesamten Ländereien, über die er dann ja wieder verfügen könnte, dem Lord von Badenoch übereignen. Und diesen Vertrag spielte Letzterer dem englischen König zu. Robert wurde gerade noch rechtzeitig gewarnt. Mit knapper Not konnte er sein Leben retten und nach Schottland fliehen. Wieder einmal musste er sich verstecken und seine Frau in den Händen des Feindes zurücklassen. Der Comyn dagegen hatte sich schon frühzeitig in den Highlands in Sicherheit gebracht.

Dies war der Verrat des roten Comyn, den Robert the Bruce bei dem Treffen in der Kirche von Dumfries zur Sprache brachte. Im Interesse des Landes wollte er trotzdem immer noch versuchen, sich in irgendeiner Weise mit seinem mächtigen Gegenspieler zu arrangieren. Als ihn der aber sogar jetzt wieder nur mit Spott überschüttete, verlor er die Beherrschung.«

»Welch bodenlose Hinterlist und Frechheit!«, staunte Lady Mary. »Kein Wunder, dass der Streit so enden musste.« Wir schwiegen erschüttert. Auch Eulalia, die sich sonst immer so kühl gebärdete, wenn über menschliches Leid gesprochen wurde, zeigte sich sichtlich berührt.

Nachdenklich äußerte Lady Christina: »Schwer vorstellbar, dass eine Sippe mit so schlechten Charaktereigenschaften wie die Comyn von den Göttern auserwählt worden sein soll. Doch wenn ich es mir richtig überlege, ist außer Kraft, Mut und Durchsetzungsfähigkeit vielleicht tatsächlich ein guter Schuss Hinterlist in den Erbanlagen von Herrscherdynastien ein wünschenswertes Merkmal. Eine solche Veranlagung könnte die Grundlage für politische Schläue sein. Die Prophezeiung scheint jedenfalls darauf hinzuweisen.« Wir alle dachten noch über das Gesagte nach, als Lady Christina vor sich hin murmelte: »Mich wundert bloß, dass ausgerechnet die Comyn in der Prophezeiung diese wichtige Rolle einnehmen. Die Campbells waren doch auch sehr lange ein mächtiger Clan in Schottland und eigentlich noch viel hinterhältiger und gemeiner.« Erregt fuhr Lady Mary auf. »Das stimmt überhaupt nicht. Die Campbells waren unsere Verbündeten. Klar, mit ihren hochgelobten MacDonalds standen sie, wie auch wir, häufig im Streit. Und wo gehobelt wird, da fallen die Späne.«

Die Spannung im Raum war fast greifbar. Trotzdem goss Eulalia noch Öl ins Feuer, indem sie bemerkte: »Aber wenn man an das Massaker von Glencoe denkt, wo sich die Campbells unter dem Vorwand, die wiedererreichte Einigkeit festigen zu wollen, bei den MacDonalds einnisteten und nach einer Versöhnungsfeier mit üppiger Bewirtung in der Nacht dann die gesamte zahlreiche Sippe der Gastgeber heimtückisch im Schlaf überraschte und vollständig auslöschte – Männer, Frauen, Kinder, Greise – dann ist das doch deutlich mehr als das übliche Hobeln, bei dem Späne fallen.« Lady Christina schrak auf. »Ha! Davon wusste ich ja gar nichts.« – »Natürlich«, nickte Eulalia, das war ja auch erst lange nach Ihrer Zeit. Aber es war damals eine Riesensauerei, über die sich nicht nur Menschen, sondern auch Elementargeister und manch ein Gott aufregte.« Lady Mary senkte beschämt den Kopf.

Ich verpasste Eulalia unter dem Tisch einen Tritt gegen ihr Schienbein, wobei ich kaum auf einen Widerstand traf. Trotzdem schien sie es gespürt zu haben und begriff wohl auch, was ich ihr damit sagen wollte, denn schnell wechselte sie wieder das Thema: »Ich kann mir nur zu gut vorstellen, wie schrecklich es gewesen sein musste, das eigene Land zu verwüsten, und wie furchtbar das Volk darunter zu leiden hatte. Auch ich habe nämlich schon einmal so etwas miterlebt, als ich in der ersten Hälfte des 19. Jahrhunderts einem russischen Pferdehändler und seiner Frau zugeordnet war. Das war übrigens mein letzter Einsatz vor dem jetzigen bei Frau Ingeborg. Damals war gerade Napoleons Armee in Russland eingefallen und hatte zweimal in einer Feldschlacht gegen die Russen überlegen gesiegt.« Zu den Geisterladys gewandt erklärte Eulalia: »Napoleon lebte nach Ihrer Zeit. Er war ein Emporkömmling, der die französische Monarchie stürzte und sich dann selbst zum Kaiser krönte. Er war ein begnadeter Stratege und Feldherr und eroberte fast ganz Europa. Man hielt ihn für unbesiegbar.« – »Oh«, staunten die, »erzähl weiter!«

Eulalia nickte und fuhr fort: »Als Napoleon in Russland einmarschierte und die ersten beiden Schlachten gewann, war seine Armee nicht nur zahlenmäßig weit überlegen, sondern auch deutlich besser bewaffnet. General Kutusow, der oberste russische Kriegsherr, sah, dass man so nicht gegen den Feind gewinnen könne. Deshalb setzte er auf die wahre Stärke Russlands, nämlich die immense Größe des Landes. Er lieferte Napoleon keine Schlachten mehr, sondern setzte stattdessen auf die Strategie der verbrannten Erde.

Je weiter Napoleons riesige Armee im Land vorrückte, desto schwieriger wurde die Versorgung der vielen Soldaten und Pferde. Überall, wohin die Truppen kamen, waren die Dörfer und Felder verbrannt und hinter ihnen wurden die Nachschublieferungen abgeschnitten. Während des zunehmend mühsamen und entbehrungsreichen Marsches erfolgten außerdem ständig Überfälle kleiner russischer Reitertrupps, die plötzlich auftauchten und ebenso plötzlich wieder verschwanden – kleine, aber schmerzhafte Nadelstiche, um die Soldaten zusätzlich zu demoralisieren.

Als Napoleon endlich in Moskau eintraf, gab es auch dort kaum Vorräte. Der Großteil der Bevölkerung war längst evakuiert und die Lager waren geräumt. Er fand nicht einmal einen Ansprechpartner, mit dem er Friedensverhandlungen hätte aufnehmen können. Napoleon blieb nichts weiter übrig als der Rückzug. Und dieser gestaltete sich vollends zur Katastrophe. Egal, in welche Richtung er sich wandte, alles war leer und verwüstet. Den Rest besorgte der besonders früh einsetzende, eisige russische Winter. Die meisten Soldaten und Offiziere starben an Krankheiten und Erschöpfung, verhungerten, erfroren oder desertierten. Der Rest, der noch die Beresina erreichte, wurde vollends von den nachrückenden russischen Truppen vernichtet.

Napoleon, der bis dahin als unbesiegbar gegolten hatte, war geschlagen. Und zwar so gründlich, dass so schnell keiner mehr Russland anzugreifen wagte.

Natürlich hatte die russische Landbevölkerung in weiten Teilen des Landes ebenfalls schwer gelitten. Es gab viel Leid und Tod. Das habe ich selbst erlebt, denn ich war mitten unter den flüchtenden Bauern. Trotzdem war General Kutusows Strategie aufgegangen: Er hatte das Elend eines Teils des eigenen Volks in Kauf genommen, um innerhalb weniger Monate dem gesamten russischen Reich den lang währenden Frieden zu bringen.«

»Nun ja«, nickte Lady Christina, »die Methoden der Kriegsführung sind oft grausam. Doch wenn man angegriffen wird, muss man Härte zeigen – notfalls sogar gegen die eigenen Leute. Das habe auch ich lernen müssen. Mit Mitleid und Menschenfreundlichkeit kommt man in Kriegszeiten nicht weiter. Insofern sagt die Prophezeiung schon richtig aus, dass Herrscher auch sehr hart, manchmal grausam sein müssen. Und sicher gilt dies ebenso in anderen Krisenzeiten, z. B. wenn die Pest ausbricht oder sonst eine Seuche.« – »Richtig«, stimmte auch Lady Mary zu, »so wie ein Feldscher manchmal ein brandiges Bein ohne Betäubung abnehmen muss, wenn das Leben des Soldaten nicht anders zu retten ist. Da ist absolute Härte unvermeidlich.« Wir schwiegen nachdenklich.

Mir brannte nun eine ganz andere Frage auf den Lippen: »Eulalia, was hast Du damals in Russland eigentlich Schlimmes angestellt? Du sagtest mir ja mal, Cailleach habe Dich zur Strafe zweihundert Jahre lang nicht mehr eingesetzt.« – »Och das.« Verlegen zwirbelte sie an einer

Ecke des Tischtuchs herum. »Dieser Pferdehändler war ein ganz gemeiner Kerl, eher ein Dieb und Betrüger als ein Händler. Schon vor dem Krieg hatte er arme Bauern noch mehr in Not gebracht. Und wie er seine Frau immer verprügelte! Als wir dann auf der Flucht waren, verschlechterte sich sein Betragen noch mehr. Zum Beispiel tat er mal so, als ob er helfe, einen Wagen eine Steigung hochzuschieben, und dabei klaute er die spärlichen Lebensmittel, die sich darin befanden. Ein andermal spannte er nachts heimlich ein Zugpferd von einem Bauernwagen aus und brachte es zu einem französischen Lager, wo man es ihm gerne abkaufte. Das alles konnte ich gut beobachten. Damals hatte ich ja in Eurer Welt noch viel mehr Energie zur Verfügung als jetzt und konnte mich deshalb frei in der Umgebung bewegen. Jedenfalls musste die Bauernfamilie, die nun kein Zugtier mehr hatte, den Wagen mit ihrem letzten Hab und Gut zurücklassen. Der wohlgenährte Pferdehändler erzählte das grinsend seiner Frau und sagte, er wolle in der nächsten Nacht heimlich zurückgehen und sich die noch brauchbaren Sachen aus dem Wagen holen.

Das war an dem Tag, bevor er sah, wie seine Frau einer fast verhungerten ehemaligen Nachbarin verstohlen zwei Eier zusteckte. In seiner Wut darüber schickte er sie mit einem Faustschlag zu Boden und trat ihr in die Rippen, bis sie reglos liegen blieb. Nun wusste ich zwar wohl, dass mir verboten war, aktiv in das Schicksal meiner Menschen einzugreifen, und hatte mich deshalb immer zurückgehalten, auch wenn es mir noch so schwergefallen war. Aber irgendwie konnte ich das jetzt nicht mehr. Es war einfach zu arg. Also sagte ich dem brutalen Kerl ins Ohr, ich wisse einen Platz, wo es für ihn etwas Interessantes zu holen gäbe. Dann führte ich ihn ein paar hundert Meter weit bis zu einer steilen, tiefen Felsenschlucht, die lange Zeit als Abfallgrube benutzt worden war. Ich dachte, dort passe er hin.

Unten lagen ein paar größere Bündel und ich behauptete, es seien Ballen aus warmem Wollstoff. Ich wisse auch einen Weg, der hinunterführe. Als er sich auf der Klippe weit nach vorn beugte, um zu sehen, ob das auch stimme, musste ich ihm nur noch einen ordentlichen Tritt in den Hintern verpassen und weg war er. Zufrieden machte ich mich auf den Rückweg. Aber auf einmal stand Cailleach vor mir und sah mich zürnend an. ›Du weißt, dass Du Strafe verdienst‹, sprach sie. Und dies waren ihre letzten Worte. Dann hüllte sie mich ein, und mehr weiß ich nicht, bis ich bei Frau Ingeborg wieder zu mir kam.«

Lady Mary hob tadelnd den Zeigefinger: »Trotz alledem hättest du den Mann nicht töten dürfen. Ist Dir nicht bewusst, dass Du schwere Sünde auf Dich geladen hast, für die Dich die Teufel in der Hölle quälen werden?« Eulalia zuckte die Schultern. Aber um Lady Mary nicht zu verärgern, tat sie schnell so, als sei sie beschämt. »Es war doch aber auch aus Mitleid, warum ich den Mann tötete«, sagte sie scheinheilig. »Gerade weil ich angesichts seiner vielen Sünden an Teufel und Hölle dachte, wollte ich nicht, dass er noch mehr Schuld auf sich lade und er dadurch noch fürchterlicher und langandauernder in der Hölle leiden müsse.« Lady Mary schien dies nicht so recht zu überzeugen. Da setzte Eulalia rasch noch hinzu: »Bei den Hexenverbrennungen sagten die Kirchenleute doch auch immer, dass dies zum Wohle der verurteilten Frauen geschehe. Durch das Feuer würden die Teufel und Dämonen gezwungen, aus ihrem Körper zu entweichen und ihre Seele loszulassen. Zwar habe ich den Mann nicht verbrannt, sodass er nicht geläutert wurde. Aber immerhin habe ich die Anzahl seiner Sünden verkürzt. Schrecklich, zu denken, wie viel längere Höllenqualen ihn sonst erwartet hätten!« Demütig senkte sie die Augen.

Lady Mary überlegte, was sie davon halten solle. Lady Christina und ich verkniffen uns mühsam das Lachen.

Im Interesse, das Thema nicht weiter ausufern zu lassen, ergriff Lady Christina schnell das Wort: »Wir wissen aber immer noch nicht so recht, was wir von der Prophezeiung halten sollen. Zwar scheint sie einige Aussagen darüber zu beinhalten, welche Eigenschaften Herrscher in schweren Zeiten haben müssen. Aber vieles andere bleibt unklar und verwirrend. Oder weiß jemand, was es mit diesem fernen Stern namens Darkover auf sich hat?« Und Lady Mary, die es offenbar auch für besser hielt, die Höllenfragen für diesmal auf sich beruhen zu lassen, erkundigte sich staunend: »Ja, kann es denn wirklich möglich sein, dass die Comyn einmal einen Stern besiedeln?«

»Nein, das glaube ich nicht.« Ich schüttelte den Kopf. »Heutzutage kann man zwar schon bis zum Mond fliegen und in ein paar Jahren soll dort sogar eine Art Raumstation eingerichtet werden. Aber weiter ins All vorgedrungen ist noch niemand. Immerhin gibt es leistungsfähige Weltraumteleskope, und man hat auch schon welche ins All gesandt, die von weit entfernten Planeten Bilder zur Erde senden. Doch Menschen könnten dort nicht siedeln, selbst wenn diese Planeten bewohnbar wären, was alle, die bisher entdeckt wurden, nicht sind. Die Entfernungen wären einfach zu groß. Selbst wenn man mit Lichtgeschwindigkeit fliegen könnte, bräuchte man viele Jahre. Allenfalls den Mars werden ein paar vereinzelte Forscher eventuell eines Tages erreichen, obwohl die Reise dorthin auch bei günstigster Planetenkonstellation mindestens sechs Monate, meist aber sehr viel länger dauern würde. Zwar haben einige Leute trotzdem schon Pläne für eine Marsbesiedelung entwickelt. Aber ich glaube nicht daran, dass dies wirklich realisierbar ist. Wie sollte man denn auch all die Nahrungsmittel und andere Dinge für eine größere Zahl von Menschen hinbringen? Man kann dort ja nichts anbauen. Es gibt nicht einmal atembare Luft. Höchstens mag es irgendwann einmal eine Forschungsstation oder so etwas dort geben.«

»Ja, habt Ihr Dreidimensionalen denn immer noch nicht gelernt, in Warp-Blasen zu reisen?«, erkundigte sich Eulalia verwundert. »Es ist doch schon etwa hundert Jahre her, dass Einstein das Phänomen der Raumzeitkrümmung entdeckte. Das stand in dem Wissenschaftsmagazin, das Du mir neulich zum Lesen hingelegt hast.« Ich runzelte die Stirn. »Er hat ja keine Konstruktionsanleitungen für den Raumflug vorgelegt. Seine Erkenntnisse waren genial, aber rein theoretisch. Von da aus bis zu eventuellen praktischen Anwendungen ist es ein weiter Weg. Zwar hat die NASA vor etwa zehn Jahren tatsächlich damit begonnen, Grundlagenforschung in diese Richtung aufzunehmen, jedoch hat sie selbst zugegeben, dass in absehbarer Zeit keine brauchbaren Resultate zu erwarten seien.«

Nach einigem Nachdenken fügte ich hinzu: »Übrigens ist es einem Forscher der Universität Göttingen vor einem Jahr erstmals gelungen, vierdimensionale Vorgänge mittels kalter Atome und Laserlicht in Wellenleitern sichtbar zu machen. Er vertritt die Ansicht, dass Reisen in Warp-Blasen technisch tatsächlich nicht unmöglich wären. Der limitierende Faktor seien allerdings die hierfür benötigten ungeheuren Energiemengen.«

»Ich verstehe das alles nicht, worüber Ihr da redet«, sagte Lady Mary. »Aber hat jemand von Euch schon einmal von dieser Bardin mit dem komischen Namen gehört?« Hier konnte ich die Erklärung liefern. »Marion Zimmer-Bradley ist eine berühmte Schriftstellerin. Sie lebt in meiner Zeit, und zwar in Nordamerika. Frau Zimmer-Bradley hat eine große Anzahl von Büchern veröffentlicht, die in viele andere Sprachen übersetzt wurden. Vielleicht hatte sie schottische Vorfahren. Jedenfalls handelt ihr Hauptwerk, der Darkover-Zyklus, der aus über 20 Bänden besteht, von den Comyn. Aber in einer sehr, sehr fernen Zukunft.«

»Wenn eine Besiedelung auf so weite Entfernung gar nicht möglich ist, dann kann diese Frau Zimmer-Bradley also nicht wirklich Dinge voraussehen und ist eine Betrügerin«, sagte Eulalia empört. Ich schüttelte den Kopf. »Nein, eine Betrügerin ist sie nicht. Sie ist eine sehr begabte Schriftstellerin. Donan nannte sie eine Bardin, und Barden berichteten ja auch nicht nur von wahren Begebenheiten, sondern unterhielten ihr Publikum oft mit schönen erfundenen Geschichten. Und Frau Zimmer-Bradley hat wirklich ein außerordentliches Erzähltalent.«

»Aber die Prophezeiung«, drängte Lady Christina, »die ist dann doch trotzdem falsch.« Wieder schüttelte ich den Kopf. »Vielleicht hat der Mönch Donan einfach vorausgesehen, dass Frau Zimmer-Bradley ein überaus erfolgreiches und umfangreiches literarisches Werk zustande bringen wird. Insofern hat also etwas Wichtiges und Besonderes Gestalt angenommen, das viele tausend Menschen begeistert. Man könnte sagen, sie habe einen Stern aufgehen lassen. Vielleicht ist es das, was Donan sah. Zwar sind ihre Erzählungen intellektuell nicht besonders anspruchsvoll, aber sie sind sehr spannend und außerdem gut für das seelische Gleichgewicht. Die heutige Zeit lässt nur wenig Raum für Fantasie. Da braucht man dringend einen Ausgleich. Ich habe jedenfalls fast den ganzen Darkover-Zyklus mit Genuss gelesen.« Eulalia war offensichtlich fasziniert. »Davon musst Du mir unbedingt auch mal was zum Lesen hinlegen«, bat sie mich. »Und wer weiß. Vielleicht ist diese Frau Zimmer-Bradley ja doch eine Seherin.«

Wieder zu Hause angekommen, unterhielten sich Eulalia und ich noch weiter über die Prophezeiung und alles, was sich daraus an Diskussionen ergeben hatte. Sie würde uns wohl noch länger Gesprächsstoff bieten.

Brief an Elfi:

Liebe Elfi,

Du bist Uroma geworden! Wie mich das für Dich freut! Gratulation! Und alles Gute für Mutter und Kind. So wirst Du also in Deinen Genen noch lange weiterleben. Ist das nicht ein wunderbarer Gedanke? Dank dem Urenkelchen wirst Du Deinem 80. Geburtstag wahrscheinlich mit weniger Grausen entgegensehen. Schade, dass Besuche in der dritten Pandemiewelle noch einmal aufgeschoben werden müssen. Du machst es ganz richtig, wenn Du deshalb Deine Geburtstagsfeier erst im Juli feierst. Ich werde jedenfalls an Deinem 80. besonders an Dich denken – mit einem Glas Sekt in der Hand, versteht sich.

An meinem 78. Geburtstag war ich ganz allein. Aber von Gerhard und Manuela habe ich ein großartiges Geschenk bekommen: einen prächtigen großformatigen Bildband über Schottland. Darin gibt es auch ein Foto von Eilean Donan Castle – nicht mit Sonnenschein wie auf meiner Wandplatte, sondern in düsterer Stimmung wie kurz vor einem Sturm. Der See ist aufgewühlt und man könnte sich vorstellen, dass da gleich was Unheimliches passiert. Echt schottisch eben. Fantastisch!

Es freut mich, dass Du die Berichte über meine Erlebnisse in der Burg mit so großem Interesse aufgenommen hast. Ja, das ist wirklich abenteuerlich und für mich eine willkommene Abwechslung. Bei solchen Besuchen gibt es keine Corona-Einschränkung, da die Geisterdamen gegen Viren immun sind – hoffe ich jedenfalls.

Ein bisschen Sorge macht mir gerade, dass ich von Eulalia seit Tagen nichts mehr gehört habe. Das ist sehr ungewöhnlich. Ich kann mir nicht vorstellen, dass sie sauer auf mich ist, denn in letzter Zeit hatten wir keinen Streit. Und dass Cailleach sie weggeholt hat, glaube ich auch nicht, denn meines Wissens hat sie nichts Schlimmes angestellt. Was also ist los mit ihr? Ihr wird doch nichts zugestoßen sein? Was könnte ihr überhaupt zustoßen? ...

Als Eulalia endlich wieder von sich hören ließ, wirkte sie völlig aufgedreht. Sie überfiel mich gleich mit der Mitteilung: »Du kannst Dir nicht vorstellen, wie glücklich ich bin! Ich habe Manannan getroffen, und er ist sogar noch viel wunderbarer, als ich gedacht hatte. Komm, setz Dich hin, damit ich Dir erzählen kann.« Das tat ich und sie legte los:

»Also, gleich am Tag nach Deinem letzten Besuch in der Burg saß ich unten am Wasser bei der Selkie-Höhle. Wie so oft dachte ich sehnsüchtig an Manannan. Auf einmal hörte ich das Wasser aufrauschen, so als ob ein großes Schiff herankäme. Gleich darauf bauten sich direkt vor mir hohe Wasserwellen auf und eine schallende Männerstimme rief mich. Ich hockte da wie ein verschrecktes Kaninchen, das sich tot stellt – unfähig, mich zu bewegen oder zu antworten. Da erhob sich eine besonders gewaltige Woge in der Form eines Perdekopfes direkt vor mir aus dem Wasser, und darüber ragte Manannan auf. Er ließ sich in die Fluten zurückgleiten und trat dann in weniger riesiger Gestalt aus der Wasserwand heraus zu mir, angetan mit seinem Schuppenpanzer und prächtig anzusehen. Stark und männlich stand er vor mir, überwältigend schön und vollkommen wohlgestaltet. Ich war vor Schreck aufgesprungen und stellte fest, dass er mich noch immer um gut einen Kopf überragte – dabei bin ich ja bereits größer als ein Mensch.

›Wovor fürchtest Du Dich, Eulalia?‹, fragte er mich sanft. ›Heißes Begehren hat mich zu Dir getrieben. Ich will Dir nichts Böses.‹ Stotternd gestand ich ihm, dass auch ich mich schon lange nach ihm sehne, jedoch Angst habe, weil ich nicht schwimmen könne. ›Das musst Du nicht, meine Heißersehnte‹, lächelte Manannan freundlich. ›Weißt Du denn nicht, dass Luft und Wasser von Natur aus zusammengehören?‹ Und dann erklärte er mir geduldig, dass Wasser ja eine Verbindung von Wasserstoff und Sauerstoff sei, sodass Wasser immer auch einen Anteil Luft enthalte. Und andersherum sei auch in der Luft meist Wasser enthalten. Sie müsse es notwendigerweise bei der Verdunstung aufnehmen. Es könne ja sonst nicht regnen. Tatsächlich sei die Verbindung der beiden Elemente sogar unbedingt notwendig für den Kreislauf in der Natur. Ich solle also ruhig meinem Drang nach- und mich ihm hingeben. Während ich noch überlegte, ob ich das wirklich tun sollte, riss er mich schon an sich und mit sich fort in einer Heftigkeit, die mir die Sinne raubte.«

Eulalia schwieg und schien sich in Erinnerungen zu verlieren. Aber ich wollte doch unbedingt wissen, wie es weitergegangen war, und drängte sie, mit ihrer Erzählung fortzufahren.

»Ich weiß gar nicht, wie ich Dir das beschreiben soll«, setzte sie zögernd an. »Ich war ja völlig überwältigt und finde selbst kaum Worte dafür. Wie wenig kann ich dann erst Dir eine Vorstellung davon vermitteln?« – »Also weißt Du«, sagte ich beleidigt, »so unerfahren bin ich ja nun auch wieder nicht. Schließlich war ich zweimal verheiratet und habe auch sonst so einiges mitbekommen.« – »Ach das«, winkte Eulalia verächtlich ab. »Euer dreidimensionaler Sex. Kannst Du vergessen. Ist doch in keiner Weise vergleichbar mit dem, was ich erlebte. Ihr Menschen seid erbärmlich unzureichend ausgestattet, muss ich sagen. Ihr habt ja kaum ein paar Löcher und auch sonst nicht viel, mit dem Ihr etwas anfangen könnt. Wie müsst Ihr Euch abmühen, bis Ihr da überhaupt irgendetwas zustande bringt! Während der Einsätze bei meinen Menschen habe ich das ab und zu beobachtet. So ein Gestöhne und Gekeuche! Und dann, als Höhepunkt all der Anstrengung, vielleicht – wenn überhaupt – so ein lächerlicher Orgasmus, der nicht mal zwei Minuten dauert. Ja, ja, manche prahlen ja gerne mit multiplen Orgasmen. Doch auch die dauern nicht länger und kommen nur in größeren zeitlichen Abständen vor. Wie anders ist das doch bei uns Geistwesen. Wir durchdringen uns vollständig, nicht nur so örtlich begrenzt, gehen vollkommen ineinander auf. Und unsere multiplen Orgasmen, die Stunden andauern können, folgen direkt aufeinander und dann sogar auch noch mehrere gleichzeitig, da ja nicht nur ein oder zwei Teile unserer Körper etwas machen. Das ist wirklich in keiner Weise vergleichbar.«

Ich war beeindruckt und konnte mir das, entgegen Eulalias Meinung, nun doch einigermaßen vorstellen. »So riss er mich also mit sich fort, während wir uns vereinigten«, erzählte sie weiter. »Unsere Konvulsionen und Lustschreie lösten enorme Wellen und Gewitterstürme aus und brachten den Seeboden zum Beben. Dies muss wohl einige Auswirkungen im Gebiet des Loch Duich und der benachbarten Seen zur Folge gehabt haben. Die Ringkäfige der Lachsfarmen im Loch Duich und in den Buchten von Skye wurden jedenfalls aus ihren Verankerungen gerissen und unzählige Lachse entkamen in die Freiheit. Sie jubilierten und jauchzten übermütig, und all die anderen Fische wie auch Hummer, Frösche und sonstigen Lebewesen in den Gewässern der Umgebung wurden von der Begeisterung mitgerissen. Ihre vereinten Freudenhymnen stiegen in Luftblasen auf und verbreiteten einen allgemeinen Glückstaumel unter den Tieren und Pflanzen an Land und den dort vorhandenen Naturgeistern. Wasser und Land waren in freudigem Aufruhr.«

»Das ist ja wunderbar«, rief ich begeistert. »So großartig hätte ich mir das wirklich nicht ausmalen können.« Eulalia wollte aber noch weitererzählen: »Wir blieben dann ein paar Tage zusammen, in denen mich Manannan weit ins Meer hinaus mitnahm und wir uns immer wieder für mehrere Stunden vereinigten. Er führte mich in seine kristallenen Paläste am Meeresgrund und auf seine verborgene glückliche Insel, machte mich mit den dort weilenden Lebewesen bekannt und überhäufte mich mit Reichtümern aller Art.« – »Und Fand, Manannans Frau? War die auch da?«, erkundigte ich mich etwas besorgt. Aber Eulalia wusste nichts von ihr. Sie hatte nur erfahren, dass Fand woanders lebe und ab und zu von Manannan besucht werde. Offenbar gingen die beiden meist ihre eigenen Wege. Von daher drohte also wohl keine Gefahr.

Gleich beim Frühstück am nächsten Morgen unterhielten wir uns weiter über Eulalias Abenteuer mit Manannan MacLir. Etwas so Wundervolles habe sie in der langen Zeit ihrer Existenz noch niemals erlebt, sagte sie mir. Sie sei nun auch so glücklich wie noch nie. Und dann erzählte sie mir noch, dass Cailleach sie nach ihrer Rückkehr zur Burg erwartet habe. Erst sei sie erschrocken gewesen und hätte mit einer Rüge gerechnet, weil sie sich so weit von mir entfernt hatte. Aber Cailleach habe sie wohlwollend angeschaut und mit freundlichen Worten gelobt. »Eulalia«, habe sie gesagt, »Du hast richtig gehandelt. Du bist Deiner Natur gefolgt und hast Gutes für das Leben auf der Erde bewirkt. Ich bin stolz auf Dich.«

»Das Lob Cailleachs macht mich sehr froh«, sagte Eulalia. »Ich denke, ich bin in ihrer Gunst gestiegen. Schon lange war sie mir nicht mehr so freundlich begegnet. Vielleicht werde ich nun eines Tages sogar erhöht. Und wenn ich es recht bedenke, bist eigentlich Du der Auslöser für mein Glück. Hättest Du in Deiner Küche nicht die Wandplatte mit der Burg montieren lassen, hätte ich mich dort nicht aufhalten können und wäre so Manannan MacLir vielleicht nie begegnet. Dann hätte ich auch Cailleachs Gunst nicht in so hohem Maße erringen können.« Das alles freute mich auch, wollte ich doch Eulalia gerne glücklich sehen.

Ich dachte schon, Eulalia habe sich entfernt. Doch als ich das Frühstücksgeschirr abräumte, sprach sie mich noch einmal an: »Weißt Du, es ist seltsam, aber das Zusammensein mit Manannan erinnert mich in gewisser Weise an das erste Mal, als ich mir – noch ganz verschwommen – meiner selbst bewusst wurde. Das ist lang, lang her. Es war in einer Zeit, als die Erde im Entstehen war. Gemeinsam mit anderen Geistwesen und Göttern war ich in einer Art arbeitendem Spiel damit beschäftigt, Dinge zu schaffen, die einmal sein würden. Ich fühlte mich noch nicht wie ein Individuum, sondern war völlig eins mit den anderen, so wie auch die Elemente selbst noch alle eins waren. Wasser, Feuer, Luft und feste Materie waren noch nicht geschieden, sondern ein wildes chaotisches Gemisch. Und wir waren ein Teil davon. Doch eine Art gemeinsamen Bewusstseins drängte uns zum Tun. Wir griffen hinein in das brodelnde Gemenge der Urstoffe und bedienten uns daraus. Ansatzweise suchten sich in mir schon eigene Gedankensplitter ihren Weg und trieben mich zu bestimmten Handlungen an, die ich dann in Harmonie mit den anderen ausführte. Wir wirbelten durcheinander, rissen, strömten, nahmen und gaben, tanzten, rotierten und strudelten. Da war so viel Freude, Lachen und Energie in und um uns.

Wir schufen nicht Pflanzen, Menschen und Tiere, nicht einmal geografische Formationen wie Flüsse, Meere und Berge, sondern nur erst die Voraussetzungen dafür, dass dies alles einmal entstehen könne. Dabei hatten wir aber bereits gewisse vage Vorstellungen von künftigen Dingen. Ich erinnere mich zum Beispiel noch daran, wie in meinem Bewusstsein Bilder von besonderen Formen und Farben auftauchten. Spiralmuster zum Beispiel, die mich Ammoniten und Schneckenhäuser vorausahnen ließen. Oder die

Farben von Sonnenaufgängen, wie ich sie jetzt bei meiner Kleidung bevorzuge. Dabei flossen meine Inspirationen mit den Impulsen der anderen zusammen und ergaben weitere Muster, denen wir nachspürten und die wir in unser Tun einfließen ließen. Und bei alledem fühlte ich die Anwesenheit von Cailleach, die uns in ihre segnenden Gedanken und Energieströme einhüllte. Ich empfand ein intensives Gefühl von Glück und vollkommener Geborgenheit, des Aufgehens im Gemeinsamen, eine wilde Lust überbordender und doch spielerischer Aktivität und Kreativität. Ähnliches fühlte ich auch bei dem Zusammensein mit Manannan.«

Am nächsten Tag entdeckte ich folgende Zeitungsnachricht:

Eine Serie schwerer Seebeben, deren Zentrum offenbar im Loch Duich lag, haben größere Überschwemmungen dort und in den benachbarten Lochs sowie an der Küste Nordwestschottlands ausgelöst. Als Ursache wird eine tektonische Verschiebung im Bereich des Great Glen, eines tiefen Grabenbruchs, der sich quer durch Schottland zieht, angenommen. Erdbeben sind in dieser Region an sich keine Seltenheit. Allerdings überschreiten sie selten die Magnitude 4. Diesmal wurden jedoch Werte über 8 gemessen. Das Ereignis gibt den Seismologen Rätsel auf.

Großer Schaden entstand in den Lachszuchtanlagen des international tätigen Fischereikonzerns MOWI im Loch Duich und den Buchten der Insel Skye. Sämtliche Ringkäfige wurden aus ihren Verankerungen gerissen und ließen zigtausende Lachse in die Freiheit entkommen. Außerdem stürzten mehrere Geräteschuppen und verschiedene in Leichtbauweise erstellte Gebäude ein. Flutwellen überschwemmten zwei große Lagerhallen und ver-

nichteten das darin gelagerte Fischfutter – dem Vernehmen nach handelte es sich um fast 40 Tonnen. Ebenso erreichte das Wasser in einem der Gebäude eine größere Menge giftiger Chemikalien, die nun in aller Eile und mit erheblichem technischem Aufwand entsorgt werden müssen, wobei vor allem zu verhindern ist, dass etwas davon ins Grundwasser gelangt.

Die Konzernsprecherin sprach von einem Gesamtschaden in zweistelliger Millionenhöhe.

Ansonsten wurden glücklicherweise keine nennenswerten Schäden in der dünn besiedelten Region gemeldet.

Und eine Woche darauf erschien noch eine Zeitungsmeldung:

Weitere Nachrichten erreichten unsere Redaktion aus der erst kürzlich von schweren Seebeben erschütterten Region im Nordwesten Schottlands, diesmal aber nur gute.

Bei einer standardmäßigen Kontrolle der Wasserqualität im Loch Duich hat sich ein überraschend positives Resultat gezeigt: Der Sauerstoffgehalt im See, der seit Jahren stetig weiter abgesunken war, was bei Umweltschützern und den örtlichen Fischereibetrieben Anlass zu großer Besorgnis gegeben und immer wieder zu Protestaktionen von Umweltschützern geführt hatte, scheint sich seit der letzten Kontrolle vor drei Monaten um ein Mehrfaches erhöht zu haben. Weitere Messungen, die daraufhin in anderen Teilen des Loch Duich und einigen benachbarten Seen durchgeführt wurden, zeigten eine ähnliche Tendenz. Limnologen rätseln über die Ursache. Sicherlich haben die starken Wellen, die bei den oben genannten Seebeben ausgelöst wurden, zu einer besseren Durchmischung des Wasserkörpers der Seen mit Sauerstoff bis in die tiefen Schichten geführt. Das allein kann aber einen derart starken Sauerstoffanstieg immer noch nicht hinreichend erklären.

Auch die Landbevölkerung wartet mit erfreulichen Nachrichten auf.

Der Leiter des Kleintierzuchtverbands des am Loch Duich gelegenen Dorfs Dornie freut sich über die plötzliche Legelust der Hennen, um die man sich dort besonders bemüht. Es handelt sich um vom Aussterben bedrohte alte Hühnerrassen, und zwar um schwarz-weißgedoppelte Krüper und Bergische Kräher. Der Verein betreut seit einigen Monaten ein paar dieser seltenen Hühner, die aber leider bisher nur sehr wenige Eier legten. Auch die Aufzucht der Küken hatte aus unerklärlichen Gründen Probleme bereitet. Doch jetzt seien die Nester auf einmal ständig voll und die geschlüpften Küken putzmunter.

Noch mehr Grund zur Freude haben die Fischer von Cromarty und Invergordon. Seit Jahren waren die Fangzahlen in ihren Fischgründen zurückgegangen und die letzten Fischer der Gegend waren bereits darauf gefasst, ihr Handwerk aufgeben zu müssen, weil es sich immer weniger lohnte. Jetzt staunen sie über ihre vollen Netze. Besondere Hoffnung aber macht ihnen die Beobachtung der enormen Mengen von Fischbrut, die sich im Flachwasser zeige. Nur ein ganz alter Fischer kann sich noch daran erinnern, so etwas schon einmal gesehen zu haben.

Und von Hugh Fitzgerald, dem Leiter der Distriktverwaltung der Northwestern Highlands, verlautet, dass in diesem Jahr mit einer Superernte gerechnet werden könne. »Es ist, als habe eine Fee den Zauberstab gehoben und ihren Segen auf die Landschaft herunterrieseln lassen«, so Fitzgerald. »Alles sprießt und grünt auf einmal wie verrückt. Wir werden eine hervorragende Obst- und Gemüseernte haben.«

»Wir wissen wohl, wer die Fee war und wer ihr dabei geholfen hat, nicht wahr?«, neckte ich Eulalia. Und sie lachte fröhlich: »Geistersex eben.«

Heute brachte mir der Postbote wieder eine Büchersendung, die ich mit großer Freude auspackte und gleich ein bisschen durchzublättern begann. »Was hast Du denn kommen lassen?«, erkundigte sich Eulalia neugierig. Ich habe die Angewohnheit, mehrere Bücher parallel zu lesen, d. h. je nach augenblicklicher Stimmung wähle ich aus, in welchem ich gerade weiterlesen möchte. So enthielt auch dieses Paket ganz unterschiedliche literarische Kost. Bei »Politisches Framing« und einem Essay-Band von Chomsky grummelte Eulalia enttäuscht, aber als sie von einem Roman über eine KI und einem Reisebericht eines Rollstuhlfahrers zur Quelle des Mekong hörte, bat sie mich, diese Lektüre für sie vorzumerken. Den Rest, zwei Sachbücher über die Geschichte Karthagos und Siziliens sowie eine Wallenstein-Biografie, quittierte sie mit lautem Gähnen.

»Wieso willst Du eigentlich immer so viel über vergangene Dinge wissen?«, erkundigte sich Eulalia. »Was kümmert es Dich, wer wann König war und wie die Leute früher gelebt haben? Deine eigene Zeit müsste Dir doch näher liegen.« – »Ach weißt Du, in meinem Alter nimmt man am Leben gar nicht mehr so richtig teil«, antwortete ich ihr. »Natürlich lese ich Zeitungen und höre Nachrichten im Fernsehen und Radio, um zu wissen, was draußen alles vor sich geht.

Aber ich habe nicht mehr das Gefühl, richtig dazuzugehören. Deshalb strecke ich noch mehr als früher meine Fühler auch in andere Richtungen aus. Ich finde es anregend, in Vergangenheit und Zukunft einzutauchen und nicht nur in dem engen Kokon meiner eigenen Person und Umgebung eingesponnen zu sein. Es gibt so unglaublich viel Interessanteres zu erfahren und zu lernen. Außerdem wird mir dadurch sogar manches verständlicher, was in der heutigen Zeit passiert. Jedes Mal, wenn ich wieder auf etwas Neues gestoßen bin, ergänzt sich mein Gesamtbild der Welt. Es ist so, als hätte man ein riesiges unfertiges Puzzle vor sich liegen, und jedes zusätzliche Informationsdetail wäre ein Mosaiksteinchen, welches das Bild noch deutlicher und schöner hervortreten lässt. Deshalb wird Geschichte für mich immer lebendiger, je älter ich bin. Jüngere Leute können sich das gar nicht vorstellen, weil ihr Mosaik zu viele leere Stellen aufweist und somit langweilig ist.«

»Aha«, meinte Eulalia. »Und dann gibt es ja noch andere Daseins- und Bewusstseinsebenen, die Dir offenstehen.« – »Genau«, stimmte ich zu, »und dabei hilft mir sehr, dass Du bei mir bist. Ohne Dich hätte ich mir vielleicht gar nicht so viele Gedanken über diese Dinge gemacht. Du bist wirklich eine Bereicherung in meinem Leben.«

Eulalia war offensichtlich erfreut, denn sie schnurrte wie eine zufriedene Katze. Doch dann fragte sie besorgt: »Aber wenn Du sagst, dass Du nicht mehr richtig dazugehörst, dann klingt das irgendwie resigniert. Du wirst hoffentlich keine Depressionen haben?« – »Oh nein«, lachte ich. »Mir geht es doch so gut. Ich habe keine Pflichten und keine Sorgen. So viel Zeit und Freiheit hatte ich noch nie im Leben. Das ist ein absoluter Luxus. Wie angenehm ist es, wenn

Kraft und Energie immer mehr nachlassen, sich einfach zurückzulehnen und quasi vom Rand aus zuzusehen, was geschieht! Außerdem ist es sicher kein Fehler, wenn ich in meinem Alter die Fäden etwas lockere. Irgendwann muss man ja doch loslassen.«

Eulalias Antwort ließ etwas auf sich warten. »Dagegen lässt sich nichts sagen«, meinte sie dann. »Mich wundert es sowieso, wieso viele von Euch kurzlebigen Dreidimensionalen so schwer loslassen können. Vermutlich nehmen die sich einfach zu wichtig. Und dafür finden sie dann nach ihrem Tod oft lange nicht zur Ruhe.« Das ließ mich aufhorchen. »Sind das dann die, die spuken wie Lady Mary?«, wollte ich wissen.

»Nicht unbedingt«, antwortete Eulalia. »Ihre Unruhe kann sie auch ganz woanders hintreiben. Lady Mary gehört eher zu den Ausnahmen. Sie ist durchaus bescheiden. Aber sie hat den größten Teil ihres Lebens in der Burg verbracht und ist dort überaus stark verwurzelt, wahrscheinlich auch schon über die lange Reihe ihrer Vorfahren, die für die Burg zuständig waren. Bei Lady Christina verhält es sich ähnlich, auch wenn sie keine Neigung zum Spuken in Deiner Welt verspürt. Sie hat sehr intensiv gelebt und fühlt sich ihrer einstigen Umgebung noch allzu innig verbunden.«

»Wo sind dann all die anderen, die gestorben sind?«, erkundigte ich mich.

»Woher soll ich das wissen?«, lachte Eulalia. »Bin ich Cailleach oder sonst ein Gott? Zwar tauchen sublimierte Dreidimensionale vereinzelt auch in anderen Ebenen auf, in denen ich mich ab und zu aufhalte. Sogar in der vierten

Dimension bin ich neulich auf einen gestoßen. Ein sehr schrulliger Typ, wie ich sonst noch keinen erlebt habe, muss ich sagen. Er hatte sich in einem Tesserakt, einer Art vierdimensionalem Hyperwürfel, eingenistet, den ich mal näher untersuchen wollte. Da kauerte er ganz allein mit schmerzverzerrtem Gesicht in einer völlig verdrehten Haltung eingeklemmt. Ich fragte ihn, ob er Hilfe brauche. Aber anstatt sich zu freuen, dass endlich mal jemand zu ihm gefunden hatte, schrie er mich an. Was genau er sagte, habe ich nicht verstanden. Weil es sicher sehr lange her war, dass er mit jemandem geredet hatte, brachte er nur ein paar kratzige Worte über die Lippen. Aber sein wütender Gesichtsausdruck und seine aggressiven Gesten, soweit ihm diese in seiner eingeschränkten Beweglichkeit überhaupt noch gelangen, zeigten mir überdeutlich, dass er mich zum Teufel wünschte. Da wandte ich mich eben ab und hörte nur noch etwas Ähnliches wie ›wichtige Forschung‹ und ›lästige Weiber‹ hinter meinem Rücken.« Eulalia kicherte vergnügt in der Erinnerung an dieses Erlebnis.

Ich fand das auch lustig. Da hatte sich wohl einer zu seinen Lebzeiten so sehr in seine Ideen verrannt, dass nichts anderes mehr für ihn zählte. So kann es also kommen. Schnell ermahnte ich mich aber selbst, nicht darüber zu lachen. Ein derart eigenbrötlerisches Wesen verdiente schließlich eher Mitleid. Glücklicherweise handelte es sich um einen äußerst seltenen Fall, wie Eulalia sagte. Doch wo blieben die anderen alle? Diese Frage ließ mich nicht los. »Wo bist Du denn sonst noch auf Verstorbene meiner Art gestoßen?«, hakte ich deshalb nach.

»Ach, halt hier und da.« Eulalia hatte anscheinend keine Lust mehr, sich länger bei diesem Thema aufzuhalten, wie ich an ihrem unwilligen Ton und leisem Gähnen hörte. »Von einem Himmel oder einer Hölle, wie sie manche Religionen lehren, habe ich jedenfalls noch nichts bemerkt«, fuhr sie dann fort. »Die meisten Verstorbenen gehen vermutlich in den Elementen auf – eine Art Recycling. So wie ihr tote Tiere in die Tierkörperbeseitigungsfirma in Orsingen bringt, von der Du mir erzählt hast.« – »Recycling! Also hör' mal, Eulalia«, lachte ich. »Du wirst doch nicht ernsthaft behaupten wollen, dass aus Menschen Seife oder so was gemacht wird.«

Jetzt musste auch Eulalia lachen. »Natürlich meine ich das nicht so grobstofflich«, spöttelte sie. »Was mit menschlichen Körpern geschieht, weißt Du doch. Entweder sie verwesen oder werden verbrannt. Da bleibt nicht viel Materie übrig, mit der man etwas anfangen könnte. Aber Du hast selbst erst vor Kurzem einen Spruch von irgendeinem Weisen – war es Seneca? – zitiert: ›Alles, was da ist, bleibt bestehen. Nichts kann aus der Welt fallen. Allenfalls können Dinge in einen anderen Zustand übergehen.‹ So ungefähr sagtest Du doch. Das heißt nichts anderes, als dass die eigentlich wertvollen, feinstofflicheren Bestandteile eben auch in einen anderen Zustand übergehen.«

Ich schüttelte den Kopf. »Du machst es Dir zu einfach. Wenn von einem anderen Zustand die Rede ist, geht es dabei um Materie. Dabei bleiben immer noch die geistigen Dinge unberücksichtigt.« – »Nein, Du machst es zu kompliziert«, widersprach Eulalia, »weil Ihr Dreidimensionalen Euch für so einmalig haltet, dass Ihr das Aufgehen Eures Bewusstseins in etwas Größerem einfach nicht akzeptieren wollt.« – »Das trifft für mich aber schon mal nicht zu. Du neigst zu sehr zu Verallgemeinerungen«, rügte ich sie.

Eulalia kann Kritik nie gut vertragen. Deshalb redete ich schnell weiter: »Den Gedanken, einmal im großen Ganzen aufzugehen, finde ich sogar richtig schön. Wieso sollte man sich dagegen auflehnen? Und übrigens, findest Du nicht, dass dieser weise Spruch, den Du eben zitiert hast, auch ganz gut zu den Erklärungen passt, die Manannan MacLir Dir gegeben hat, als Du vor dem Wasser Angst hattest?« – »Oh doch«, seufzte Eulalia verträumt.

Mir fiel eines meiner Lieblingsgedichte von Rainer Maria Rilke ein:

Ich lebe mein Leben in wachsenden Ringen,
die sich über die Dinge ziehn.
Ich werde den letzten vielleicht nicht vollbringen,
aber versuchen will ich ihn.

Ich kreise um Gott, um den uralten Turm,
und ich kreise jahrtausendelang;
und ich weiß noch nicht: bin ich ein Falke, ein Sturm
oder ein großer Gesang.

Wir beide hingen unseren Gedanken nach. Dann meldete sich Eulalia wieder zu Wort: »Ihr kurzlebigen Dreidimensionalen denkt darüber nach, was Euch nach dem Tod erwartet. Mich beschäftigt mehr, was bei mir noch alles kommt. Ich hatte solche Angst, als Cailleach mich bestrafte, weil ich dem russischen Pferdehändler geschadet hatte. Als sie mich dann zweihundert Jahre später zu Dir schickte, war es zwar nicht so schlimm, wie ich befürchtet hatte. Aber schön war es auch nicht mit dieser Fiepsestimme und mit so wenig Energie, dass ich mich gar nicht mehr hinter der Membran hervortraue. Glücklicherweise scheint sich jetzt aber doch erst mal alles zum Besseren zu wenden. Ich kann mich mit Dir unterhalten und hinter der Membran treffen. Ich habe mich in der Burg eingerichtet und dort angenehme Gesellschaft gefunden. Auch die Traumflüge mit Dir sind schön. Sogar meine große Sehnsucht nach Manannan MacLir fand Erfüllung. Und neuerdings stehe ich wieder höher in Cailleachs Gunst. Trotzdem – bei einer derart langen Existenz wie der meinen kann man nie wissen, was einem im Lauf der Jahrtausende alles noch zustoßen könnte. Ich darf gar nicht daran denken. Manchmal wäre mir lieber, auch sterblich zu sein.«

Das konnte ich Eulalia gut nachempfinden. Ein ewiges Leben erscheint mir wenig attraktiv, selbst wenn ich dieses auf Wolke Sieben im christlichen Himmel verbringen könnte. Obwohl dort wohl nicht mit schlimmen Überraschungen zu rechnen wäre, müsste es einem irgendwann einmal doch ziemlich langweilig werden.

E-Mail an Gerhard:

Lieber Gerhard,

wie ich Dir schon am Telefon erzählte, gibt es jetzt endlich einen Termin für eine Eigentümerversammlung. Die erste hatte ja bereits vor meinem Einzug stattgefunden. Das ist inzwischen 19 Monate her und es wird wirklich Zeit für eine allgemeine Aussprache. Nur mit E-Mail-Rundbriefen geht es auf die Dauer eben doch nicht. Wegen der Corona-Schutzverordnungen dürfen noch immer nicht mehrere Personen in einem Raum zusammenkommen. Aber wir fanden eine Lösung: Das Treffen wird in der Tiefgarage stattfinden, mit offenem Garagentor,

Mundschutz und angemessenem Abstand. Das ist fast so wie im Freien und es gibt genug Platz. Jeder bringt einen Klappstuhl mit.

Ich sehe der Versammlung mit gemischten Gefühlen entgegen. Ein Thema wird wohl der Pfarrer und sein Hund sein. Die Nachbarn, die ihre Wohnungen auf seiner Seite des Hauses haben, stört das laute Bellen des Hundes sehr, vor allem, wenn es schon in aller Herrgottsfrühe losgeht. Ich kriege davon ja nichts mit. Jedenfalls scheint sich schon seit einiger Zeit Unmut angestaut zu haben, weil der Hundehalter auf entsprechende Vorhaltungen nicht reagierte. Er wird sich halt selber nicht zu helfen wissen. Es wäre schade, wenn die Stimmung eskalieren würde, denn bislang gibt es keinerlei Ärger im Haus. Mein Vorschlag, ein Grillfest zu veranstalten und den Hund zu essen, stieß auf keine Gegenliebe. Einen besseren habe ich aber auch nicht. Ich verstehe nicht, wieso mich so befremdete Blicke trafen. Schließlich waren Hunde bis 1986 in der BRD per Gesetz als Schlachttiere definiert, und um 1990 gab es in Leipzig und Chemnitz noch Hundemetzgereien mit angeschlossenem Wirtshaus.

Übrigens habe ich mich gestern impfen lassen. Mit einem einzigen Anruf bei meinem Hausarzt vor vier Tagen erhielt ich den Termin. Wieder einmal hat sich mein sprichwörtliches Glück erwiesen oder es hat sich einfach gezeigt, dass man mit etwas Gelassenheit leichter durchs Leben kommt. Manche Leute haben ja Himmel und Hölle in Bewegung gesetzt, um zu einer Impfung zu kommen. Aber nun wird mehr und mehr Impfstoff geliefert und die Lage entspannt sich zusehends. Es wird nicht mehr lange dauern, bis ich Euch wieder einmal in ein gutes Restaurant zum Essen einladen kann. Es muss ja nicht gerade Hund sein ...

WhatsApp von Gerhard:

Also weißt Du Mama, Du bist wirklich unmöglich. Und gerade Du musst so einen schrägen Vorschlag machen, wo Du doch fast nie Fleisch isst.

WhatsApp an Gerhard:

Wieso? Ich esse zum Beispiel ganz gern Putenfleisch. Christine hat gesagt, Truthahn darf man essen, weil das so hässliche Tiere sind. Hunde sind zwar nicht hässlich, aber sie können lästig sein. Dann kann man sie doch wohl auch essen. Viel schlimmer finde ich, wenn man z. B. Hasen schlachtet. Die sind so niedlich und machen überhaupt keinen Krach.

In der Folge erlebten Eulalia und ich mehrere äußerlich ereignislose, für uns jedoch überaus anregende und harmonische Tage miteinander. Wir lasen, diskutierten, tauschten Erinnerungen aus und erfreuten uns gegenseitig unserer Gesellschaft. Allmählich drängte es mich aber, wieder einmal durch die Membran zu gehen. Seit Eulalias Erzählung von ihrem verbotenen Eingreifen in ein menschliches Schicksal waren meine Bedenken weitgehend zerstreut. Da ich weder stehle noch betrüge und es nicht meiner Gewohnheit entspricht, andere Leute zu verprügeln, sollte von ihrer Seite wohl kaum eine Gefahr für mich ausgehen. Als Eulalia mir endlich mitteilte, Lady Mary würde sich freuen, wenn wir zum Tee kämen, um mit ihr ein bisschen im Schatzkästchen ihrer Erinnerungen zu kramen, nahm ich die Einladung begeistert an.

Bei meinem Eintreffen in der Burg wurde ich herzlich empfangen – auch von Lady Christina und ihren Hunden, die sich inzwischen an mich gewöhnt hatten und mich freundlich beschnupperten. Die beiden großen Tiere waren mir recht sympathisch geworden. Kaum hatten wir uns gesetzt und der Tee war eingeschenkt, begann Lady Mary mit sichtlicher Freude zu erzählen:

»Mein Großvater war der berühmte Reverend Farquhar MacRae. Sie sehen ihn dort drüben auf dem großen Bild über dem Sofa. Er war ein gelehrter Mann und genoss weithin großes Ansehen wegen seiner mitreißenden Predigten. Oft wurden sie von anderen Geistlichen und auch Laien mitgeschrieben und auf diese Weise weiterverbreitet. Er war aber auch in mancherlei Wissenschaften bewandert. Wo er sich aufhielt, stapelten sich um ihn herum stets Bücher und allerlei Schriften. Trotzdem war er als guter Kämpfer und Organisator ein fähiger Constable, übrigens der letzte in Eilean Donan Castle. Denn nach seiner Absetzung wurde wegen öfter wechselnder Eigentumsverhältnisse und der Unruhen infolge der Jakobitenaufstände nie mehr einer ernannt.«

»Wie?«, fragte ich verwundert dazwischen, »Ihr Großvater konnte ein militärisches Amt ausüben, wo er doch ein Geistlicher war?« – »Das war nichts Unübliches«, versicherte Lady Mary. »Bei den Presbyterianern gab es keine institutionalisierte Hierarchie. Religiöse Ämter wurden nicht auf längere Zeit vergeben, außerdem gar nicht, oder wenn doch, dann nur sehr gering bezahlt. Leute in solchen Positionen übten in der Regel zusätzlich einen Beruf aus oder lebten von den Erträgen der Landwirtschaft, wenn sie Landbesitzer waren. Und die Pflichten als Constable ließen ihm genug Zeit für anderes, denn zwischen den Angriffen auf die Burg oder sonstigen Kampfeinsätzen gab es immer wieder ruhigere Wochen und Monate.«

»Trotzdem finde ich es seltsam, dass ein Mann Gottes Menschen tötet. Das ist doch ein Widerspruch«, beharrte ich. »Durchaus nicht.« Lady Mary schüttelte den Kopf. »Er tat es ja nicht aus Rachsucht oder Habgier, sondern in reiner Pflichterfüllung. Außerdem hatte dies auch oft noch den Zweck, die Irrlehren der Ketzer zu bekämpfen, sodass er nicht nur für die Interessen seiner Dienstherren eintrat, sondern auch für das Seelenheil vieler Menschen.« – »So viel zur christlichen Nächstenliebe«, murmelte Lady Christina leise und grinste Eulalia an, die nur die Augen verdrehte.

Lady Mary hatte den Einwurf nicht gehört und fuhr unbeirrt in ihrer Erzählung fort. »Allerdings hatte er auch tatkräftige Unterstützung seitens meines Vaters, Alexander of Invarinate MacRae. In aller Regel wurde ein Sohn des amtierenden Constables schon im Kindesalter zum Nachfolger bestimmt, damit er nach und nach in seine künftigen Pflichten hineinwachsen könne. Denn schon seit Generationen amtete immer ein MacRae als Constable der Burg. Die MacRaes waren berühmt für ihre Kampfkraft und unverbrüchliche Treue; man bezeichnete sie als das Kettenhemd der MacKenzies. Es war also mein Vater, der sich um den Drill der Wachmannschaft und der Soldaten, die je nach Bedarf zusätzlich angeworben wurden, kümmerte. Er sorgte für Waffen und sonstige Ausrüstung, teilte die Wachdienste ein und half auch bei der Verwaltung der Ländereien, die dem Constable der Burg zur freien Nutzung überlassen waren.«

»Wenn Ihr Großvater der letzte Constable von Eilean Donan Castle war, hat Ihr Vater die Nachfolge aber nie angetreten. Wie erging es dann Ihrer Familie?«, erkundigte ich mich interessiert. »Nun, die Absetzung meines Großvaters erfolgte wegen unterschiedlicher politischer Meinungen, aber man ging nicht im Streit auseinander, sondern einigte sich gütlich. Eigentlich war mein Großvater ganz zufrieden, aus der Burg ausziehen zu können. Er war damals schon alt und fand die Burg mit ihren vielen Treppen und schwer heizbaren Räumen zunehmend ungemütlich. Da meine Mutter, Margaret of Strathpeffer MacKenzie, wie auch meine Stiefmutter von MacKenzie-Familien abstammten, konnten wir alle, soweit wir dies wollten, hier wohnen bleiben, bis eine endgültige Entscheidung bezüglich der Burg getroffen wäre. Dazu kam es allerdings nie, denn in diesen unruhigen Zeiten war auch der MacKenzie-Clan gespalten und so gab es häufige Wechsel in den Besitzverhältnissen. Insbesondere meine Anwesenheit als Hausdame in Eilean Donan Castle war aber jederzeit erwünscht. Die Burg sollte ja nicht verwahrlosen und ich hatte den Haushalt fest im Griff.

So bin ich also zusammen mit meinen beiden Brüdern in Eilean Donan Castle aufgewachsen. Es war eine glückliche, sorglose Kindheit. Aber als ich gerade mal sechs Jahre alt war, starb meine Mutter im Kindbett. Mein Vater heiratete kurz darauf wieder. Mit meiner Stiefmutter verstand ich mich von Anfang an gut. Zudem war sie mehr und mehr auf meine Hilfe im Haushalt angewiesen, weil sie bald schwanger wurde und in den folgenden Jahren ein Kind nach dem anderen zur Welt brachte. Ich liebte meine kleinen Stiefgeschwister sehr. Aber natürlich war mir auch klar, dass mit jedem weiteren Kind meine Aussichten auf eine eigene Familie schwanden. Mein Großvater sprach ganz offen mit mir über diese Dinge.

In erster Linie mussten die männlichen Erben standesgemäß erzogen werden. Das kostete einigen Aufwand. Üblicherweise hätte auch für jeden ein angemessenes Erbe in Form von Land und Grundbesitz reserviert werden müssen. Unsere Familie war zwar recht wohlhabend. Doch selbst wenn man einrechnete, dass manche Söhne das Erwachsenenalter nicht erreichen würden – damals starben mehr als ein Drittel aller Kinder in Schottland vorher – waren es einfach zu viele, um alle in dieser Weise bedenken zu können. Immerhin gab es noch die Möglichkeit, über ein Studium und die Protektion einflussreicher Verwandter eine geistliche Laufbahn einzuschlagen oder eine Stellung bei Hof zu erlangen. Außerdem konnte manch einer im militärischen Bereich sein Glück machen. Die Chancen für meine Brüder standen also nicht schlecht.

Für uns Mädchen sah es weniger günstig aus. Schönheit und Jugend allein genügten nicht. Ein standesgemäßer Bewerber würde auch eine entsprechende Mitgift erwarten. Und einen Mann aus einfachen Verhältnissen konnten wir nicht heiraten, weil dies dem Ansehen der Familie geschadet hätte. Mein Los würde es also sein, im Haushalt eines männlichen Verwandten unterzukommen.

Als ältestes Mädchen in der Familie wuchs ich früh in die Rolle der Haushälterin hinein, denn meine Stiefmutter konnte sich nicht um alles kümmern wegen der vielen Schwangerschaften und Kinder. Mein Großvater sah mit Wohlwollen, dass ich gottesfürchtig, fleißig und pflichtbewusst war. Um meine Nützlichkeit weiter zu erhöhen und damit meine Zukunftsaussichten zu verbessern, vermittelte er mir außerdem eine gute Bildung. Einen Teil des Unterrichts übernahm er trotz seiner vielen Verpflichtungen selbst. In Latein, Französisch, Geografie und Pflanzenkunde ließ er mich von Bernard, seinem Sekretär, unterrichten. Bernard war ein junger Geistlicher, der mit einem Stipendium an der presbyterianischen Akademie in Edinburgh studiert hatte und seit Kurzem im Dienst meines Großvaters stand.«

»Und wie es bei einem regelmäßigen Zusammensein zweier junger Menschen kaum ausbleiben konnte, verliebten Sie sich ineinander, nicht wahr?«, lächelte Lady Christina. »Wie war er denn so, der gute Bernard?« Lady Mary senkte errötend den Kopf. »Oh, er war sehr klug und gelehrt, ein ernster und zurückhaltender junger Mann, aber immer freundlich und geduldig, wenn ich es an Aufmerksamkeit fehlen ließ oder mir Vokabeln nicht merken konnte. Ich hatte ja so wenig Zeit zum Lernen. Und oft war ich einfach schrecklich müde von den langen, anstrengenden Arbeitstagen. Bernard war so verständnisvoll. Wenn ich mich gar nicht mehr konzentrieren konnte, ging er mit mir hinaus in die Natur und zeigte mir, was es Interessantes an Pflanzen und Tieren zu beobachten gab.« Lady Mary schwieg eine Zeit lang. Mit verträumtem Blick nestelte sie an dem Spitzentaschentuch in ihrem Schoß herum. Offensichtlich war sie in schönen Erinnerungen versunken.

»Hat sich dann etwas Ernsthaftes zwischen Euch angebahnt?«, erkundigte sich Eulalia neugierig. »Oh nein«, wehrte Lady Mary errötend ab. »Wir wussten ja beide, dass eine Heirat niemals infrage käme. Er kam aus einfachen Verhältnissen. Um eine Familie gründen zu können, brauchte er eine Frau mit einer stattlichen Mitgift. Die konnte ich nicht vorweisen, wie ich bereits sagte, und meine Familie hätte mich niemals unter Stand heiraten lassen. Aber ich muss gestehen, dass ich manchmal von Bernard träumte und die Gegenstände streichelte und küsste, die er in seinen schmalen und doch kraftvollen Händen gehalten hatte. Er hatte so schöne dunkle Augen, und wenn er mich anblickte, konnte ich sehen, dass ich ihm auch nicht gleichgültig war.«

Lady Christina rümpfte verächtlich die Nase. »Aber wieso denn nur träumen? Gerade weil Ihr wusstet, dass eine eheliche Verbindung zwischen Euch nicht möglich war, hättet Ihr doch mindestens die körperliche Liebe genießen können.« – »Niemals hätten wir so etwas getan!«, rief Lady Mary in sittlicher Entrüstung. »Ich war immer eine anständige Person, und Bernard wäre es auch nie in den Sinn gekommen, mich zu verführen. Er war ein durch und durch ehrenhafter Mann.« – »Na, dann viel Vergnügen. So macht das Leben ja Spaß!«, murmelte Eulalia verächtlich. Glücklicherweise entging Lady Mary auch diese Bemerkung.

»Aber wie kam es denn nun, dass Sie Hofdame wurden?«, warf ich schnell ein, um von dem heiklen Thema abzulenken. »Das habe ich meinem Großvater zu verdanken«, strahlte Lady Mary. »Ich erinnere mich noch gut daran, wie er mir an meinem 29. Geburtstag seine Kutsche schickte mit der Botschaft, ich solle mich unverzüglich reisefertig machen und zu ihm kommen. Er habe mir etwas Wichtiges mitzuteilen. Natürlich war ich neugierig und auch froh über die Abwechslung. Wie staunte ich dann über das, was mich erwartete, als ich vier Tage später bei ihm eintraf. Freudestrahlend humpelte er mir entgegen und nahm mich, ganz gegen seine sonstige Gewohnheit, herzlich in die Arme. »Mein liebes Kind, nun ist es mir doch noch rechtzeitig vor meinem Ableben gelungen, etwas für Dich zu arrangieren, das Dir eine bessere Perspektive bietet«, verkündete er triumphierend. Und da erfuhr ich, dass ich zu Hofe in Whitehall erwartet würde.

Im vereinigten englisch-schottischen Königreich bestand die Befürchtung, durch die Heirat von Charles II. mit Katharina von Braganza, einer portugiesischen Prinzessin, könne die katholische Kirche wieder Aufwind bekommen. Obwohl der Katholizismus bei strengen Strafen verboten war, gab es nämlich – auch unter den adeligen Familien – noch immer viele heimliche Katholiken. Ein erneutes Aufflammen der endlich mühsam unterdrückten Religionskämpfe sollte unbedingt verhindert werden. Es galt also, die Papisten aus der Umgebung der jungen Königin fernzuhalten. Aus diesem Grunde wurde die gesamte Gefolgschaft Katharina von Braganzas bald nach der Hochzeit nach Portugal zurückgeschickt. Nur ihr Beichtvater und eine ganz alte Zofe durften bleiben. Nun suchte man eilig nach passendem Ersatz. Anscheinend so dringend, dass sogar ich als Angehörige einer presbyterianischen Familie aus Schottland einen Platz auf der Vorschlagsliste erhalten hatte. Zu anderen Zeiten hätten die Anglikaner, die in England die Oberhand hatten, so etwas sicher verhindert. Mein Großvater, noch immer ein einflussreicher Mann und überzeugter Royalist, hatte dafür gewiss alle Hebel in Bewegung gesetzt.«

Lady Mary erhob sich und holte einen Stapel kleiner, teilweise gerahmter Bilder von der Kommode herüber.

»Schauen Sie mal, wie ich damals aussah«, forderte sie uns auf, während sie das erste der Bilder herumreichte. Als ich an der Reihe war, blickte mir ein schmales, ernstes Gesicht mit großen blauen Augen entgegen. Von den feinen strohblonden Haaren sah man nicht viel. Sie waren streng aus dem Gesicht gekämmt und in einem Knoten auf dem Hinterkopf zusammengefasst. Ein Spitzentüchlein verdeckte einen Großteil der Frisur. Nur zwei vorwitzige Löckchen ringelten sich auf der Stirn. Auch das schmucklose dunkle Kleid mit dem hohen weißen Spitzenkragen wirkte streng und ließ die zierliche Gestalt darin altjüngferlich erscheinen.

Anschließend machten einige Zeichnungen auf einer Art Karton die Runde. Man sah darauf üppig herausgeputzte Frauen und Mädchen in voluminösen Gewändern, deren weite Dekolletés mehr zeigten, als sie verdeckten. »Im Hause meines Großvaters fand ich mich alsbald von Schneiderinnen umringt, die in aller Eile eine passende Garderobe für mich anfertigen mussten«, berichtete Lady Mary weiter. »Dies sind die Musterzeichnungen, die man mir zur Auswahl vorlegte. Ich war erschrocken über die Freizügigkeit dieser Kleider, die, wie Sie sehen, die weiblichen Formen geradezu unanständig betonen. Am meisten nahm ich an den allzu tiefen Ausschnitten Anstoß. Die Schneiderinnen behaupteten jedoch, nur die alten und schon sehr runzligen Damen bei Hofe seien züchtiger gekleidet, und man würde mich für eine unkultivierte Landpomeranze halten und für die Entourage der Königin ablehnen, wenn ich mich nicht nach der üblichen Mode richte. Dennoch kämpfte ich, unterstützt von meinem Großvater, um jeden Zentimeter Stoff. Als Kompromiss einigten wir uns schließlich auf hauchzarte Tüchlein, die ich über den offenen Brüsten einknöpfen konnte.

Die prächtigen Stoffe aber, die man mir danach zeigte, begeisterten mich voll und ganz. Nie zuvor hatte ich etwas so Schönes gesehen. Bei den Anproben kam ich mir schon selber wie eine Prinzessin vor. Sehen Sie mal das Bild hier über dem Kamin. So sah ich dann in einem dieser Kleider aus.« Lady Mary deutete auf ein großes Gemälde, auf dem eine schöne, elegante Dame zu sehen war. Nie hätte ich sie in dieser Aufmachung wiedererkannt. Eulalia ging es wohl ebenso. Wir beide staunten und gaben unserer Bewunderung Ausdruck.

Lady Christina stimmte in unser Lob ein und sagte: »Das ist es ja, was ich nicht verstehen kann. Nach so einer attraktiven Frau hätte sich doch sicher mancher Mann die Finger geleckt. In meinen Augen ist es fast eine Sünde, solch großzügige Gaben der Natur zu ignorieren.« – »Sicher gab es da manch einen, der mir den Hof machte«, antwortete Lady Mary ernst. »In meinem Herzen war aber kein Platz mehr frei. Ich dachte immer nur an Bernard.« – »Und später? Als Sie wieder nach Eilean Donan Castle zurückkamen?«, insistierte Lady Christina. »Da waren Sie doch immer noch in einem knackigen Alter, oder? Mitte 40 seien Sie damals gewesen, hatten Sie mir mal gesagt. Hätten Sie nicht mindestens dann Ihrem Bernard noch eine Chance geben können? Wer hätte Sie gehindert? Vater und Großvater lebten nicht mehr. Sie waren Ihr eigener Herr und waren finanziell unabhängig.«

»Sicher wäre unter diesen Umständen eine Heirat möglich gewesen«, stimmte Lady Mary zu. »Ich war nun wohlhabend. Jahrelang hatte ich einen Großteil meiner Besoldung zurücklegen können, denn nachdem ich einmal eingekleidet war, musste ich nur noch selten etwas hinzukaufen.

Obwohl Katharina größer war als ich, hatten wir ansonsten eine ähnliche Figur. Oft gab sie mir Teile ihrer Garderobe ab. Eine Königin kann ja nicht lange in denselben Sachen rumlaufen. Zudem erhielt ich von ihr eine namhafte Summe als Abschiedsgeschenk.

Doch als ich nach 15 Jahren zurückkehrte, war Bernard längst ein verheirateter Mann. Mein Großvater hatte ihm noch kurz vor seinem Tod eine Frau mit einer guten Mitgift besorgt. Sie war das einzige Kind eines Müllers. Ich begegnete ihm einmal mit ihr und seiner Kinderschar auf dem Markt in Oban. Es war schwer für mich, meinen Bernard so zu sehen und wie er seine Frau liebevoll an sich drückte, als er sie mir vorstellte. Wir redeten nur ein paar Minuten miteinander, und als er mir zum Abschied die Hand gab, brannte sie wie Feuer in der meinen. Aber das war nicht recht von mir. Ich hoffe, er ist glücklich geworden.« Über die blassen Wangen von Lady Mary rollten ein paar dicke Tränen. Wir schwiegen betroffen. Sogar Eulalia war ausnahmsweise einmal nicht nach Spott zumute.

Doch bald hatte Lady Mary ihre Fassung zurückgewonnen. »Zu meiner Rückkehr nach Eilean Donan Castle kam es, als sich Katharina von Braganza aus Whitehall zurückzog. Sie hatte einfach keine Energie und Lust mehr, sich gegen die ständigen Intrigen der Anglikaner und gewisser Hofschranzen durchzusetzen. Ihre Kinderlosigkeit brachte ihr auch im Volk keine Sympathien ein, und je älter sie wurde, desto mehr wuchs der Druck auf den König, sich von ihr scheiden zu lassen. Das wollte er aber nicht. Er sagte, er habe ja noch Geschwister und Vettern mit ihrem Nachwuchs. Sie alle trügen königliches Stuart-Blut in sich. Außerdem habe er genug Bastarde gezeugt und offiziell anerkannt, bei denen dies auch der Fall sei. Es gäbe also keinen Mangel an Auswahl für die Thronfolge. Aber lassen Sie mich weitererzählen, wie ich an den Hof kam.

Nach zwei Wochen, während derer mein Großvater mich noch mit den wichtigsten Regeln des höfischen Protokolls vertraut gemacht hatte, waren die ersten Kleider fertig. Der Rest sollte nachgeschickt werden. Schuhe, Hüte und anderes Zubehör würde ich in London einkaufen müssen. Lady Lauderdale, eine erfahrene schottische Hofdame, würde mich unter ihre Fittiche nehmen und mich begleiten.

Die Visitation, der ich nach meiner Ankunft im Whitehall-Palast unterzogen wurde, dauerte lange, und ich kam mir wie eine Kuh auf dem Viehmarkt vor. Mehrere adlige Herren und Damen beschauten mich von allen Seiten, wollten sogar mein Gebiss untersuchen und meinen Atem riechen, begutachteten meinen Gang, meine Knickse und Verbeugungen. Zu meinem Entsetzen zwickte mich einer der Gentlemen obendrein noch an verschiedenen peinlichen Stellen, angeblich um die Festigkeit meines Fleisches zu testen. Anschließend erfolgte ein regelrechtes Verhör, mit dem sich das Prüfungskomitee einen Einblick in meine Ansichten, geistigen Fähigkeiten und allgemeinen Kenntnisse verschaffen wollte. Die Ergebnisse sowie eine, wie man mir sagte, positive Beurteilung wurden dann schriftlich festgehalten.

Am nächsten Tage erwartete mich der Earl of Clarendon, einer der höchsten Hofbeamten, zu einer fünfminütigen Audienz. Mit verkniffenem Gesicht musterte er mich abschätzig. Ich spürte, dass ihn meine schottische Herkunft störte. Doch dann leierte er eine Belehrung über meine Pflichten und Rechte als Hofdame der Königin herunter und überreichte mir meine Bestallungsurkunde. Damit war ich also offiziell in das Gefolge der Königin aufgenommen, noch ohne sie je gesehen zu haben. Offenbar wurde sie überhaupt nicht gefragt. Das wunderte mich.

Viel Zeit hatte ich nicht, um mich in dem weitläufigen verwinkelten Palastgebäude einigermaßen zurechtzufinden und die dort geltenden Regeln kennenzulernen. Tatsächlich blieben mir nicht mehr als zwei Tage zur freien Verfügung, während derer ich außerdem noch meine Ausstattung vervollständigen musste. Bei alledem war mir die säuerliche und pingelige, aber vielseitig versierte Lady Lauderdale eine große Hilfe. Beim Aushandeln der Preise und Konditionen erwies sie sich als echte Schottin. Wie gut für mich! Anfangs musste ich noch fast alles auf Kredit kaufen, weil die erste Auszahlung meiner Hofbesoldung erst ein Vierteljahr später erfolgte. Für mein kleines Zimmer in der Nähe der Suite der Königin entstanden mir aber keine Kosten, ebenso wenig wie für das Essen aus der Schlossküche.

Von Lady Lauderdale erfuhr ich auch von der ersten Begegnung des Königs mit seiner Gemahlin. Die Seereise hatte Katharina von Braganza sehr mitgenommen, sodass sie mehrere Tage das Bett hüten musste. Als der König dann eintraf, habe sie erst kurz zuvor ihr Bett erstmals verlassen, sodass ihr fülliges schwarzes Haar noch nicht in einer kunstvollen Frisur geordnet gewesen sei. Man habe ihn deshalb nicht gleich zu ihr vorlassen wollen. Er aber habe fröhlich ausgerufen: ›Ich habe schon viele Damen im Bett besucht, und keine hat sich darüber beklagt. Dann werde ich doch auch zu meiner eigenen Gemahlin gehen können.‹

Und als er nach einer halben Stunde ihr Zimmer wieder verließ, habe er im Flur lachend gesagt: ›Oh Gott, die haben mir ja eine Fledermaus statt einer Frau geschickt.‹

Später erzählte man mir noch, dass Katharina bei dieser ersten Begegnung, als Erfrischungen herumgereicht wurden, um eine Tasse Schwarztee bat, woraufhin der König gesagt habe: ›Tee haben wir hier nicht. Aber wie wäre es mit einem schönen lauwarmen Bier?‹ Sie sei entsetzt gewesen.« – »Oh, wie gut ich das verstehen kann!«, rief ich amüsiert dazwischen. »Ich habe das bei einem Englandurlaub auch einmal angeboten bekommen und fand es grässlich. Und so was ausgerechnet einer begeisterten Teetrinkerin vorzuschlagen! Da bekommt man ja einen Kulturschock!«

»Ja«, erwiderte Lady Mary, »das war es wohl. Denn Bier habe ich sie niemals trinken sehen. Auf Schwarztee musste sie dennoch nicht verzichten. Sie hatte eine große Kiste Tee mitgebracht. Damals war Tee in England zwar nicht mehr ganz unbekannt, aber er wurde noch kaum getrunken. Er war ja auch noch sehr teuer. Katharina von Braganza führte jedoch bei Hofe den Fünfuhrtee ein, eine Sitte, die mit der Zeit allgemeine Verbreitung fand.« – »Aber wenn der Tee so teuer war, konnten sich doch sicher nur die ganz Reichen solchen Luxus leisten«, warf Eulalia ein. Lady Mary schüttelte den Kopf. »Schnell wurde er billiger«, erklärte sie, »denn die guten Handelsverbindungen nach China erleichterten die Einfuhr erheblich, und so wurde Tee auch für Leute aus der Mittelklasse bald erschwinglich.«

Am liebsten hätte ich jetzt eine Dankeshymne an Katharina von Braganza anstimmen wollen wegen ihrer Verdienste um die europäische Teekultur. Wie viel ärmer wäre mein Leben ohne Tee! Erst gestern hatte ich wieder eine umfangreiche Lieferung vom Teepott, einem Teeladen in Radolfzell mit erfreulich reichhaltigem Sortiment, bekommen. Dieser Vorrat würde mir etwa ein halbes Jahr reichen. Glücklich hatte ich meine verschiedenen Lieblingssorten ausgepackt, alles intensiv beschnuppert und in luftdichte Blechbüchsen umgefüllt. Noch heute früh roch es in meinem Küchenwohnzimmer wie in einer Teehandlung. Und wie genüsslich hatte ich die erste Tasse des wunderbar aromatischen Earl Grey geschlürft, den ich mir diesmal zum Ausprobieren mitbestellt hatte!

»Heil Dir, oh Katharina, die Du mir so viele Glücksmomente auch in manchen schweren Zeiten beschert hast!

Gelobet seist Du für Deinen erlesenen Geschmack und all die exquisiten Teesorten, die Du in die europäischen Gefilde brachtest!

Du hast unsere Tassen mit köstlich duftenden hell- und dunkelgoldenen Flüssigkeiten gefüllt.

Dank Deines Wirkens umschmeichelt himmlische Labung unsere Gaumen, und unsere Mägen werden erquickt durch die sanft entspannenden Wirkkräfte des wonnigen Gesöffs.

So wie Du auch unseren dumpf brütenden Gehirnen die dringend notwendige Belebung und Erleuchtung verschafftest.

Du versüßest mir das Aufstehen an jedem Morgen durch die Aussicht auf eine große Kanne heißen, kräftigen und malzig schmeckenden Assam-Tees mit einem Schuss Milch und lässt mich beim Fünfuhrtee frohlocken über die Wonnen eines würzig-aromatischen Earl Grey oder eines leichten blumigen Darjeeling, sei es ein First Flush oder ein sommerreifes Blatt.

Unsere Kehlen, die ohne Dich niemals die Labsal echten Teegenusses verspürt hätten, lobpreisen Dich und singen Dir ewigen Ruhm, oh gesegnete Katharina von Braganza!«

»Wie? Was?« Verwirrt erwachte ich aus meinem teeseligen Tagtraum. Die Geisterdamen blickten verdutzt in meine Richtung. Selbst die beiden großen Hunde wackelten irritiert mit den Ohren. Hatte ich etwa laut gesprochen oder gar gesungen? Irgendetwas in dieser Art musste wohl geschehen sein, denn Eulalia musterte mich kühl und runzelte die Stirn. »Was guckst Du mich so an?«, fragte ich sie. »Denkst Du, ich spinne?« – »Na klar, und wie!«, war ihre Antwort. »Eigentlich sollte ich mich inzwischen daran gewöhnt haben.«

Dass ich mich so vor den Geisterdamen blamiert hatte und Eulalia mich auch noch zusätzlich bloßstellte, war mir jetzt doch arg peinlich. Schnell versuchte ich deshalb, von meiner Eloge abzulenken und das Gespräch wieder in eine seriöse Richtung zu bringen.

»Stimmt es eigentlich, dass Katharina von Braganza vor allem wegen ihrer üppigen Mitgift als Frau für Charles II. ausgewählt worden ist?«, fragte ich Lady Mary. Diese nickte zustimmend und erklärte: »Ganz ohne Zweifel war es das, denn sonst wäre eine Katholikin niemals zum Zuge gekommen. Insbesondere der König selbst war dringend auf Geld und Gut angewiesen. Er hatte ja die meiste Zeit seines Lebens im Exil verbracht – fast immer in Geldnot. Tatsächlich befand er sich wegen seiner hohen Schuldenlast in einer echten Notlage, als er zwei Jahre vor seiner Heirat endlich nach England zurückkehren konnte. Wie Sie sicher wissen, war sein Vater, Charles I., vom Parlament abgesetzt und zum Tode verurteilt worden. Den königlichen Besitz hatte man eingezogen. Nur über einen kleinen Teil davon konnte Charles der II. dann wieder frei verfügen. Dennoch erwartete alle Welt von ihm eine standesgemäße Prachtentfaltung. Dabei war er von den Zahlungsbewilligungen des Parlaments abhängig, die ständig neu ausgehandelt werden mussten und an Bedingungen geknüpft waren, die seine Handlungsfähigkeit enorm einschränkten. Unter solchen Umständen kam eine derart reiche Erbin natürlich mehr als gelegen.

Man sah aber auch die politischen Chancen einer dynastischen Verbindung mit Portugal. Diese konnte die Stellung Britanniens im Spiel der politischen Mächte erheblich stärken und dazu beitragen, die papsttreuen europäischen Länder, allen voran das säbelrasselnde Spanien, aber auch die Niederlande, besser in Schach zu halten. Der schwelende Streit um die Handelsplätze in Nordamerika und in Asien drohte ja ständig in einen Krieg zu münden.

Das stärkste Argument für die portugiesische Braut war aber doch ihre überaus reiche Mitgift gewesen. Neben einer hohen Geldsumme brachte sie unter anderem die wichtigen Handelsstädte Tanger und Bombay sowie einige portugiesische Siedlungen in China mit.« Ich nickte eifrig: »Diese überseeischen Ländereien haben wohl sehr dazu beigetragen, dass England zum größten Handelsimperium aller Zeiten und zur größten Kolonialmacht der Welt, dem British Empire, wurde.«

»Ich denke auch«, sagte Lady Mary. »Ich habe das ja nicht mehr miterlebt. Aber Eulalia hat mir auf einem Globus gezeigt, wo wir später überall Kolonien hatten. Kaum zu glauben! Allerdings muss man schon sehen, dass entscheidende Schritte in diese Richtung bereits die Siedlungen in Nordamerika waren. Denken Sie nur an die überragende Bedeutung, die New York erreichte. Sie werden wissen, dass Charles II. die Niederländer in einer Seeschlacht um die Kolonie New Amsterdam besiegt hat und diese dann seinem Bruder, dem Duke of York, schenkte, woraufhin der Name der Kolonie entsprechend geändert wurde. Und dann natürlich die Britische Ostindien-Kompanie. Zwar war diese bereits im Jahr 1600 durch Elizabeth I. gegründet worden, aber Charles II. hat ihr dann entscheidende Handlungsfreiheiten eingeräumt, sodass sie fast so etwas wie ein Staat im Staate wurde. Das brachte dem Überseehandel einen enormen Schub. Und Geld bringt Macht. Das war schon immer so.«

»Und waren nicht gerade auch diese portugiesischen Siedlungen in China, von denen der Tee kam, eine sprudelnde Geldquelle?«, fragte ich weiter. »Ich habe zum Beispiel mal gehört, dass es damals noch keinen Teeanbau außerhalb Chinas gab.« – »Das ist richtig«, bestätigte Lady Mary. »Deshalb waren diese Orte, die Katharina von Braganza mitbrachte, auch so wichtig. Obwohl man ihren Wirtschaftswert ohne die Britische Ostindien-Kompanie niemals so gut hätte nutzen können.« – »Jetzt fängst Du schon wieder mit dem Tee an«, wies mich Eulalia zurecht. »Dabei wissen wir immer noch nicht, wie es Lady Mary bei Hofe erging.«

»Da gibt es natürlich viel zu erzählen«, sagte Lady Mary. »Für alles wird die Zeit heute gar nicht mehr reichen. Aber das Wichtigste war für mich, dass Katharina von Braganza mir so zugeneigt war. Zwar war ihr Wesen allgemein freundlich und ausgeglichen, doch mich hatte sie besonders gern in ihrer Nähe. Das kam sicher auch daher, weil sie mit mir am besten reden konnte. Anfangs kannte sie nämlich nur wenige englische Worte und ihr Französisch reichte gerade mal, um sich einigermaßen verständlich zu machen, aber nicht für eine richtige Unterhaltung. Portugiesisch hatte keine der Hofdamen gelernt. Da entdeckten wir, dass wir beide uns mühelos in Latein ausdrücken konnten. Der geduldige Bernard hatte mir diese alte Sprache, die er sehr liebte, wirklich gut beigebracht, und Katharina war in einem Kloster erzogen worden, wo Latein zu ihrem Lehrplan gehörte. Von da an wollte sie mich immer in ihrer Nähe haben und ich gewann schnell ihr Vertrauen. Ein zusätzliches Vergnügen verschaffte es uns, dass wir so völlig ungeniert über alles reden und spötteln konnten, weil außer uns und den wenigen Geistlichen kein Mitglied der Hofgesellschaft Latein verstand.

Gleich in den ersten Tagen meines Dienstes in der Umgebung der Königin fand ich sie einmal in Tränen aufgelöst vor. Man hatte ihr nicht nur alle ihre portugiesischen Begleiter genommen und mit britischen ersetzt, sondern ihr auch noch ausgerechnet Barbara Castlemaine, die Mätresse des Königs, als Lady of the Bedchamber zugemutet. Dieses höchste Amt im Dienst der Königin bekleideten nur ganz wenige Hofdamen, und zwar diejenigen, die ihr beim Ankleiden und Auskleiden und sonstigen Dienstleistungen in ihren privaten Räumen zur Verfügung standen.

Wenn Barbara Castlemaine dem König eine Szene machte – und das geschah oft, denn sie hatte ein heftiges Temperament und war bekannt für ihre spektakulären Wutausbrüche – gab er meistens nach und erfüllte ihre Wünsche. Aber nicht aus Liebe, sondern einfach, um seine Ruhe zu haben. Vor seiner Heirat war sie auch bei offiziellen Anlässen stets an seiner Seite gewesen und hatte sich dabei fast wie eine legale Gemahlin fühlen können. Es passte ihr gar nicht, nun einer anderen diesen privilegierten Platz überlassen zu müssen. Deshalb hatte sie dem König eine besonders fürchterliche Szene geliefert und ihm dabei als Ausgleich für ihren Prestige-Verlust die herausgehobene Stellung einer Lady of the Bedchamber abgetrotzt. Wieder einmal hatte sich die Maitresse durchgesetzt.

Natürlich empfand Katharina es als einen unerhörten Affront, diese Person in ihrer nächsten Nähe dulden zu müssen. Sie war vor Entsetzen fast in Ohnmacht gefallen und hatte vehement dagegen protestiert. Woraufhin der König die Achseln zuckte und ihr den Earl von Clarendon schickte. Ausgerechnet dieser moralinsaure alte Mann musste sie in einem ausführlichen Gespräch darüber aufklären, was sie als gehorsame Gattin von Charles II. laut Brauch und Ehevertrag alles hinzunehmen habe.

Katharina war klug und verstand. Sie änderte ihre Taktik. Obwohl sie noch lange Zeit sehr wütend war, zeigte sie dies nach außen nicht mehr. Ich glaube, gerade ihre Beherrschtheit brachte ihr mit der Zeit die dauerhafte tiefe Zuneigung und das absolute Vertrauen des Königs ein. Er hasste es nämlich, wenn Frauen herumschrien und heulten. Im Laufe der Jahre wurde sie ihm zu einer wichtigen Beraterin.

Trotzdem fiel es Katharina natürlich nicht immer leicht, gute Miene zum bösen Spiel zu machen. Wahrscheinlich war sie auch deshalb so froh, in mir eine Vertraute zu haben, bei der sie sich aussprechen konnte. Des Königs sexueller Appetit war sehr groß, und Barbara Castlemaine war wirklich eine außerordentliche Schönheit. Viele Jahre hatte sie ihn fest im Griff. Trotzdem hatte er auch neben ihr und seinen späteren Maitressen stets mehrere Geliebte. Einmal stand ich in einem Ballsaal am Rande der Tanzfläche und hörte, wie zwei Herren den König drängten, auf Barbara einzuwirken, damit diese wieder auf den Weg des rechtmäßigen Glaubens zurückfinde, denn sie zeige ein allzu großes Interesse am Katholizismus. Charles tat dies mit einer Handbewegung ab und sagte lachend: ›Ich beschäftige mich nicht mit dem Seelenheil von Frauen, sondern mit ihrem Körper – sofern sie schön sind und so freundlich, mir das zu gewähren, natürlich‹. So war er eben.

Die Königin musste es lernen und lernte es auch, die Liebesabenteuer des Königs zu tolerieren. Mit seinen Maitressen pflegte sie, sofern sich ein Zusammentreffen mit ihnen nicht vermeiden ließ, einen höflich distanzierten Umgang, wenn auch hier und da gespickt mit geistreichen Sticheleien. Nach Möglichkeit übersah und überhörte sie alles Verletzende. Nur in Fragen des Protokolls kannte sie kein Pardon. Ihre Würde als Königin ließ sie nicht antasten. Mit großer Stringenz bestand sie auf der Einhaltung der Rangfolge auch in kleinsten Dingen. Und darin hatte sie die volle Unterstützung des Königs.

Abgesehen von alledem war die Ehe aber durchaus glücklich. Der einzige dauernde Stachel blieb, dass Katharina dem König keine Kinder schenken konnte. Doch dies war in erster Linie ein politisches Problem. Charles machte ihr nie einen Vorwurf daraus.

Anscheinend genoss die Königin nach der langen Zeit im Kloster und dem strengen portugiesischen Hofzeremoniell das wesentlich ungezwungenere Leben in England. Sie ritt gerne mit kleinem Gefolge aus – zu Picknicks in der freien Natur oder zur Jagd. Übrigens war sie eine hervorragende Bogenschützin. Mit Vergnügen nahm sie auch an Festen und sonstigen Unterhaltungen teil, obgleich sie die tägliche Messe, die in ihrer Privatkapelle für sie gehalten wurde, nie versäumte und darüber hinaus in ihrem Zimmer eine bestimmte Zeit am Tag stets mit Gebeten und stiller Andacht verbrachte. Sie drängte ihren Glauben aber niemandem auf.

Was mich angeht, so stand mir anfangs noch meine puritanische Erziehung etwas im Wege. Doch mit der Zeit gewöhnte auch ich mich an das höfische Leben. Ich genoss die Feste und Tanzveranstaltungen. Und natürlich freute ich mich über die vielen schönen Kleider und den wertvollen Schmuck, den ich nach und nach von der Königin geschenkt bekam. Nur das Theater mochte ich nicht. Dort wurde viel Schlüpfriges geboten und man kam mit zu vielen unanständigen Menschen zusammen. Es kam mir sehr entgegen, dass Katharina solche Orte mied. Das war eher das Spielfeld der Maitressen, Dirnen und Lüstlinge aus des Königs Gefolge.«

Lady Mary legte nun ein vergoldetes Medaillon an einem dünnen Goldkettchen auf den Tisch, das auf beiden Seiten Porträts in kunstvoller Miniaturmalerei aufwies. Das eine zeigte Katharina von Braganza, das andere Charles

II. »Dieses Medaillon war ein Geschenk von Katharina von Braganza zu meinen 40. Geburtstag«, sagte sie stolz. Danach holte sie aus ihrer Schmuckschatulle weitere Kleinode heraus. Nie hätte ich vermutet, dass die puritanische kleine Lady solche Schätze ihr Eigen nannte. Behutsam nahm sie einen Anhänger mit einem besonders großen, tropfenförmigen blauen Saphir an einem silbernen Kettchen auf. »Das war auch ein Abschiedsgeschenk von Katharina«, erklärte sie uns. »Leider gab es für mich nie mehr einen Anlass, solchen Schmuck zu tragen. Eigentlich schade, denn gerade diese Kette stand mir besonders gut.«

Eulalia war entzückt. Sie legte erst Lady Mary und dann sich die Kette mit dem Saphir um. Tatsächlich harmonierte er sehr schön mit Lady Marys blauen Augen, und auf Eulalias weißer Haut kam er ebenfalls gut zur Geltung. Einen bestechenden Farbkontrast bot ein Armband mit dunkelblauen Lapislazuli-Perlen, das Eulalia sich danach anlegte.

Eine wahre Pracht lag da vor uns auf dem Tisch. Mir gingen die Augen über. Ich liebe wertvollen Schmuck. Die Schaufenster von Juwelieren sind für mich unwiderstehlich. An jedem muss ich stehen bleiben und meine Augen an den schönen Dingen weiden. Obwohl ich fast nie Schmuck trage. Das passt leider nicht so recht zu mir. Was ich an wertvollen Stücken geerbt und von meinem Vater geschenkt bekommen hatte, habe ich längst innerhalb meiner Familie weitergegeben. Aber oft hatte ich gedacht, es wäre schön, ein Mann zu sein mit einer Frau, die Freude an edlem Schmuck hat. Wie gerne würde ich sie damit beschenken. Da wäre ich gar nicht geizig. Eine Frau zu haben, hätte mir auch deshalb gefallen, weil mir dadurch viel langweilige Hausarbeit erspart geblieben wäre. Wie viel mehr Zeit hätte ich dem beruflichen Fortkommen widmen können, wenn mir schon in jungen Jahren jemand den Haushalt abgenommen hätte! Eigentlich schade, dass ich mich angesichts solcher Vorteile nicht auch in anderer Weise zu Frauen hingezogen fühlte. Gleichgeschlechtliche Partnerschaften sind inzwischen ja keine Seltenheit mehr.

Ein begeisterter Aufschrei Lady Christinas riss mich aus meinen Gedanken. Offenbar hatte es ihr ein Smaragdring, der wunderbar zu ihren grünen Augen und dem dunklen Haar passte, besonders angetan. Sie konnte sich nur schwer wieder von ihm trennen. »Vielleicht können wir einen Tausch machen«, bemerkte sie zu Lady Mary hin. »Neulich hatte ich Ihnen doch meine goldene Armspange mit den Smaragden gezeigt. Dazu würde dieser Ring hervorragend passen. Möglicherweise finden Sie etwas unter meinen Sachen, das Sie gerne dafür hätten.«

Andächtig bewunderten wir all die schönen Schmuckstücke. Vollends hingerissen waren wir jedoch von einem großen, klaren Amethysten in der Farbe von Eulalias unheimlichen violetten Augen, der einen ungewöhnlichen Schliff aufwies. Eulalia nahm das silberne Kettchen, an dem der in Silber gefasste, prachtvolle Edelstein hing, und legte es sich um den schlanken Hals. Als sie sich dann langsam zum Fenster umwandte, brach sich das hereinfallende Sonnenlicht in den Facetten des Juwels und ließ es in helleren und dunkleren Lila-Tönen funkeln und strahlen. Mir schien, als entstünde zwischen dem Blitzen des Edelsteins und dem Schimmern in Eulalias Augen eine Wechselwirkung, aus der sich ein magisches Leuchten um ihre Gestalt entfaltete. Wir staunten, versunken in den eigenartigen Anblick. »Diese Kette musst Du behalten«, rief

Lady Mary aus. »Ich habe das Gefühl, sie gehört zu Dir.«
Lady Christina und ich klatschten Beifall.

Eulalia nahm das Geschenk ohne Weiteres an. »Ich habe
dieses Gefühl auch und spüre die Kraft des Steins. Er macht
mich stärker«, murmelte sie. Und dann hob sie die Arme
und proklamierte in ernstem feierlichem Ton: »Oh meine
Herrin Cailleach, ich höre Deinen Ruf und spüre Deine
Macht! Ich danke Dir, dass Du mir dieses wunderbare
Geschenk hast zukommen lassen. Ich werde es sorgfältig
hüten und nie leichtfertig einsetzen.«

In unseren Ohren klang diese Anrufung ziemlich unheimlich. Eulalia sah unsere betroffenen Mienen. »Seid unbe-
sorgt. In diesem Stein verbirgt sich nichts Böses. Das fühle
ich ganz genau.« Na, dann bin ich ja beruhigt, dachte ich.
Eulalias Moralvorstellungen, das wusste ich inzwischen,
waren manchmal fragwürdig. Doch wenn sie eine positive Strömung in diesem Amethyst spürte, würde sie wohl
kein Unheil damit anrichten. Auch die beiden Geisterladys
wirkten erleichtert. Allerdings konnte ich mir einen kleinen giftigen Seitenhieb trotz dem überstandenen Schrecken nicht verkneifen: »Geht's nicht auch etwas weniger
melodramatisch? Ich finde Deinen Hokuspokus ziemlich
peinlich. Wir sind hier nicht in einem Fantasy-Roman.«
Eulalia zuckte nur die Schultern. Sie sagt und macht eben,
was sie will. Daran kann ich sie nicht hindern.

Nachdem wir uns an allem vollends sattgesehen hatten,
verstaute Lady Mary ihren Schmuck wieder sorgfältig in
der Kassette. Dann blickte sie seufzend in die Runde. »Nur
ungern gab ich meine Stellung bei Katharina von Braganza
nach fast 15 Jahren in ihrem Dienst wieder auf. Für mich

war es eine sehr schöne und erlebnisreiche Zeit gewesen. Aber die Königin stand wegen ihres Glaubens und ihrer Kinderlosigkeit im ständigen Kreuzfeuer der Kritik.

Es gab sowieso so viele Intrigen unter den Höflingen und den Parlamentsmitgliedern. Sogar der Earl of Clarendon fiel denen schließlich zum Opfer. Immerhin konnte er sich noch rechtzeitig ins Exil retten; Charles selbst hatte ihn dazu gedrängt. Aber anderen Männern aus der Umgebung des Königs wurde der Prozess gemacht. Sie wurden zum Tode verurteilt oder jahrelang im Tower gefangen gehalten, ohne dass der König sie schützen konnte. Hinzu kamen die Kriegsgefahr und die ständigen Unruhen zwischen den unterschiedlichen religiösen Gruppen, die vom Ausland auch noch angestachelt wurden. Es wurden sogar Todesurteile gegen katholische Priester verhängt, weil sie unerlaubterweise die Messe gelesen hatten. Und die Königin wurde für jedes Unglück verantwortlich gemacht – sei es ein Pestausbruch, ein Großbrand in London oder eine verlorene Seeschlacht. Die Anglikaner sagten, dies seien Zeichen des Himmels. Die Papistin auf dem Thron bringe Unglück über das Land.

Und es gab Mordanschläge gegen den König. Die Königin selbst wurde beschuldigt, an einem solchen beteiligt gewesen zu sein. Charles glaubte zwar nie an ihre Schuld. Trotzdem musste sie sich vor Gericht verantworten. Sie wurde freigesprochen.

Es war eine sehr, sehr schwierige Zeit. Die prekäre Lage meiner Königin machte mir große Sorgen. Mit Argusaugen wurde jeder ihrer Schritte überwacht und nach Schwachpunkten in ihrem Verhalten oder dem ihrer Hofleute gesucht.«

Lady Christina nickte verständnisvoll. »Unter solchen Umständen war das Leben am Hof sicher kein reines Vergnügen mehr. Aber gerade deshalb wundert es mich, dass Sie nicht an der Seite der Königin geblieben sind. Sicher wollte sie doch nicht gerne auf Sie als eine ihrer engen Vertrauten verzichten.« – »Der Abschied ist uns beiden wirklich schwergefallen«, seufzte Lady Mary bekümmert. »Aber da auch das Verhältnis zwischen den Engländern und den Schotten immer giftiger wurde, spürte ich selbst, dass meine Anwesenheit Katharina künftig mehr schaden als nutzen würde. So trennten wir uns schließlich schweren Herzens.

Für den Rest meines Lebens führte ich dann ein zurückgezogenes Leben auf Eilean Donan Castle. Bei den ständigen Aufständen und Unruhen rundherum im Land konnte ich schon froh sein, dass die Burg selbst nicht angegriffen wurde. Tatsächlich erfolgten während meiner Lebenszeit nur kleinere Attacken, die leicht abgewehrt werden konnten. Und wie froh bin ich, dass ich nicht mehr miterleben musste, wie meine geliebte Burg in Schutt und Asche gelegt wurde!« Lady Mary kamen die Tränen bei dem Gedanken daran.

»Nicht nur Eilean Donan Castle wurde geschleift. Dasselbe Schicksal erlitt auch Tioram Castle schon vier Jahre früher«, sagte Lady Christina in hartem Ton. »Meine Burg wurde ebenso vernichtet. Das hat sogar der Chef des Clans, dessen Hauptsitz Tioram Castle war, selbst getan. Als Allan MacDonald of Clanranald im Jahr 1715 aus dem Exil zurückkam, gelang es ihm zwar noch, die von den Engländern besetzte Burg zurückzuerobern. Aber er verfügte nicht über genügend Kämpfer, um sie danach auch wirksam zu verteidigen. Umgeben von übermächtigen Feinden, sah er sich schließlich gezwungen, Tioram Castle zu zerstören, damit sich der Feind nicht erneut darin festsetzen konnte. Ein weiteres Beispiel für die Strategie der verbrannten Erde.« Kein Zweifel, auch Lady Christina war froh, dass sich das nicht zu ihren Lebzeiten abgespielt hatte. Als Geist erträgt man solche schlimmen Vorkommnisse wahrscheinlich doch etwas leichter.

»Wie kommt es dann eigentlich, dass Eilean Donan Castle heute wieder so stattlich dasteht?«, erkundigte sich Eulalia interessiert. Lady Mary strahlte. »Wenn ich auf etwas richtig stolz bin, dann darauf«, erwiderte sie lebhaft. »Lassen Sie sich erzählen, wie ich das erreichte, wenn auch erst Jahrhunderte später.«

Nach meinem Tode irrte ich zunächst in verschiedenen Welten umher, bis ich mich irgendwann hier hinter der Membran einnisten konnte. Und dann musste ich zu meinem Entsetzen feststellen, dass von Eilean Donan Castle nur noch einige Mauerreste existierten, an denen 50 abgeschlagene Köpfe spanischer Soldaten aufgehängt waren. Diese Soldaten waren zur Unterstützung der Jakobiten ins Land gekommen und hatten die Burg besetzt gehalten, bis die Royal Navy sie besiegte und die Burg anschließend niederbrannte. Ich dachte, mir müsse das Herz noch einmal brechen, obwohl dies ja gar nicht mehr möglich war. Wie oft streifte ich weinend in den Ruinen umher! Zwar war die Burg hinter der Membran noch intakt, aber ich konnte es doch nicht lassen, immer wieder in meine verfallene Heimat in der Menschenwelt hinauszugehen.

Bis eines Tages dort ein Mann auftauchte und das gesamte Gelände in Gedanken versunken abschritt. Ich suchte in mir und in seinem Inneren nach und spürte, dass er wie ich einer vom Blute der McRaes sei. Tatsächlich erfuhr ich später, dass es sich um Lieutenant Colonel John MacRae Gilstrap handele. Ich drängte ihn, sich in dem weichen Gras etwas auszuruhen, und als er in einen leichten Schlummer fiel, setzte ich mich zu ihm und erzählte ihm aus vergangenen Zeiten. Und ich gab ihm die Sehnsucht ein, die Burg wiederzubeleben.

Offenbar war mir das gut gelungen, denn zwei Jahre später kam er wieder mit ein paar Männern, um die gesamte Insel und die Mauerreste genau zu vermessen. Ich hörte aus den Gesprächen, dass er die Insel gekauft habe und Eilean Donan Castle wieder aufbauen wolle. Er beklagte, dass er nirgendwo Pläne oder genaue Bilder vom einstigen Aussehen der Burg habe auftreiben können. Er wisse also noch gar nicht recht, wie er das Gebäude gestalten solle. Die Ansichten der Historiker und der Sachverständigen für alte schottische Burgen hätten auch nicht weitergeholfen. Und die Vorschläge des berühmten Architekten, den er neuerdings zugezogen habe, finde er nicht so recht überzeugend.

Innerhalb der nächsten zwei bis drei Monate kamen noch mehrmals andere Männer, darunter eine Beamtin vom schottischen Denkmalschutzministerium und ein weiterer Architekt, der viel Blödsinn redete. Aber es war auch ein Steinmetz dabei, ein ruhiger, schweigsamer Mensch mit offenbar viel Sachverstand, der schon beim Restaurieren anderer Burgruinen mitgewirkt hatte.

An einem Nachmittag im Herbst erschien dieser Steinmetz ganz allein. Es war ein sonniger Tag gewesen und die Sonne sandte lange, schräge Strahlen über die Mauern und tauchte sie in rötliches Licht. Das Wasser des Sees rauschte leise. Feine Nebelfetzen lösten sich von seiner Oberfläche und drifteten über die Insel. Der Mann setzte sich auf eine Mauer und beobachtete lange, wie sich die Schatten nach und nach vertieften. Da ging ich zu ihm und setzte mich still neben ihn. Ich fühlte, dass er von Menschen dieser Gegend abstammte, zweifellos aus meiner Verwandtschaft. Als ich zu ihm sprach, erschrak er nicht, sondern hörte mir ruhig zu und beantwortete meine Fragen. Sein Name sei Farquhar MacRae und er wohne ganz in der Nähe, sagte er mir. Um ihn einzustimmen, erzählte ich ihm von der Burg und brachte ihm Erinnerungen ihrer einstigen Bewohner aus verschiedenen Jahrhunderten ins Bewusstsein. Dann strich ich ihm über die Augen und zeigte ihm eine Vision von der Burg, wie sie einst gewesen war. Über dem Abenddämmer ließ ich die einzelnen Gebäudeteile sich langsam nacheinander vor ihm ins späte Sonnenlicht erheben, bis der gesamte Komplex vor seinen Augen stand. Dieses Bild ließ ich ihn in Ruhe betrachten. Dann nahm ich ihn an der Hand und führte ihn rund um die Burg, um ihm die Sicht von allen Seiten zu geben. Nachdem er genug geschaut hatte, strich ich ihm über die Stirn, damit er das Gesehene im Gedächtnis behalte.

Am nächsten Tag zeichnete der Steinmetz die Burg von allen Seiten. Er sagte dem neuen Eigentümer der Insel, so habe er sie im Traum gesehen. MacRae Gilstrap gefielen die Zeichnungen. Auch er hatte nun das sichere Gefühl, dass die Burg einmal so und nicht anders dagestanden haben müsse. Und so ließ er sie dann auch wiederaufbauen.

»In den Tourismusinformationen steht, dass das in den 20er Jahren des letzten Jahrhunderts geschehen ist«, warf

Eulalia ein. »Demnach befand sich hier also fast 200 Jahre lang nur eine Ruine.« – »Und? Ist es jetzt wirklich genauso wie früher?«, erkundigte ich mich. »Nach meinen Erinnerungen nicht«, bekundete Lady Christina spontan. »Die Burg stand damals ganz an der Spitze der Insel und war auch lange nicht so groß. Außerdem gab es keine Brücke.« – »Nun, seit Ihrer Zeit ist ja auch einiges verändert worden«, erklärte Lady Mary. »Zu meinen Lebzeiten sah sie jedenfalls ziemlich genauso aus wie jetzt und stand auch an derselben Stelle. Ich weiß jedoch, dass der ursprüngliche Wohnturm und eine Schutzmauer am anderen Ende der Insel gestanden haben müssen. Als Kind bin ich auf den Mauerresten herumgeklettert. Ganz detailgetreu ist die heutige Burg aber natürlich trotzdem nicht. Zwar habe ich den Steinmetz, dem übrigens die Bauleitung übertragen wurde, noch mehrmals begleitet, um ihm alles zu zeigen. Nur hatte eben der Bauherr auch eigene Wünsche, wie zum Beispiel die Brücke. Die hat er bauen lassen, damit Touristen die Burg leichter besichtigen können. Außerdem wurden viele Schießscharten weggelassen – man braucht sie heutzutage ja nicht mehr – und stattdessen mehr Fenster eingebaut. Bei der Innenaufteilung der Räume gibt es auch Unterschiede. Und die früheren Pferdeställe sowie diverse Holzschuppen für Kutschen und Boote fehlen ganz. Aber das alles fällt nicht sehr ins Gewicht, finde ich. Dies ist jetzt wieder mein Eilean Donan Castle, meine Heimat. Ich will sie nie wieder verlassen.«

So also wurde diese wundervolle Burg mit ihrer reichen, bis ins frühe 13. Jahrhundert zurückreichenden Geschichte wieder zum Leben erweckt. Mehrmals ist sie zum Drehort historischer Filme geworden, und heute gilt sie als die meistfotografierte Burg Schottlands. Es ist also nicht nötig, dass auch ich noch einen Beitrag zur Wiederbelebung von Eilean Donan Castle leiste mit meinem Buch. Aber Eulalia wollte es so. Und wer könnte sich diesem dickköpfigen Hausgeist widersetzen?

Nachwort

Wahrscheinlich ist Ihnen aufgefallen, dass manches, was in diesem Buch erzählt wird, nicht einfach aus der Luft gegriffen ist.

So ist etwa Lady Christina durchaus eine historische Persönlichkeit. Sie lebte wirklich im 14. Jahrhundert und war wirklich eine aktive Unterstützerin von Robert the Bruce.

Und was Lady Mary und den kopflosen spanischen Soldaten angeht, so spuken die tatsächlich in Eilean Donan Castle. Jedenfalls erzählt man das den Touristen bei den Burgführungen. Nur musste ich Lady Mary zu einem Lebenslauf verhelfen, denn wer sie zu ihren Lebzeiten war, weiß offenbar niemand mehr. Immerhin habe ich eine Mary im Stammbaum der MacRaes gefunden, die in den Zeitrahmen passt, in dem sie in der Burg gelebt haben und zeitweise auch Hofdame bei Katharina von Braganza gewesen sein konnte. Ich denke, besonders Letzteres gefällt ihr.

Auch sonst gibt es in meinem Spiel zwischen Realität und Fantasie einiges zu entdecken, das auf historische Persönlichkeiten und Geschehnisse wie auch Legenden oder sonst Wissenswertes zurückgeht. Ich hoffe, Sie hatten daran ebenso viel Spaß wie ich beim Schreiben.

Und falls Sie das Buch als wirklich gelungen betrachten sollten, dann gebührt nicht mir das Lob dafür, sondern Eulalia. Sie hat meiner Fantasie die Flügel verliehen.

Ingeborg Merz